第二部

熹妃傳

一

解語 著

熹妃傳

目錄

第九百七十七章　戲落戲始

相較於風起雲湧的朝堂，後宮要太平許多，只除了劉氏的胎一直有所不穩，而舒穆祿氏依然常去看她，每次去時，手上都會戴著那串偽裝成沉香木的紅麝串。

這日，劉氏喝了安胎藥，正拿著繡繃在繡花，便見舒穆祿氏推門走進來。

看到劉氏手上的繡繃，舒穆祿氏笑著道：「何太醫可是說了，讓妳不要太過勞累，怎的還繡這些東西，料內務府也不敢怠慢妳這位未來的娘娘。」

劉氏放下針線道：「瞧姊姊說的，這種事哪個說得準。」

「皇上待妳與孩子這樣好，怎麼可能不晉妳的位分？」舒穆祿氏褪下腕上的紅麝串，戴在雨姍腕上，然後命她出去。

「晉不晉都好，最重要的是這個孩子可以平安無事。」這般說了一句，劉氏又關切地道：「對了，姊姊，妳身後那個人可有疑妳？」

舒穆祿氏解下鑲有狐毛的斗篷搖頭道：「我每次來時都戴著紅麝串，而何太醫寫的脈案又一直說龍胎不穩，她就算是再精於算計，也絕想不到這是咱們聯手演出來的一場戲。」

劉氏撫著胸口，憂心忡忡地道：「自入了這宮後，一直都是一個人，難得有姊姊肯疼我、憐惜我，若是姊姊因我與孩子而有什麼事，我這輩子都不會心安。」

「放心吧，只要咱們仔細一些，斷然不會露出馬腳。」舒穆祿氏有些擔心地道：「我現在唯一擔心的，就是咱們這樣做，能否順利熬到妳十月臨盆。」

「姊姊是說，她會另外下手？」待舒穆祿氏沉沉點頭後，劉氏肅然道：「妳我結識這些日子，應該很清楚我的為人，我對姊姊真心實意，絕無虛假。之前一直不問，是怕讓姊姊為難，但妳我姊妹想要更好的走下去，這事必須要弄個清楚明白。」

舒穆祿氏猜到了劉氏的話意，挑眉道：「妳想問我身後那個人？」

劉氏猶豫了一下道：「姊姊，有一件事我一直未告訴任何人，連皇上也沒說。何太醫說……我懷的很可能是龍鳳胎。」

「龍鳳胎！」舒穆祿氏輕呼一聲，臉上閃過複雜之色。許多人窮盡畢生求神拜佛卻不得一子，而劉氏卻一胎雙生，實在讓人羨慕嫉妒。「龍鳳胎一直被視為大吉之兆，既然診出來了，妹妹為何不告訴皇上，也好讓皇上高興一下。」

「何太醫也只是猜測而已，在孩子沒有落地之前，他也不敢說肯定二字。我怕到時候空歡喜一場，所以囑託何太醫不要張揚；而且一旦讓人知道我懷的是雙胎，只怕更欲除之而後快，除了我與金姑、海棠之外，姊姊是唯一知道的人。」

舒穆祿氏微一點頭道：「妳說得也有道理，只是這與妳之前說的，有何關係？」

「姊姊。」劉氏站起身來，肅然道：「若這次我生下雙胎，願說服皇上將其中一個養在姊姊膝下，讓他成為姊姊的孩子。」

舒穆祿氏不敢置信地盯著劉氏，心中翻江倒海，怎麼也平靜不下來。

劉氏竟然捨得將親生孩子送給她！在後宮，最珍貴的正是孩子；尤其是胤禛膝下子嗣不多，孩子越發顯得珍貴，哪怕是公主也足以令後半生無憂。

過了好一會兒，舒穆祿氏才搖頭喃喃道：「妳瘋了，皇上不會同意的。」

劉氏目光出奇的堅毅。「這一點姊姊不必擔心，我一定會說服皇上，我只想問，姊姊願意嗎？」

怎麼會不願意？別人也許會想著尚且年輕，指不定什麼時候便可以自己生一個，唯獨她不敢抱此想法；惜春送來的藥，完全斷絕了她生子的指望。

劉氏再次道：「我能猜到姊姊身後那個人，之所以不說，是希望姊姊可以如實相告，唯有如此，妳我姊妹才是真正的福禍同當，而我也才能放心地將孩子交給姊姊撫養。」

舒穆祿氏明白，劉氏是想徹底將她綁在同一條船上，猶豫許久後，終是禁不住孩子的誘惑，開口：「妳真捨得將孩子交給我撫養嗎？」

劉氏知道她心動了，趕緊道：「我與姊姊情同姊妹，我的孩子自然就是姊姊的孩子，有什麼好捨不得的。若姊姊還是不信，我可以在此發下誓願，若有違誓，便教我天打雷劈。」

說著她便要跪下，舒穆祿氏連忙扶住她道：「無須如此，我信妳就是了。」拉著劉氏溫熱的手，舒穆祿氏終於下定決心，咬牙道：「也罷，以我與妹妹如今的情分，本就沒什麼好隱瞞的。不願讓妹妹生下孩子的那個人不是別人，乃是熹妃。」

第九百七十八章 真假難辨

這個答案大出劉氏意料，她之前一直以為是皇后，過了好一會兒才回過神來，失聲道：「竟然是她！」

舒穆祿氏故意嘆了口氣道：「我知道妹妹難以接受，但這事千真萬確。如今幾位阿哥中，就屬四阿哥最得皇上寵愛，也最有可能繼承大位，可如果有別的阿哥出生，又深蒙聖寵，四阿哥的地位便會受到威脅，所以熹妃是萬萬不願看到妹妹平安生下孩子的。」

「這宮裡頭真是險惡得很，若非姊姊親口所說，我還被蒙在鼓裡，以為熹妃是個好人，連什麼時候著了她的道都不知道。」劉氏神色切切地說著。

「知人知面不知心，以後妳多提防著她一些。」這般又說了幾句後，舒穆祿氏方才起身告辭。

在其走後，劉氏坐在椅中凝思不語。

金姑瞅著她的神色，小聲道：「主子，慧貴人背後那個人，真是熹妃嗎？可是慧貴人與熹妃一直不怎麼往來啊！」

「妳也覺得奇怪嗎？我一直以為會是皇后，卻不想她最後吐出熹妃。到底真是熹妃，還是她有意騙我……」劉氏撫著腹部，一時猶豫不決。

金姑思索了一會兒道：「也有可能是熹妃為了避嫌，所以刻意與慧貴人保持距離，不過這樣也不能解釋為何皇后娘娘會幫慧貴人博寵。至於說慧貴人騙主子……似乎沒這個必要。」

劉氏垂目不語，心思一直在飛快地轉著。皇后……熹妃……究竟哪個才是舒穆祿氏背後真正的主使者？

海棠在旁邊道：「其實奴婢倒覺得慧貴人說的是實話，畢竟主子剛才都說願意將孩子送給她撫養了，看她剛才的樣子，分明就是心動得不得了。」

說到這個，金姑也趕緊道：「主子，您真的準備送孩子給慧貴人嗎？就算是雙胎，也沒必要送她一個啊，這不平白便宜了慧貴人嗎？」

劉氏搖頭道：「就算將孩子送給了她，那也是我生的，她頂多是一個養母，起不了多少風浪。再說，我既可將孩子送給她，自然也可以隨便尋理由要回來，我可沒想過讓我拚了性命生下的孩子叫別人額娘。我現在只是在意她說的到底是真是假。我都給了她這麼大的好處，她沒理由不死心塌地，除非……」

海棠等了一會兒，始終不見劉氏說下去，忍不住問：「主子，除非什麼啊？」

劉氏目光一閃，輕輕道：「除非她識破了我的心思，知道我不過是以孩子為餌，誘她幫我，並非真心準備將孩子送她。」

舒穆祿氏回到了水意軒，雨姍趕緊生起炭盆，如柳則沏了熱茶進來，小聲道：「主子，趕緊喝口茶暖暖身子。」

舒穆祿氏接後過，慢慢抿著，直至半盞茶落肚，方才覺得身子暖和一些。看了一眼外頭有些陰沉的天色，她喃喃道：「這個冬天可真冷得讓人害怕，不知什麼時候才會暖和起來。」

雨姍隨口道：「要等天暖和，也得等二、三月開春的時候。」

「開春……」舒穆祿氏輕輕說了一句，低頭撥弄著腕上的紅麝串道：「開春的時候，劉氏的孩子差不多也可以出生了，龍鳳胎……呵，她可真是好福氣。」

正在撥弄炭火的如柳手中動作一緩，轉過頭來遲疑著道：「主子，剛才謙貴人問您主使者的時候，您為什麼說是熹妃？」

雨姍亦記起這事來，點頭道：「是啊，明明一切都是皇后指使主子做的，怎的您卻告訴謙貴人說是熹妃？」

舒穆祿氏淡淡一笑，走到炭盆旁邊道：「妳們覺得謙貴人如何，她好嗎？」

如柳與雨姍對視一眼，道：「奴婢覺著謙貴人對主子未必是真心實意，但總算還過得去，要不然她也不會說將其中一個孩子送給主子撫養。」

舒穆祿氏接過火鉗子，輕輕撥弄著燒得通紅的銀炭，在一聲輕微的爆炭聲中，她道：「如柳，妳會捨得將自己的孩子送人嗎？」

「這個……」如柳思索片刻道：「奴婢也不知道，不過應該捨不得吧。奴婢還記得奴婢入宮的前一天，娘親一直在哭，說是捨不得奴婢。」

舒穆祿氏仰頭看著頂上的彩畫，徐徐道：「是啊，妳都那麼大了，妳娘親還捨不得，可謙貴人卻捨得將剛出生的孩子送給我撫養。連孩子都可以拿來做交易的人，妳說可以相信嗎？皇后固然不是什麼好人，劉潤玉同樣不是。」

第九百七十九章 兩相爭鬥

「劉潤玉做這些，皆是為了從我嘴裡套出身後那人的名字，而一旦我說出皇后的名字，就意味著與皇后徹底撕破臉，到時候，我在後宮中無依無靠，連子嗣也沒有，就只能靠她劉潤玉。」舒穆祿氏的臉色越來越難看。「而皇后是絕對不會放過我的，我只有死路一條。」

說到這裡，她忽的冷笑起來。「劉潤玉為了利用我，連孩子都拿出來了，真是夠狠的，剛才差一點兒我就要被她說動了。」若非她想明白了那一點，一切就已成定局，她連後悔的資格都沒有。

如柳聽明白事情後，憤憤不平地說著：「想不到謙貴人是這樣的人，虧得主子沒信她，否則被她害了都不知道。其實主子都這樣幫她了，她還有什麼好不明白，非要鬧得主子與皇后翻臉才高興。」

「正是為了不讓她太過高興，我才故意說是熹妃，就算她心裡懷疑，料想也不敢與熹妃去當面對質。」說到此處，她目光一冷道：「皇后是虎，劉氏是狼，我既不能助虎驅狼，也不能助狼驅虎，唯有讓她們兩相爭鬥，才是最好的結果。」

舒穆祿氏眼眸微眯，映著炭火的紅光，慢慢道：「大家既是一道入了宮，我就絕不會輸給她。她要與我耍心眼，我就與她耍個夠。」

如柳想了一會兒道：「其實謙貴人那邊尚不用擔心，始終她氣候未成。奴婢就怕皇后會等得不耐煩，畢竟謙貴人的肚子越來越大，還有三個多月便要生了。」

舒穆祿氏一陣頭疼，將火鉗子擱在一旁道：「皇后不提，咱們就繼續裝聾作啞吧；實在不行，便讓謙貴人幫著一道演場戲，相信她不會不願意。」

凌若正坐在屋中看書，水秀與楊海靜靜站在她身後。屋中生了兩個炭盆，極是溫暖，絲毫感覺不到外頭的冷意。這樣的靜謐，在小鄭子進來時被打破，只見他打了個千兒道：「主子，謙貴人在外頭求見。」

「謙貴人？」凌若詫異地抬起頭來。自從她上次拒絕了劉氏的示好後，劉氏便不曾來過承乾宮，怎的今日又過來了？而且她聽胤禛說，劉氏的胎兒一直有些不太穩當，按理這樣的天氣，劉氏應該在長明軒中靜養才是。

這般想著，她放下手裡的書道：「請她進來吧。」

小鄭子退下片刻後，門再次打開，一身寒氣的劉氏走了進來。

不待她行禮，凌若已道：「別多禮了，快坐下吧。水秀，妳將炭盆往謙貴人那頭搬一搬，讓她暖暖身子，再去小廚房看看燕窩燉好了沒，若是好了，便給謙貴人端來。」

劉氏受寵若驚地道：「娘娘這樣客氣，讓臣妾怎生好意思。」

凌若笑道：「有什麼不好意思的，妳現在可是兩個人，本宮待妳好是應該的。」

劉氏謝過後，道：「娘娘，怎麼不見四阿哥在屋中陪您？」

「他去裕嬪那裡，與五阿哥一道練習射箭；再說了，他要是在這裡，本宮頭疼都來不及，哪裡還能這樣清淨地看書。」

劉氏抿嘴一笑道：「瞧娘娘說的，宮裡頭誰不知四阿哥最懂事，讀書也好，騎射也好，樣樣都是最拔尖的，哪裡會讓娘娘頭疼。」

在說了一陣無關緊要的閒話後，劉氏終於忍不住話鋒一轉，道：「其實臣妾今日來，還有一事要與娘娘說。」

「有什麼話，謙貴人儘管說就是了。」

「娘娘可曾聽說過紅麝串？」在問出這句話時，劉氏的目光一直緊緊落在凌若臉上，想要從中瞧出些許端倪。

凌若眉頭微皺，紅麝串她倒是聽過，但是不明白劉氏為什麼要提起？稍稍一思，她凝聲道：「謙貴人無故問起這個做什麼，妳可是在哪裡見過？」

凌若眉頭除皺了一下之外，並不曾發現其他，令劉氏一時無法判定，只能陪笑道：「沒有，臣妾只是偶然聽聞，覺得好奇，所以隨口問問。」

第九百八十章 看穿

這話分明不盡不實，但淩若也不說破，只慢慢道：「本宮也只是在一本雜書中看過。所謂的紅麝串，就是用麝香混合其他東西做成珠子，瞧著就像是珊瑚珠，不過因為其中混有麝香，孕婦萬不可佩戴，否則長此以往，胎兒很容易不保。」說到此處，她意味深長地道：「謙貴人往後若是見了有奇香的珠子，可記得要避而遠之，不怕一萬，就怕萬一。」

「多謝娘娘提醒。」劉氏面帶感激地在椅中欠了欠身。

從始至終，熹妃的神色都很平靜，若她真是舒穆祿氏背後那個人，只能說她太會演戲了，還天衣無縫，讓人瞧不出一絲破綻。當然，最大的可能就是她根本不是，對於紅麝串一事自然也毫不知情。

淩若一笑，抿了一口燕窩道：「謙貴人想問想說的只是這些嗎？聰明人從來不會做無用之功。這樣冷的天，謙貴人巴巴過來就為了給本宮請安、就為了問一個見都沒見過的紅麝串？這樣的話，本宮可不會相信。」

她想試凌若的態度，卻忘了，不管凌若表現得如何謙遜與和善，都是一人之下、萬人之上的熹妃娘娘，能坐上這個位置，又哪裡會是簡單人。

「娘娘……」

劉氏剛說了兩個字，凌若已經抬手道：「不必急著解釋，先聽本宮把話說完。」她歇一歇道：「這些日子天冷，本宮人懶了許多，除了必要的事之外，其餘的都不太過問，但這並不代表本宮就什麼都不知道。」

劉氏一扯嘴角，擠出一個難看的笑容。「娘娘明察秋毫、觀人於微，這宮裡頭的事哪裡能瞞得過娘娘。」

「只怕謙貴人不是這樣想的，反而覺得本宮好糊弄。」凌若站起身，走到坐立不安的劉氏身前，好整以暇地打量著她道：「謙貴人今日來說什麼紅麝串，歸根結柢不就是為了試探本宮嗎？」

劉氏越聽越是心驚，扶著椅子跪下道：「娘娘誤會，臣妾絕沒有試探之意。」

「地上涼，謙貴人這樣跪著，萬一傷了龍胎，本宮可賠不起。金姑，扶妳家主子起來。」待其起身後，她方才續道：「妳與本宮心中有數。據本宮所知，謙貴人最近的脈案又開始不太好了，是嗎？」

劉氏已生不出任何輕視之心。熹妃也許不比皇后可怕，但同樣不是個善茬。前些日子，她聽說熹妃親自去冷宮賜死了溫氏，回來後卻跟沒事人一樣。

她當下低頭道：「是，何太醫說臣妾龍胎雖比以前好了一些，但還是有些不穩，吃的、用的都查了，都沒有什麼可疑之處。」

凌若微微一笑。「本宮還聽說最近慧貴人常去謙貴人宮裡？」

劉氏心裡浮起一絲不好的預感，卻不敢不答：「回娘娘的話，慧姊姊知道臣妾這些日子一直待在屋中，怕這樣悶著不好，所以常來陪臣妾說話解悶。」

凌若一邊說一邊搖頭，轉身回到椅中坐下。「直到現在謙貴人還不願與本宮說實話，既如此，也沒有再說下去的必要了。水秀，替本宮送客。」

凌若的態度完全出乎劉氏的意料，也打亂了她之前打好的算盤；見水秀走到自己身前，她連忙道：「娘娘且慢。」

凌若垂目撫著腕間的翡翠珠子道：「謙貴人還有什麼要說的嗎？若還是一嘴虛言，本宮勸謙貴人還是不要浪費時間了。」

劉氏心裡最後一絲僥倖被打消，神色複雜地道：「不知臣妾哪裡露出了破綻？」

「本宮已經說了，妳是個足夠聰明的人，做什麼都有目的。就像之前，妳曾來這裡與本宮說了許多話，目的是想要依附本宮；而這一次……」她露出一抹玩味的笑容。「本宮猜……應該跟紅麝串還有慧貴人有關。」

劉氏眼中滿是震驚之意。她原是來試探熹妃虛實，可結果熹妃卻好像看穿了她一樣，令她無所適從。「娘娘為何會做此想？」

「很簡單，龍胎不會無緣無故不穩；而經過溫如傾一事後，謙貴人對膳食、藥物方面定然看得比以前更緊。要人小產有許多種辦法，譬如紅麝串。」凌若側一側頭，髮間的明珠在空中劃過一道耀眼光芒。「本宮看過妳的脈案，出現不穩的日子與慧貴人開始來看妳的日子極為接近。」

劉氏默然許久方輕聲道：「娘娘好驚人的觀察力，令臣妾佩服。」

凌若望著她有些發白的臉色，漫然道：「那麼現在謙貴人可以與本宮說實話了嗎？」

劉氏點一點頭，低聲道：「是，慧姊姊每次來，手上都會戴一串珠子，但並不是紅色的，瞧著像是沉香木，連香味也有點相似。」

凌若稍一思索便明白其中道理。「看樣子，是在紅麝串中加入了沉香用以冒充沉香木，這心思倒是精巧。這麼說來，確實是慧貴人意圖加害妳。」見劉氏不說話，她又皺了眉道：「既然妳都猜到了，為何剛才不明說，非要本宮逼著妳才肯說出來？只要查到紅麝串，又有妳的證供，慧貴人難脫其罪。只是本宮沒想到，有了溫氏的前車之鑑，慧貴人竟然還敢做此大逆不道之事。」

第九百八十一章　乞求

劉氏聞言忙道：「娘娘誤會了，慧姊姊雖然戴著紅麝串，但每次進到臣妾屋中都會摘下手串，她沒有害臣妾。」

凌若訝然挑眉，不解地看著她。「這話倒是讓本宮糊塗了。」

後面的話至關重要，劉氏直到現在都沒想好究竟要不要說，坐在椅中好一陣子思量，最後終是一狠心道：「慧姊姊不僅沒有害臣妾，更告訴臣妾是有人逼著她這麼做，但是她不忍心害一個未出世的孩子，所以讓臣妾一道演一場戲。」

凌若恍然道：「這麼說來，龍胎並無不妥，脈案也是故意這樣寫的？」

劉氏痛聲道：「是，臣妾知道不該這樣做，可是為了保全龍胎，別無他法。」

她望著凌若，沉沉道：「娘娘說臣妾之前是在試探娘娘，實在是冤枉臣妾了。」

凌若一邊想著劉氏前後的話，一邊道：「哦？那妳倒是說說怎麼個冤枉法。」

劉氏抬頭看著她，說出令凌若為之色變的話來：「其實臣妾來此，是因為慧姊姊告訴臣妾，指使她要對臣妾不利的那個人，就是娘娘！」
「她果真這麼說？」凌若死死盯著劉氏，想看出她是否在說謊。
「是。」劉氏肯定地點頭。「若有一句虛言，教臣妾天打雷劈，不得好死！」聽著自家主子被人冤枉，楊海與水秀均是激動不已。「慧貴人滿口胡言，我家主子何時指使她害過龍胎！」
「這個我自然知道，否則也不會說這些。」劉氏看著一言不發的凌若，神色懇切地道：「娘娘，臣妾對您知無不言，是否這樣您還要疑心臣妾別有用心？」
凌若目光一閃，恢復了慣常的笑顏。「謙貴人對本宮這般推心置腹，本宮又怎會再疑妳？之前本宮語氣重了一些，還望謙貴人莫怪。」說罷，她幽幽嘆了口氣道：「唉，本宮只是在想，本宮與慧貴人無怨無仇，她為何要陷害本宮。」
劉氏搖頭道：「臣妾也不知道，臣妾就是覺得她說的話可疑，這才想來問一問娘娘，果然證明她是胡說。」
主使舒穆祿氏之人不是凌若，舒穆祿氏卻故意說成是她，可以想見，舒穆祿氏根本不願與皇后翻臉，甚至想左右逢源。
想在皇后的迫害下保住自身，光靠三心二意的舒穆祿氏是絕對不夠的，她必須找一個更加可靠的靠山，而熹妃無疑是最好的人選。
彼時，凌若溫和的聲音傳入耳中：「謙貴人能與本宮說這些，實在是讓本宮既驚訝又感動。宮中那麼多人，可願與本宮來說真心話的，卻只有謙貴人一人。」

劉氏受寵若驚地站起身道：「其實這些話臣妾早該來與娘娘說的，可是一來怕唐突，二來怕連累到慧姊姊，這才一直拖了下來。」說到此處，她再次跪下，泣道：「娘娘，臣妾知道您菩薩心腸，求您垂憐臣妾、垂憐臣妾腹中的孩子。」

「好了好了，本宮答應妳就是了。」

劉氏一喜，連忙道：「臣妾謝娘娘大恩。」

凌若拍著她的手道：「既是入了宮，咱們便是一家姊妹，無須說這樣客氣的話。自妳懷了這個孩子後，事情便層出不窮，本宮瞧在眼裡也覺得可憐。」

聽到這話，劉氏不由得落下淚，泣聲道：「其實從一開始，臣妾便沒想與人爭什麼，只想平平安安生下孩子，將來好有個依靠，可偏生有那麼多的人不願讓臣妾生下孩子。」

凌若喟然一嘆，感慨地道：「這便是後宮啊，想在後宮中保全自身，談何容易。」話語一頓，再次道：「慧貴人那頭，妳準備怎麼辦？繼續與她演戲嗎？」

劉氏愴然搖頭道：「臣妾不知道，還請娘娘指點。」

凌若不動聲色地看了她一眼，慢慢道：「若依著本宮的想法，妳不如假裝信她，繼續將戲演下去，畢竟她不曾真的害過妳。眼下最重要的是先將孩子生下來，餘下的可以慢慢再說。」

劉氏其實也是一樣的心思，是以一聽得凌若這麼說，立刻便答應。

待她走後，凌若的笑意便緩緩沉下來。

楊海關了門後道：「主子，您相信謙貴人的話嗎？」

凌若不答，只是道：「先去將三福叫進來。」

三福正在院中掃地，見楊海叫他，連忙走了進來。見他凍得鼻子通紅，凌若曉得他必是又去做事了，搖頭道：「本宮已經與你說過，你腿腳不好，沒什麼特別的事，在自己屋子裡歇著就是了。」

三福欠身道：「奴才不過是腿腳不方便罷了，又不是走不動路，能做便做一些，又累不到哪裡去。再說，看著別人做事，自己卻歇著，總覺得過意不去。」說完了自己的事，他問：「主子急著將奴才叫來，可是有什麼事？」

凌若當即將劉氏的話複述一遍，不等她問，三福已萬分肯定地道：「指使慧貴人的必定是皇后，她之所以得寵全賴皇后安排。」

第九百八十二章　三成

三福沉聲道：「但慧貴人自得皇上寵眷後，每次侍完寢的第二天，皇后都會讓惜春送一碗藥過去。那碗藥是用來確保慧貴人不會懷孕的，她一旦有了孩子，皇后想再牢牢控制住她就沒那麼容易了。」

凌若叩著小几道：「照你這麼說，慧貴人是不可能有孩子了？」

「皇后不會允許她有。」話音一頓，三福帶著幾分訝意道：「不過奴才倒是沒想到慧貴人居然敢違背皇后的意思，暗中幫助謙貴人。」

「人心向來是最善變的。」凌若不以為意地說著。「剛才楊海問本宮是否相信劉氏的話，你覺得本宮該相信嗎？」

三福斟酌了一下道：「恕奴才說句實話，謙貴人的話能信上五成便不錯了。她能不聲不響地懷上龍胎，又能一直將龍胎護到如今，心計可見不一般。」

水秀忍不住問：「主子您信她多少？」

凌若伸出三根柔美修長的手指。「三成。本宮相信她與舒穆祿氏確實演了一場連皇后也不知道的戲，也相信舒穆祿氏對她說本宮是那個主使者，餘下的話，本宮一個字都不相信。」

她移步來到窗邊，推開緊閉的窗子，呼呼的冷風從窗外灌進來，吹得一身涼。「從一開始，她就是來試探本宮的，若不是本宮看出她的用意，那些話她根本一個字都不會說。既然本來就沒存誠心，又讓本宮怎麼相信她？」

三福點一點頭道：「那主子現在的意思，是打算幫她，還是……」

凌若深吸一口冰涼的空氣，緩聲道：「且看著吧，皇后不會無限期地等下去，在劉氏臨盆之前，定然會再有動作。」

「以奴才對她的了解，她每走一步都會想好退路，而且像這樣的事是絕對不會親自動手的，可能會假慧貴人或另外一人的手，想抓到她的馬腳，很難！」

「她既然不想露出馬腳，咱們就自己把她揪出來。」不等三福明白她話裡的意思，凌若已經轉而道：「三福，你與惜春交情如何？」

「惜春？」三福好一會兒才回過神來道：「奴才與她認識有十幾、二十年了，一道做事交情倒是有些，但說不上太深，倒是以前翡翠跟她頗為要好。」

凌若將窗子關起，細細將她心中想到的計策與三福說了；待得她說完，三福一臉駭然地道：「主子，您這……」他平復了一下心情，方道：「這樣做，對於惜春來說太過危險了，就算奴才盡全力遊說，她也不一定會肯幫我們。」

「凡事總是要試過才知道，若惜春真的不肯，咱們再另想他法。不過本宮倒覺得，惜春有很大的可能會願意做這件事。」在三福疑惑的目光中，凌若續道：「你與翡翠伺候了皇后二、三十年，可因為你們彼此有情，皇后就殘忍地處死了翡翠，連一絲猶豫也沒有，與翡翠交好的惜春怎麼可能會不害怕、難過，又怎可能再像以前一樣忠心於皇后？且你也說了，皇后如今寵信那個小寧子，惜春等人的日子都不太好過，也許惜春早想著離開，只是缺少機會罷了。」

「據奴才對惜春的了解，她並不是一個膽大的人，要做出這種事來，只怕……」三福連連搖頭，顯然不抱太多希望。「奴才只能盡力而為。」

凌若點頭道：「盡力就好。以你現在的身分，坤寧宮是不便去了，等惜春出來再尋機會與她說話。」

三日後，三福等待的機會終於來了。

惜春在看著舒穆祿氏喝完藥後，拿著空藥碗往回走。因為天色尚早，再加上冷風呼嘯，一路上遇到的宮人並不多，正當她準備拐進一條夾道時，忽的聽到有人叫自己名字，循聲望去，只見前方拐角處有一人正朝自己招手。

惜春驚訝，發現沒宮人注意這邊後，方才快步來到拐角處，小聲道：「福公公，你怎麼來這裡了？」

三福將她拉進拐角。「我是專程來找妳的，惜春，妳現在可還好？」

惜春苦澀地笑笑。「能好到哪裡去，不過是渾渾噩噩過日子罷了。」說到這裡，她頗為內疚地道：「福公公，對不起，之前主子處置你們的時候，我沒敢為你們求情，我——」

三福擺擺手打斷她的話，道：「都過去了，還說那些做什麼；再說也虧得妳沒求情，否則依皇后的性子，只怕妳早就沒命了。」

見三福並無責怪之意，惜春放下心，問起三福的來意。

三福也不拐彎抹角，直接道：「不瞞妳說，我有一件事，想讓妳幫忙。」

惜春猶豫了一下，謹慎地道：「不知是什麼事？」

三福認真地問：「惜春，妳老實告訴我，妳可想一輩子留在坤寧宮？」

惜春聞言，澀然道：「我不留在坤寧宮還能去哪裡？我可不像福公公一樣有福氣，可以去到熹妃娘娘身邊伺候，聽說她一向善待咱們這些做奴才的。」

「熹妃娘娘真是一個好人，與皇后截然不同。」見惜春臉上的羨慕之色越發深重，三福趁機道：「惜春，其實妳也可以與我一樣。」

第九百八十三章　遊說

惜春目光變得警惕。「福公公，你有什麼話就直說吧。」

三福一咬牙，將凌若的計畫說了一遍，惜春聽完一臉煞白，連連搖手道：「福公公，這事你還是找別人吧，我幫不了你，也無緣去熹妃娘娘身邊。我還有事，先回去了。」

三福一把拉住意欲離開的她，哀求道：「惜春，妳先別走，聽我說——」

「我不想聽！」惜春大聲打斷他的話，隨後壓低了聲音，慌亂地道：「你剛才說的那些會把我害死的，我還想多活兩年，不想這麼早死啊！」

三福使勁扯住她，急切地道：「我知道這會令妳很為難，可皇后害了那麼多人，妳難道真想看著她害更多的人嗎？」

「主子害多少人與我無關，也輪不到我一個小小的奴才去過問！」惜春努力想要抽回手離開這裡，無奈三福抓得很牢，怎麼也扯不出來，只得道：「福公公，我真的幫不了你，求你放過我吧。」

見惜春執意要走，三福情急之下，跪在地上苦苦哀求。惜春被他鬧得心煩，脫口道：「你已經害死了翡翠，是否想連我也一併害死？我知道你現在是熹妃的人，你們要對付主子，就自己想辦法去對付，別把我扯進來，別來害我！」

惜春情急之下將另一隻手提的楠木食盒往地上一放，騰出手來用力推了三福一把，將他推倒在地，自己則趁機抽出手，跑了兩步。

不經意地一個回頭，恰好看到被她推倒的三福正掙扎著想從地上爬起來。

一個再簡單不過的動作，對腿腳不便的三福來說卻是無比艱難，努力了好幾次都沒有爬起來。惜春看著不忍，猶豫了一會兒，終是走過去扶起他。

「謝謝。」三福低低地說了一聲，手撫著痠疼的腿腳。

惜春盯著他的腿，輕聲道：「已經過去這麼久了，腿腳還沒好嗎？」

三福澀澀地道：「太醫說這輩子都不會好了。不過能留著這條命，我已經很滿足了。」

「既然這樣，你就好好珍惜著，別再想一些無謂的事了，主子她……不是你我所能對付的。」惜春苦口婆心地勸著，希望可以讓三福改變主意，然當她對上三福滿是仇恨的眼睛時，便知道自己的話不會起作用。

「我之所以苟且偷生，就是為了報仇，皇后殺了翡翠，我一定要為翡翠報仇！」

三福咬牙切齒地說著，眼中是無邊的恨意。

他的執著令惜春忍不住跺腳。「唉，你這又是何必呢？翡翠都已經死了，就算你報了仇，她也不能活過來啊。」

三福沒有回答她的話，反而道：「妳與翡翠一向交好。當初皇后害她時，妳沒有求情，我不怪妳，因為不只救不了翡翠，還會把妳也搭進去；可現在明明有機會擺在眼前，妳卻不肯幫她，寧願讓她死不瞑目，妳怎麼對得起翡翠？」

惜春被他說得心煩意亂，捂住耳朵道：「夠了，你不要再說下去了。」

三福自顧著道：「還有，妳以為聽從皇后的話就不會有事嗎？妳錯了，自從世子死後，皇后就偏激得變成了一個瘋子，跟著這樣的人早晚會沒命，我與翡翠就是最好的例子。」

「我叫你不要再說了！」惜春尖叫一聲，放下雙手，氣呼呼地看著三福。「是否照你們的話做了就可以？」

「妳……妳答應了？」三福愣愣地看著惜春。

「我怕再不答應，在你心中，我就要變成一個無情無義的小人了。」惜春沒好氣地說了一句，隨後又嘆道：「自從翡翠死後，我心裡一直不好受；而主子，就像你說的那樣，變得越來越偏激，越來越瘋狂，心裡無時無刻不在想著如何墮掉別人的胎兒，如何害死熹妃與其他的阿哥。」

「我很害怕，可是我什麼都做不了，只能努力提醒自己不要出錯，因為我怕一出錯，主子就會像殺死翡翠一樣殺死我。至於那個小寧子，更是仗著主子的寵信，對我們這些人呼來喝去，而且只要我們稍微露出一點兒不滿，他就會藉故生事，羞辱、挖苦我們。」

三福沒有插話，靜靜地聽她說下去，待她聲音消失在空氣中時，方才道：「只要咱們這個計畫成功，皇后就不能再這樣為所欲為地害人，而妳也有活路，否則這樣下去，遲早有一天會沒命的。」

惜春低落地道：「希望吧，主子是那樣精明的人，我沒有把握可以成功。」

三福緊捏著雙手，咬牙道：「上天有眼，她害了那樣多的人一定會有報應的。我不信她每一次都可以那麼好運地躲過去。」

惜春看了看天色道：「行了，我不能在這裡久待，否則主子看不到我會起疑心的。總之有什麼事，我會設法聯繫你的。」

「那好。」三福點頭道：「那妳自己小心，別被皇后發現了，我也會設法再聯繫妳的。」

第九百八十四章 梅花

去見凌若的時候，三福發現屋裡沒有燒炭盆，窗子半開著，身著黛青刻絲蝶紋繡鑲白狐毛錦衣的凌若靜靜站在窗前，不時有冷風吹動她領口的白狐毛，輕輕地拂著下巴。

三福走過去，小聲勸道：「主子，天氣寒冷，您這樣吹著風很容易著涼的。」

「無妨，哪有這麼容易著涼。再說總是待在暖呼呼的屋子裡，連頭腦都變遲鈍了。」這般說著，凌若的目光移到三福身上。「如何，惜春答應了嗎？」

「回主子的話，奴才與她說了許多，終於讓她答應幫咱們。」

凌若頗為意外，攏一攏手道：「想不到你真的說動了她，實在是難得。」

三福垂頭道：「皇后性子日漸偏激，手段亦越發冷酷無情，再加上她如今偏寵小寧子，早已失盡了人心。至於惜春，她雖然膽小，卻也分得清是非好壞，不願再與皇后同流合汙。」

凌若點一點頭，伸手道：「扶本宮去外頭走走，自從天寒之後，一直憋在屋裡，可是無趣得很。」

待水秀取來大氅披上，又將風帽戴上後，三福扶了她慢慢往外走去，楊海與水秀兩人遠遠跟在後頭。因為三福腿腳不便，所以走得極慢；他努力想要走快一些，卻險些被地上的石子絆得跌倒。

凌若看出他急切的心思，安慰道：「不必心急，慢些就慢些吧，本宮權當賞風景。」

三福感激地應了一聲，待走出承乾宮後，他問：「不知主子想去哪裡走走？」

凌若想了片刻道：「就去重華宮那頭吧。聽說自從下雪之後，臨淵池便結起了冰，常有宮人在那裡冰嬉玩耍，連弘曆也與本宮說起過。」

「嗻。」三福答應一聲，扶了凌若往重華宮行去。

彼時天氣晴好，雖不時有冷風拂過，但並不覺得太過寒冷。一路過去，不時可見盛放的梅花，在堆積未化的白雪映襯下，顯得格外嫣紅唯美。而這樣的唯美在結網林盛到了極致，或是剛結了一個花苞，或是花開兩、三瓣，或是極盡綻放，走在其中，鼻間一直充盈著梅花獨有的清香。

撫著梅花蒼虬的樹幹，凌若感慨道：「每年冬天，總是可以看到梅花盛放，從無例外。梅、蘭、竹、菊，謂之花中四君子，不過本宮更喜歡剪雪裁冰、一身傲骨的梅花。說起來，本宮以前也曾讀到過不少關於梅花的詩，可臨到頭卻一下子想不起來。」

三福在一旁笑道：「奴才倒是記得一句。」三福清一清嗓子道：「梅須遜雪三分白，雪卻輸梅一段香。」

凌若頷首道：「本宮也想起來了，這是宋朝詩人盧梅坡的《雪梅》，前面應該還有兩句，你怎的不唸？」

三福赧然一笑道：「奴才讀書不多，就記著這麼兩句，再要更多可是要了奴才的小命了。」

凌若抬手折一枝梅花在手中，輕吟道：「梅雪爭春未肯降，騷人擱筆費評章，梅須遜雪三分白，雪卻輸梅一段香。」吟罷，她忽的搖頭笑道：「剛才想不起一首來，如今卻滿腦子都是詠梅的詩，真不知是怎麼一回事。」說到這裡，她從隨身的錦袋中摸出一粒金瓜子道：「不過你能背出那兩句已經不錯了，這個賞你，不多，算是討個吉利。」

待三福謝恩後，楊海與水秀走上來，腆著臉道：「主子，奴才們也想到幾句詠梅的詩，可否也來討個吉利？」

凌若笑著搖頭道：「只要你們背得出自然可以。」

楊海目光一轉，落在結網林最邊上幾枝伸出牆外的梅花。「牆角數枝梅，凌寒獨自開，遙知不是雪……遙知不是雪……」前面背得挺好，但是到最後一句卻怎麼也接不下去，還是凌若提醒了一句，方才拍著腦袋道：「遙知不是雪，為有暗香來！」

凌若將金瓜子賞了他，然後看著水秀，三人之中，就她還沒背。

水秀想了半天，終於想起一首來，趕緊道：「迎春故早發，獨自不疑寒，畏落眾花後，無人別意看。」

這一次不等凌若說話，楊海已經道：「不對不對，妳這哪裡是詠梅的，從頭到尾都沒有一個梅字呢，可是不該賞。」

水秀不服氣地道：「你懂什麼，李衛當初教的時候，明明白白說過這是一首詠梅的，不信你問主子。」

「這確是詠梅的，雖無梅字，卻處處昭顯出梅花獨有的特性，比那些直接詠梅的詩句更難得。這詩還是南朝時候的，至於是誰所作，一時倒是沒印象。」這般說著，也將一粒金瓜子賞了水秀。

水秀得意地看著楊海；楊海初時還與她瞪著，後面卻是不由自主地笑了起來。

一陣笑語後，水秀忽道：「不知李衛現在怎麼樣了，許久沒有見過他了。」

楊海笑著道：「他哪裡會不好，皇上很是看重呢。主子之前不是說李衛升了浙江總督嘛，那可是正一品的大官。」楊海雖然才伺候了凌若幾年，不曾跟水秀一樣與李衛共事，但李衛每年都會進宮向凌若請安，倒也有幾分熟悉。

水秀皺了一下眉頭道：「那又怎樣，他還是我所認識的李衛，這一點永遠不會變。再說了，浙江總督，一品大官就好嗎？上次李衛來的時候，我聽說他常忙到深夜呢，且還被人排擠、彈劾。」

「能力越大，責任就越大，每個人都有自己的難處，咱們所能做的，就是迎難而上。」這般說著，凌若慢慢往前走。在快要走出結網林的時候，聽得前方隱隱傳來嬉鬧聲，而那個方向正是臨淵池。

當最後一株梅樹落在身後時，眼前豁然開朗，偌大的臨淵池面上結了厚厚一層冰，不少宮人正在那裡嬉鬧滑冰，表演著自己獨特的技藝，有幾個動作瞧著頗為驚險。

楊海對此有幾分認識，不時指了這個說是「紫燕穿波」，指了那個說是「哪吒探海」。

第九百八十五章 冰嬉

當聽到「哪吒探海」四個字時，水秀忍不住笑道：「楊公公，你倒讓他真探一個給主子瞧瞧，想來會更好看。」

三福亦被她逗得笑了起來。「真要是這樣，可就不是探海，而是溺水了，咱們還得命人下去救。」

凌若是頭一次見，瞧得頗有興趣。因為凌若等人站得遠，那些宮人並不曾發現，依舊自顧自地玩著，不時傳來歡笑之聲。對他們而言，這是深宮生活難得的樂趣，可以讓他們暫時忘記種種不愉快。

這樣看了片刻，她忽的發現兩個熟悉的身影。

水秀也看到了，驚訝地道：「咦？主子，那不是四阿哥跟五阿哥嗎？」

臨淵池那邊，弘晝穿著紫紅色的馬褂在那裡走冰，玩得不亦樂乎，冰上不時留下一道道白色的印子；弘曆雖然也穿著走冰的鞋子，但沒有與弘晝一道玩耍，反而緊緊地盯著他。

在看了一會兒後，凌若吩咐：「去把弘曆和弘晝叫過來。」

「嗻！」楊海答應一聲，往結了冰的池子走去。

冰很滑，儘管楊海走得極為小心，還是滑了一跤，手腳並用爬起來的樣子有些滑稽，惹得水秀一陣發笑，連三福也揚了揚嘴角。

楊海小心翼翼地往弘曆那邊靠近，在快要走到的時候，一個走冰的宮女從他身邊滑過，不慎撞了他一下，令他再一次跌倒，試了好幾次都沒有爬起來，只得大聲呼道：「四阿哥！四阿哥！」

弘曆看到跪坐在地上的楊海，趕緊走過來扶起他，道：「你怎麼來了？」

楊海狼狽地站起來，抹了把臉道：「回四阿哥的話，奴才是跟主子一道來的。」

「額娘也來了？」弘曆略有些吃驚，四下看了眼，果然看到了遠處的凌若。

楊海趕緊應道：「是，主子讓您與五阿哥過去。」

「好，你先過去，我與五弟一會兒就過去。」這般說著，弘曆走到正玩得興起的弘晝面前。

他還沒開口，弘晝已經道：「四哥，走冰真的很好玩，尤其是那些花樣，既新奇又有趣，你真的不試試嗎？等以後這冰化了，可就沒得玩了。」

弘曆翻了個白眼道：「我可沒你那麼貪玩，十幾歲的人了，還跟七、八歲似的。」

弘晝耍了一個金雞獨立後道：「哎，四哥這話可就錯了，我這叫『人生得意須盡歡』，該玩就玩，莫要等得將來玩不動時才後悔。看看四哥你，都已經來了這裡，卻只是站著不玩，多無趣啊。」

「是啊，那我是不是還要再接一句『莫使金樽空對月』。」弘曆沒好氣地說了一句，又道：「要不是怕你有危險，我才不陪你來這裡玩什麼冰嬉呢，有那時間，我倒不如多練練射箭更好，最近一直卡在五十步那裡過不去。」

弘晝不認同地道：「冰嬉是玩，射箭就不是玩了嗎？要我說，這兩者都是一樣的。」

弘曆懶得與他再廢話，拉了他道：「要玩待會兒再玩，我額娘過來了，要見咱們，你先隨我一道過去。」

「熹妃娘娘？」弘晝略有些驚訝，不過人卻是老實了下來。

他們腳上穿了走冰鞋，倒是比楊海更快來到凌若面前。弘曆率先單膝著地道：「兒臣給額娘請安，額娘吉祥。」

弘晝亦跟著道：「弘晝給熹妃娘娘請安，娘娘吉祥。」

「都起來吧。」待兩人起身後，凌若目光一轉，落在他們腳上的冰鞋上。「本宮記得，這會兒你們應該在練習射箭才是，怎的來這裡冰嬉了？弘曆，你就是這麼教弟弟的嗎？」說到後面，語氣已經嚴厲起來。

弘曆連忙再次跪下。「兒臣知錯，請額娘責罰！」

弘晝見狀，亦跟著跪倒。「娘娘息怒，不關四哥的事，是我拖著四哥來的。四哥怕我出事，這才陪著一道來，您要怪就怪我吧。我與四哥已經說好了，只玩一會兒，晚些便回去練習射箭。」他雖然性子貪玩，但對於做過的事卻從不否認。

凌若盯著他們道：「本宮還沒說罰你們，你們兩個倒是搶著認起罪來。」

兩人低頭不語，一副聽任處置的樣子，凌若搖搖頭道：「好了，別跪著了，該怎麼玩還是怎麼玩去，但玩過後，一定要將落下的射箭補上。還有，玩耍的時候注意安全，不要去冰薄鬆動的地方。」

聽到這話，兩人皆是露出喜色，尤其以弘晝最高興，剛才被弘曆拉著過來，他可是還沒玩過癮呢！

「多謝娘娘！」弘晝興奮地站起身來，又道：「娘娘，我走幾個新學的好看花樣給您看好不好？」

見凌若見點頭，他拉著弘曆要再去冰上，弘曆卻道：「你去就是了，我在這裡陪會兒額娘。」

弘晝沒有勉強，帶了小太監去冰上戲耍，一會兒轉圈，一會兒單腳走冰，頗為好看。

凌若看著與自己一般高的弘曆道：「你不喜歡玩這些嗎？本宮看你剛才只是陪著弘晝，自己卻沒有玩。」

弘曆眼中掠過一絲渴望，口中卻道：「不過是走冰罷了，再說兒臣都已經這麼大了，再去玩可不是讓人笑話嗎？若不是怕弘晝有危險，兒臣寧願去練射箭。蒙師父說要練到百步穿楊才算出師，兒臣現在只有五十步的把握，再遠便沒有準頭了。這段時間兒臣一直在練，卻收效甚微，不知何時才能邁過這一段坎。」

凌若微一點頭，望著在冰上玩得開心不已的弘晝，輕聲道：「弘曆，什麼時候開始學會對額娘撒謊了？」

弘曆一愣，下意識地道：「兒臣不明白額娘的意思。」

凌若未語先嘆，抬手撫過弘曆冰涼的臉頰，心疼地道：「你真當額娘看不出來你喜歡走冰嗎？你不玩，可是怕一旦玩了就會收不住心，耽誤了功課？」

第九百八十六章　弓箭

弘曆低著頭，好一會兒才道：「額娘放心，兒臣不會將心思放在任何玩耍上，兒臣會好好讀書，然後——」

不等他說下去，凌若已打斷他的話。「額娘知道你懂事，可你將自己逼得這樣緊，很容易適得其反。」

「不會的，兒臣沒事。」弘曆目光一黯，道：「三哥不在了，兒臣唯一能做的就是將三哥那份一起活下去。」他仰頭，喃喃道：「三哥，他一直在天上看著兒臣。」

「你這孩子！」凌若心疼地扶著他的肩膀道：「都已經過了這麼久，額娘還以為你已經將三阿哥的死放下了，沒想到……」

「額娘別擔心，兒臣真的沒事。」他忙安慰道：「其實兒臣是覺得與其將時間浪費在玩耍上，不若放在學習讀書上更有意義，將來也好幫皇阿瑪治理國家，讓皇阿瑪不用那麼辛苦。」

「你有這份心思固然是好，但也得學會適時放鬆，玩也不見得就不好。」。身後忽的響起胤禛的聲音，將凌若與弘曆都嚇了一大跳，回頭果然見得胤禛負手站在不遠處。

凌若笑道：「皇上，您怎麼突然過來了，倒是讓臣妾嚇了一跳。」

「朕在養心殿待得悶了，便出來走走，哪知這一走便走到這裡來了。朕倒是不知道，原來入冬以後，臨淵池這般熱鬧。」如此說著，胤禛臉上並未見怪責之意。歇了一會兒，他又道：「朕記得皇阿瑪以前曾在暢春園辦過一次冰嬉，還有舞龍舞獅，很是熱鬧，一轉眼，已是過去那麼多年了。」

凌若隨口道：「其實皇上若有心，也可以辦一次冰嬉啊，宮裡很久沒有那樣熱鬧過了。」

胤禛想了一下道：「若真要辦冰嬉，只臨淵池這一個地方可是不夠大，得去圓明園才好。若這樣的話，乾脆便連年也在那裡一道過了，眼下已是十二月了，要備辦起來，可是有些著緊。」

凌若掩嘴一笑道：「臣妾只是提個建議，辦與不辦，還是皇上拿主意好。」

「嗯，待朕仔細想過後再說。」這般說著，他將目光轉向弘曆，目光溫和地道：「在想什麼？」

弘曆老實地道：「兒臣不明白皇阿瑪為什麼說玩耍不見得不好，朱師傅教授的，還有兒臣在書中看到的都是……」

「都是說不好，對嗎？」見弘曆點頭，胤禛一指玩得樂不思蜀的弘晝道：「你看弘晝，在走冰玩耍當中，要不時地避讓人，若是萬一與人碰到，便會摔倒，這便意味著他要集中精神，用所有學過的身法與動作去避讓，這其實與射箭是一樣的道理。你之前與你額娘說，一直無法越過五十步的距離對嗎？」

弘曆吃驚地張大眼睛。「皇阿瑪您聽到了？」

胤禛笑而不語，側頭對四喜道：「去取朕慣用的弓箭，再取一顆蘋果來。」

「嗻！」四喜應了一聲，連忙下去拿東西。

凌若已經猜到了胤禛的用意，對弘曆道：「你今日可有眼福了，能看你皇阿瑪射箭。額娘跟在你皇阿瑪身邊那麼久，都沒有見到過呢。」

胤禛失笑道：「妳這話說得可是會讓人誤會，好像朕故意不讓妳看似的。」

凌若忍著笑，攤一攤手，故作無辜地道：「可臣妾是真沒有見到過，難道還非得說見了嗎？」

「妳是沒見過，不過是妳根本沒心思見，否則朕以前在潛邸練箭那會兒，妳想怎麼看都行。倒是繼位之後，整日忙於政事，再加上宮裡的事又層出不窮，朕真的很久沒碰過弓箭了，也不知是否有退步。」

那廂，回過神來的弘曆興奮地道：「兒臣曾聽蒙師父說過，皇阿瑪的騎射本事乃是天下第一，可惜皇阿瑪以前教授兒臣的時候，兒臣還太小，什麼都不懂，如今終於有機會再看到皇阿瑪射箭了。」

「天下第一之稱，朕自問不敢，不過總算還過得去。」

這般說著，四喜已經取了弓箭還有蘋果來。那是一柄紫杉木弓，將近一人高，弓身很重，需要兩個小太監一道抬，還有一個則拿著一袋綴著長羽的鐵箭。

胤禛接過弓，在手裡掂了掂，又將箭袋負在身上，隨後道：「將你的冰鞋脫下。」

弘曆依言將冰鞋脫下，胤禛試了一下，雖有些緊，但並無大礙。待兩隻冰鞋都在腳上綁好後，他對四喜道：「待會兒朕讓你扔蘋果，你便盡力往上扔，知道嗎？」

凌若頗有興趣地道：「皇上，不若讓臣妾來扔如何？」

「自然可以。」這般說了一句後，胤禛踩著冰鞋走向臨淵池。

原本在冰上嬉戲的宮人都看到胤禛了，面對至高無上的帝王，均是膽顫心驚，又唯恐他怪罪，紛紛跪倒在地。到後面弘晝也發現了，連忙跟著跪下來，一時整個臨淵池上除了胤禛之外，再無人站著。

胤禛有些不悅地皺了皺眉頭，喝道：「不用管朕，剛才怎麼著還是怎麼著。」

宮人三三兩兩地應著，但始終沒有一個人敢站起來，依舊跪在冰涼的冰地上。胤禛見狀越發不悅，不過他也曉得那些宮人懼怕自己，就算強逼著他們起來，他們也不敢再像剛才那樣嬉戲。

於是他轉身道：「弘晝，你起來。」

「是。」弘晝畢竟是阿哥，不像那些宮人一般懼怕，在答應之後站起身來，覷眼見著胤禛手持長弓、身負箭袋，不由得好奇地道：「皇阿瑪，您要在冰上射箭嗎？這可是很難的。」

冰上行走本來就極為困難，穿了冰鞋雖可便於行走，但對於身體的控制卻極嚴苛，若走得不好，反而比尋常鞋子更容易摔倒。弘晝雖可以在冰上走出各種姿勢來，但要他一邊行走一邊射箭還是極為困難，至於準頭就更加不用說了。

胤禛點頭道：「你瞧瞧此處離熹妃與你四哥所站的位置，大概有多遠。」

弘晝依言張望了一下，又在心裡估算片刻，方道：「回皇阿瑪的話，約有八十餘步的距離。皇阿瑪，您要射什麼？」

第九百八十七章 神乎其技

「看到熹妃手裡的蘋果了嗎？」

隨著胤禛的話，弘晝再次睜目看去，果然在凌若手中看到一顆蘋果，這下子他可算是回過神來了，愕然道：「難道皇阿瑪想射那顆蘋果？」

胤禛挑眉道：「怎麼，你可是覺得皇阿瑪射不到？」

「沒有！」弘晝趕緊搖頭，隨後不好意思地笑道：「兒臣只是覺得有些困難，皇阿瑪真的要射嗎？」

胤禛將弓反手背在身後，身子前傾道：「你盡力纏住朕，看朕是否射得到。」

敢情不僅要射，還是要在被人糾纏的情況下射箭。想明白這點，弘晝不禁有些咂舌，心裡漸漸升起一絲興奮感，拋開拘謹拱手正色道：「是，兒臣會盡力而為！」

隨後弘晝便使盡渾身解數纏住胤禛，讓他無法越過去。不得不說弘晝走冰的技術非常好，不論胤禛從哪個方向走，他都能適時擋住。他身後的一大片冰地，猶如雷池一般，不讓人越過一步。

然而最令凌若與弘曆意外的是胤禛，除了開始幾步有些生疏之外，隨著時間的推移，變得越來越熟練，腳下的冰鞋時常行出刁鑽古怪的角度，令弘晝好幾次險些被他突破。

雖然弘晝眼下還守得很好，但毫無疑問，他的壓力正在不斷加大。趁著一次轉身的機會，弘晝朝遠處的弘曆猛打眼色，意思是他快要撐不住了；至於胤禛則好像沒事人一般，神色始終平靜如水，無一絲漣漪起伏。

弘曆忍著笑道：「額娘，您趕緊將蘋果扔上去吧，要不然兒臣怕弘晝要倒下了。」

凌若也抿嘴一笑，仰頭看去，視線裡恰好出現一隻老鷹，於一聲清脆的鷹鳴中，凌若用力將蘋果拋起。

胤禛雖然一直在努力想要繞過弘晝，但心神卻分了一半在凌若身上，所以凌若的手剛一動，他就發覺了，反手取箭，執弓的手亦從身後來到身前。

弘晝雖然背對著弘曆，但胤禛的動作無疑說明了一切，趕緊調動僅餘的體力，死死擋在胤禛跟前。這一陣子聚精會神的阻攔，已經令弘晝忘了眼前的人是自己的皇阿瑪，是當今皇帝，只一門心思想要攔住他，不讓他順利達成目的。

不斷上升的蘋果與正飛過一碧如洗天空的老鷹同時映入胤禛眼裡，他心思一動，拿到箭的手一頓，手指微勾，將另一支箭也握在手裡，然後迅速抽離，同時搭在弓上。

弘曆看到這一幕，吃驚地問：「皇阿瑪想要同時射兩箭嗎？」

凌若屏息地看著胤禛。從蘋果扔上去到掉下來，只有幾個呼吸的工夫，所以弘晝有極大的信心可以擋住胤禛。

就在他緊緊盯著胤禛，不讓其靠近一步時，胤禛忽的腳尖一用力，整個人往後滑去，如此一來，胤禛距凌若的距離也從原來的八十餘步，變成了百餘步。

就在滑開的瞬間，胤禛拉滿弓弦，然後快速鬆開，從拉弓到放開，不超過一息，等弘晝回過神來時，兩支箭已經帶著尖銳的破空聲飛了出去。

鐵箭快得令人眼睛追不上，只聽「咻」的一下聲，兩支箭便消失在眼前，不知飛去了哪裡。正當眾人極力搜尋鐵箭的蹤跡時，空中傳來一聲悲鳴，緊接著兩支鐵箭已經分別串著蘋果與老鷹掉在凌若面前。

弘曆驚喜地撿起來，快步往胤禛的方向奔去，因為奔得太急，連著摔了好幾跤，待得奔到胤禛面前時，他的袍子已經磕破了一個洞。

「皇阿瑪！皇阿瑪，您不只射中了額娘扔的蘋果，還將那隻老鷹也射了下來！您是怎麼做到的？」弘曆興奮地問著，旁邊的弘晝亦是一般驚喜。

「適當的嬉戲，可以讓精神力在不知不覺間集中，當你已經習慣了集中後，不論是射箭還是什麼，都可以讓自己在最短的時間內手眼合一。」胤禛拍著他的肩膀道：「記著，凡事皆有利有弊，關鍵在於你自己如何掌握。」

弘曆喃喃重複了一遍胤禛的話，好一會兒方才若有所悟地道：「是，兒臣明白了，多謝皇阿瑪指點兒臣。」

弘晝在一旁輕聲問：「四哥，你與皇阿瑪在打什麼啞謎呢？我怎麼聽不明白。」

胤禛輕拍了他一下道：「你啊，多跟你四哥學學。你四哥是不願將時間浪費在玩耍上，而你則是恨不得一天十二個時辰全用來玩耍，以前小的時候瞧你倒還算用功，哪知越大越懶惰了。」

「兒臣哪有。」弘晝不服地道：「兒臣都是唸完了書才抽空玩一會兒的。」

胤禛不理會他，抬步往凌若走去，一路上，宮人皆跪下山呼萬歲，胤禛神乎其技的射箭實在是令他們大開眼界。

望著走近的胤禛，凌若盈盈下拜道：「皇上箭技驚人，實在令臣妾佩服不已。」

胤禛隨手將弓箭交給等候在一旁的小太監，然後脫下冰鞋，赧然笑道：「虧得朕的箭技沒有太過退步，否則射了個空，可是要讓妳笑話了。」

「臣妾可不敢笑皇上。」

彼時弘曆與弘晝結伴走了過來，弘晝看到弘曆將串著老鷹與蘋果的箭交給四喜，不由得道：「皇阿瑪，兒臣若是能有您這樣的箭術就好了。」

「只要你勤加練習，自然會有這個機會。」隨著這句話，胤禛剛剛興起的念頭變得更加清晰與肯定，轉頭對凌若道：「熹妃，妳說今年去圓明園過年，順便在那裡辦一場冰嬉可好？」

第九百八十八章　決定

胤禛道：「妳看看時間是否來得及，若可以的話就辦，也讓大家都高興高興。」

凌若斟酌了一下道：「既是這樣，那臣妾回去後就去安排，算算日子，只要沒什麼意外，應該是趕得及。」

胤禛擺手道：「不必急於這一時半會兒，先陪朕用午膳吧，難得朕今日有幾分空閒。」

凌若低頭一笑，故意道：「那臣妾是不是還要謝皇上隆恩？」

胤禛被她說得哭笑不得，捏一捏她的手。「妳這妮子，存心開朕玩笑是不是，也不怕被弘曆聽到。」

弘曆與弘晝走在後面，他們都聽到了胤禛說要去圓明園過年並辦冰嬉的事，兩人到底還是少年心性，覺得新奇不已，低聲說著話。

「臣妾說的是實話，哪還怕人聽到。」凌若抿著嘴道：「現在宮裡頭誰不知道，謙貴人與她腹中的孩子才是皇上心頭肉。」

「妳啊，真是存心想氣死朕不成。」胤禛不住搖頭，似乎真有些生氣了，好一會兒方才道：「潤玉與孩子固然重要，但在朕心中又如何及得上妳，至少她沒有能力讓朕不遠千里親自到宮外去找她。」

見他語氣生硬，凌若忍不住低笑起來，眼中閃動著狡黠之色。「臣妾不過是與皇上開個玩笑罷了，偏皇上還當了真。」不等胤禛說話，她語氣一轉，溫然道：「臣妾一直都知道皇上待臣妾的心意。」

「妳知道就好。」胤禛沒好氣地說了一句，握著凌若的手始終不曾放開，就這麼一路牽到承乾宮。

至於凌若，感受著掌心不斷傳來的暖意，雖是數九寒天，她卻覺得整個人都是暖的，嘴角微微上翹，抿起一絲歡愉的笑意。

不論在宮裡掙扎得多麼苦，不論失去了多少，只要掌心的這份暖意尚在，她就會一直堅持下去，守在胤禛身邊，不離不棄。

承乾宮已經備好了午膳，還臨時加了幾道胤禛喜歡的菜，香氣飄了出來。弘晝也被留了下來，與弘曆一道陪在下座。

弘晝先夾了一筷子珍珠雞到胤禛面前的小碟中，討好地道：「皇阿瑪，您日理萬機，最是辛苦，定要多吃一些。」說著又夾了一筷子鱸魚到凌若碟中。「娘娘，這鱸魚雖然比不得秋時肥美，但鮮意卻更盛，您嘗嘗看。」

弘曆最是清楚他，這樣獻殷勤，無非是想著過年時候去圓明園參加冰嬉。唉，這個五弟，永遠也忘不了玩。

胤禛也瞧出他這個打算，故意道：「弘晝，朕記得這幾日你額娘身子不太好，常有頭暈是嗎？」

弘晝不解他這話的意思，如實道：「是，尤其是每日晨起的時候，額娘都覺得頭暈目眩，要坐上好一會兒才能下地。太醫說是頭吹了冷風的緣故，要等到開春時才會好起來。」

胤禛頷首與凌若道：「看裕嬪的情況不適合去圓明園，還是在宮中靜養為好。」

凌若忍著笑附和：「皇上說的是，否則來來回回地折騰，只怕裕嬪的病會越發嚴重。至於五阿哥，就留在宮裡照顧裕嬪吧。」

弘晝一聽這話就急了，起身道：「皇阿瑪，熹妃娘娘，其實只要不吹到風，額娘便不會有事；再說兒臣曾聽額娘說過想去圓明園走走，若是這次去了，指不定對額娘的病情有幫助。」

弘曆早看出胤禛與凌若是故意在逗弘晝，偏他還不知情，巴巴地說了一通；眼見弘晝還想說，終於忍不住扯了扯他的衣服，輕聲道：「弘晝，我額娘與皇阿瑪是在逗你呢！」

經他這麼一提醒，弘晝總算省悟過來，見自己鬧了那麼大一個笑話，站在那裡訕訕地笑著，手腳不知道該往哪裡放。

凌若笑道：「好了好了，坐下用膳吧。你皇阿瑪都說了要讓大家都高興，怎會落下你跟你額娘呢？至於你額娘的身子，本宮到時候自會想辦法。」

「多謝熹妃娘娘！」弘晝歡喜地應了一聲，趕緊坐下大口大口地扒著飯。待得用過午膳，又坐了一會兒後，弘曆站起來道：「皇阿瑪，額娘，兒臣跟弘晝該去跟蒙師父習箭了。」

「去吧。」胤禛揮一揮手，道：「記著之前朕跟你說的話，凡事欲速則不達，一切要順其自然。」

「是！」弘曆眼中閃著異樣的神彩。

在他們兩人下去後，胤禛緩緩道：「這孩子，比朕想得更要強；相反的，弘晝就要稍差一些，心裡始終想著玩耍。」

凌若在一旁道：「五阿哥年幼，這會兒心性都還沒定呢，哪能看得出來，指不定以後比弘曆還要能幹。」

胤禛搖頭道：「俗話說三歲看到大，心性其實早在小的時候就定好了，不過有弘曆看著這個弟弟，朕倒也不太擔心。反倒是弘時……」

聽到弘時二字，凌若心中一動，裝作不經意地道：「二阿哥怎麼了？他如今在朝中應該能幫到皇上許多才是，難道二阿哥做得不夠好？」

「朕如今讓他學著管禮部那邊，倒是還像點樣子，可讓朕沒想到的是，他居然與老八他們越走越近。」

「廉親王？」凌若微微一驚。

胤禛厭惡允禩已經是眾所周知的事，弘時身為人子，應該知道避嫌才是。

胤禛道：「若只是這樣也就罷了，可弘時偏生學起允禩的做派來，在禮部誰也不得罪。朕問他那些官員做事如何，他一味地說好，真是氣死朕了！」

「皇上少安勿躁。」凌若安撫了一句道：「廉親王以前在朝中有八賢王的美譽，先帝在世時百官頗為擁護他，二阿哥想必是聽說了，覺得好玩，所以才學著。」

第九百八十九章　進言

「好玩？他又不是七、八歲的孩童，分不清好壞！」一說到這個，胤禛便滿肚子都是氣。他的親生兒子跑去效法與自己鬥了一輩子、且三番四次欲加害自己的仇人，換了任何一個人怕是都接受不了，更不要說他還是帝王。

「再說，允禩那些手段，明擺著就是籠絡人心，拿著底下那些人幫他搜刮來的銀子四處撒錢，掙來一個所謂的八賢王美譽，實際上根本就是沽名釣譽、欺世盜名！」胤禛的話尖酸刻薄。

允禩總是每次都可以挑起胤禛心底最深的那絲火，讓他近乎失去理智。

那廂，胤禛仍在苛責：「他若真有本事，皇阿瑪早就將皇位傳給他了，皇阿瑪就是看穿了他的本質，知道江山交到他手裡有百害而無一利，這才將皇位傳給了朕，他知道朕一定會竭盡心力去守護大清江山。」

凌若點頭道：「臣妾親眼看到皇上為大清付出了所有，每一日都不眠不休地批改著成堆的摺子，也正因為如此，皇上的身子不再像以前那樣健康。」

「這點兒事，朕熬得住。」胤禛回了一句，又生氣地道：「朕只是沒想到，朕的親生兒子居然去學這偽君子，簡直就是想氣死朕。更可氣的是朕說他，他居然頂嘴，說朕對允禩有偏見！」胤禛越說越氣，忍不住狠狠一掌拍在桌子上。

凌若有些無奈地看著胤禛，待他氣消一些後，方才勸道：「皇上，弘時只是一時盲從罷了，等以後他自然會省悟過來，您莫要與他一般見識了。二阿哥始終還年輕，閱歷更是不夠豐富，還有許多要教、要學的地方。」

胤禛氣極，脫口道：「朕就怕他一條道走到黑，死了都不知道回頭！」

凌若趕緊勸道：「不會的，只要多與他說說，二阿哥一定會改變心意的。」

胤禛冷哼一聲，一直到他離開，心情都顯得不是很好。

凌若知道，那麼多兄弟中，胤禛最恨的人莫過於允禩，幾番想置他於死地，只是一直沒尋到合適的機會，只能讓他暫時賦閒在家。

而弘時，也真是不夠懂事，居然連這樣也看不清，還敢與允禩親近……

那拉氏一直對弘時寄予厚望，打小就對他嚴加管束，為了消除弘時對自己的誤會，更不惜上演苦肉計；若讓她知道胤禛此刻對弘時的不滿，只怕要擔心得臥不安枕了……

隨著這些念頭轉過心頭，凌若嘴角抿起一絲冷凜的弧度，喚過楊海，抬一抬下巴道：「設法把皇上剛才的話傳到皇后耳中。」

楊海待要答應，忽道：「主子，若是單獨傳到皇后耳中，只怕會引起她的懷疑。依奴才愚見，不如傳去其他地方，再傳到皇后耳中，這樣更隱蔽一些。」

凌若吹著指上的珍珠，漫然道：「無妨，本宮與她早成水火，還怕她懷疑嗎？再說劉氏腹中孩子未除，眼下又多了這麼一檔子事，她自顧不暇，又哪有空來找本宮的麻煩。」

那拉氏靠在榻上閉目養神，鳳嘴銜下的紅翡滴珠貼在她敷了脂粉的額上，榻邊的小几上擺著新摘來的素心臘梅。那拉氏不甚喜花，卻對這素心臘梅情有獨鍾，每日都命人折來放在瓶中。

惜春悄聲走進去，還未說話，那拉氏已問：「她喝完了嗎？」

惜春趕緊屈膝道：「回主子的話，奴婢看著慧貴人將整碗藥喝盡，沒有剩下。」

那拉氏緩緩睜開眼來，見她伸手，惜春趕緊上前扶著她坐起一些。那拉氏撫一撫額道：「入冬後，本宮總覺得夜間睡不好，到了日間又覺得精神不濟。」

惜春小聲道：「想是這段時間煩心事多了些，所以主子才睡不好覺。其實主子可以讓太醫開幾副安神的藥，如此也有助睡眠。」

那拉氏眸中冷光微現。「煩心事不除，就是喝再多安神藥也於事無補。」

惜春接過熱茶遞給那拉氏，小心地道：「主子可是為了謙貴人一事煩心？」

那拉氏有些煩躁地道：「舒穆祿氏出入長明軒也有日子了，可劉氏除了脈象不穩，便再沒有其他症狀。聞了這麼久的紅麝串，不應該只這樣，不知舒穆祿氏是怎麼做事的。」

惜春瞅著她的神色道：「主子，奴婢聽聞孩子越大越不容易小產，謙貴人胎兒已有六個多月了，也許麝香對其已沒太大用處，所以才一直沒見動靜。」

「哼，沒用的東西。」那拉氏神色越發不悅，斥道：「再拖下去，劉氏的孩子就算打下來也可以活命了。」

惜春心思一動，想起剛才三福說的事，也許，現在就是一個很好的契機。她斟酌著詞句道：「主子，奴婢以前還在家中的時候，曾見到同村的一個婦人養活了七月早產的孩子，照這樣看來，謙貴人那頭……」

「好了！」那拉氏掃了她一眼道：「嫌本宮還不夠煩嗎？」

惜春連忙跪下，惶恐地道：「奴婢不敢，奴婢只想替主子分憂而已。」

「替本宮分憂？」那拉氏重複了一句，盯著惜春的頭頂：「那妳倒是說說，怎麼個分憂法。」

第九百九十章

滿腹疑心

惜春不敢起來，忍著心裡的緊張道：「謙貴人腹中龍胎已逾六月，而慧貴人戴了這麼久的紅麝串都沒用，足見麝香效果已經不足；而且麝香有香，很容易被人發現，奴婢以為，想要除去謙貴人的龍胎，得另想他法才行。」

那拉氏待她說完後，若有所思地道：「那妳可有更好的法子？」

這話正中惜春下懷，若可以讓那拉氏採納她的建議，那三福說的便等於成功了一半。她袖中的手指用力絞著。「奴婢確有一個想法，盼能幫到主子。」

「且說來聽聽。」那拉氏坐直了，深幽的目光落在惜春微微起伏的袖子上。

惜春定了定神道：「奴婢以為，謙貴人如今雖然對入嘴的東西看得很嚴，但旁的東西卻不是，譬如說沐浴用的水。」

惜春娓娓道來：「只要咱們把紅花放入謙貴人沐浴用的水，那麼紅花的藥性便會隨著熱水進入到她體內，雖然不能如服用那般好，但效果應該會比慧貴人做的更直接明顯。據奴婢所知，雖然天氣嚴寒，但謙貴人仍然每天沐浴，相信不到一個半月，便會令她小產。」

「很好！」那拉氏讚許地看著惜春。「想不到妳能想到這一點，倒是令本宮刮目相看。惜春，以前本宮可從來沒見妳提過這樣的點子，相反的，本宮記得第一次讓妳送藥給舒穆祿氏的時候，妳還有些不太情願。」

「奴婢沒有。」

惜春連忙否認，待要再解釋，那拉氏已然道：「行了，妳什麼心思，本宮心裡明白。起來吧，既然此事是妳提的，那本宮就交給妳去辦，仔細一些，千萬別出了岔子，否則讓人發現了，可是連本宮都保不住妳。」

「奴婢知道了。」雖然惜春掩飾得很好，但眼底一閃而過的喜意還是被那拉氏抓了個正著。

她不動聲色地道：「行了，妳先下去吧，叫小寧子進來給本宮按按腳。」

隨著惜春的退下，小寧子走了進來，踮著腳尖來到那拉氏身前，打了個千兒後，跪到那拉氏腳邊，不輕不重地替她按著雙腿。待那拉氏腿部的肌肉緩緩放鬆下來後，他方才小聲道：「主子，好些了嗎？」

那拉氏神色舒緩地道：「嗯，宮裡頭那麼多人，就屬你這雙手按著最舒服。」

小寧子諂笑道：「只要主子喜歡，奴才就算按殘了這雙手也心甘情願。」

「油嘴滑舌。」這般說著，那拉氏卻不曾真生氣，隔了一會兒道：「小寧子，舒穆祿氏若再去長明軒，你就親自去給本宮盯著，看看她到底有沒有搞鬼。」

小寧子手裡動作一滯，抬頭道：「主子，您可是覺得慧貴人有事瞞著您？」

那拉氏神色凝重地點頭。「麝香是什麼東西，本宮比所有人更清楚，雖不如紅花藥性那麼霸道，但令人小產絕不是什麼難事；可偏偏舒穆祿氏戴著紅麝串那麼久，劉氏一直都只是略有不舒服。」

小寧子不確定地道：「慧貴人她……應該沒那麼大膽，在主子面前耍花樣吧？」

「人心永遠是最難揣測的，就像本宮之前沒想到她能想到紅麝串這點子一樣，而她偏偏想到了。」那拉氏眸子微瞇地道：「記得，小心一些，別被人發現了。」不等小寧子答應，她又道：「還有，惜春那邊，你也給本宮盯著些。」

她將剛才的事簡略說了一遍，道：「惜春跟在本宮身邊多年，膽小怕事，從來都是多一事不如少一事，如今竟然主動獻計給本宮，實在很讓本宮懷疑。」

小寧子暗自點頭，隨後又有些不解地道：「主子既然懷疑了，為何還要讓她去下藥，就不怕她……」

「雖說她的行跡有些可疑，但這點子確實不錯，透過皮膚吸收紅花的藥性，相當於每日都喝一小點，長期下來，必然小產。劉氏那邊，不可以再拖了。」

小寧子當即道：「主子放心，奴才一定替您盯緊他們兩個。」見那拉氏慢慢閉上雙目，他轉著眼珠子，輕聲道：「主子，奴才在與孫墨一道打理宮裡的事時，孫墨常給奴才臉色看，奴才本來不想說，可最近他越來越過分了。」

那拉氏睫毛微動，睜開一絲縫，盯著小寧子道：「是孫墨常給你臉色，還是你覺得與孫墨一道掌事，掣肘太多？」

被那拉氏一語道破心思，小寧子駭然色變，趕緊伏下身道：「奴才該死，不過奴才也是想為主子好。像之前，奴才發現有人在採摘您最愛的素心臘梅，便想找個人看在臘梅下，以免被摘了去，可孫墨說這樣不好，非要攔著奴才。」

「哼，要不是看在你對本宮還算忠心的分上，光憑你剛才那不盡不實的話，本宮便可以治你的罪。至於孫墨……有他自己的考量，也不能說錯。」如此說了一句，那拉氏又閉上眼睛，漫然道：「這樣吧，若是剛才交代的兩件事你給本宮辦好了，坤寧宮的事便交由你一人掌管。」

小寧子大喜過望，連忙磕頭道：「主子放心，奴才就算粉身碎骨也一定替主子辦好差事。」

那拉氏閉目不語。一天十二個時辰，她便動了十二個時辰的心思，連睡覺時都沒有停下，正因為如此，她才覺得臥不安枕，但同時，也將所有人的心思都看得一清二楚，想在她面前耍花樣，呵……

第九百九十一章 傳召

第二日，舒穆祿氏與往常一樣去長明軒，在走了一段路後，覺得身後似有什麼人跟著自己，但好幾次回頭都沒有發現異常，覺得好生奇怪。

「主子在看什麼？」如柳見其頻頻回頭，好奇地問著。

舒穆祿氏仔細看了一眼後，收回目光，道：「沒什麼，咱們快走吧。」

到了長明軒後，舒穆祿氏與往常一樣將紅麝串戴在雨姍腕上，命她出去，自己則陪著劉氏說了小半天的話後方才出來。

小寧子一路尾隨，躲在暗處盯著。原以為自己今日是白跑一趟，不承想卻看到舒穆祿氏出來後，從雨姍手上接過一串看似沉香木的珠子戴在手腕上。

待舒穆祿氏走了之後，他一溜煙地跑回坤寧宮，將所見所聞細細告訴那拉氏，隨後道：「主子，因為奴才隔得較遠，不敢肯定慧貴人從宮女手上取回的就是那串紅麝，但有很大的可能性。」

那拉氏沉著臉沒有說話。若小寧子猜測屬實，意味著舒穆祿氏根本沒有用紅麝串對付劉氏，一直都在敷衍自己……「本宮在想，若舒穆祿氏真騙了本宮，那何太醫的脈案又是怎麼一回事？」

小寧子滿心奇怪，思索良久，一個大膽的念頭浮上心間，脫口道：「主子，何太醫的脈案會不會是假的？」

那拉氏陡然一驚，站起身來在金磚上來回踱步。無可否認，小寧子的猜測可以解釋所有不合情理的事，但這麼一來，便意味著他們全部串通在一起。

清冽如冰雪的聲音在小寧子耳邊響起——「本宮似乎小瞧了劉氏與舒穆祿氏，尤其是舒穆祿氏，真是好本事，連本宮也敢騙。」

「任她怎麼使心眼，還不是被主子發現了。」小寧子討好地說了一句後道：「主子，要不要奴才傳慧貴人來問話？」

「不必了，本宮不想打草驚蛇，她想玩，本宮就跟她玩個夠！」笑容在那拉氏頰邊浮現，然那雙眼，卻比剛才更冷徹百倍。

小寧子只是看了一眼便立刻低下頭，不敢與之對視。

在平復了一下心情後，那拉氏再次問：「那惜春呢，她又怎麼樣？」

小寧子忙躬身道：「回主子的話，惜春那邊尚無異常，奴才會繼續盯著的，請主子放心。」

正說話間，孫墨走了進來，那拉氏瞥了他一眼道：「什麼事？」

孫墨趕緊答：「回主子的話，奴才今日去內務府時恰好碰到承乾宮的楊海，從他那裡聽到一些話，與二阿哥有關。」他一邊說，一邊瞅著那拉氏的臉色。

「弘時？」那拉氏精心描繪過的眉頭微微一抬，帶著些許驚訝，當下道：「說吧，他都與你講了些什麼。」

「嗻。」孫墨低頭道：「昨日皇上在承乾宮用午膳，曾與熹妃說起二阿哥與廉親王走得極近，還處處學廉親王的行事作風，為此皇上曾訓斥過二阿哥，可二阿哥不只未聽進去，甚至與皇上頂嘴，令皇上很是不滿。」

那拉氏臉色變了變，盯著孫墨道：「這些話都是楊海告訴你的？」

「是，他說熹妃娘娘聽了之後，很是擔心二阿哥，可惜她不是二阿哥生母，不好多言，只能勸著皇上不要與二阿哥置氣。」

「她會有那麼好心！」那拉氏目光一沉，戴著護甲的手指重重一敲紫檀木桌，涼聲道：「她恨不得弘時失盡皇上歡心，這樣她的兒子才有機會繼承皇位。」

小寧子湊過來道：「主子，奴才覺得很奇怪，熹妃底下那些人一個個口風緊得很，怎的這次巴巴地與孫墨說這麼許多，其中是否有詐？」

孫墨本來也想說這些，不想被小寧子搶了先，心下惱恨不已。「主子，奴才也是這麼想的，所以趕緊來跟主子稟報。主子，您瞧這事是真是假？」

那拉氏微瞇了眼道：「假倒是不至於，不過這番話，應該是鈕祜祿氏故意借楊海的口告訴你，或者是要讓本宮聽的。她知道本宮最近為了劉氏的事心煩不已，故意說這些，就是想讓本宮忙上添亂，無暇他顧。」

小寧子啐道：「熹妃真是狡猾多詐，也不知使的什麼狐媚法子，讓皇上這樣信她。奴才聽說皇上還讓熹妃籌備去圓明園過年的事呢！」

「她向來是個很有法子的人，否則如何能與本宮爭這麼多年。」那拉氏面容冷酷地道：「待劉氏的事解決了，本宮再慢慢對付她，大權不能一直被她把握在手中。小寧子，你出宮一趟，請二阿哥進宮，本宮有話與他說。」

弘時進宮時已是傍晚時分。自冬至之後，天色很早便是漆黑一片，稍隔得遠一些便看不清楚。

弘時穿著一襲寶藍色織錦袍子，由小寧子引入內，朝坐在上首喝茶的那拉氏行禮。「兒臣給皇額娘請安，皇額娘吉祥。」

那拉氏將茶盞一放道：「起來坐下吧。」

弘時依言坐下後，道：「皇額娘急著召兒臣入宮，不知所為何事？」

那拉氏也不提那檔子事，和顏道：「沒什麼，就是有陣子不見你入宮，本宮頗為掛念，所以召你入宮，不會嫌皇額娘唐突吧？」

弘時內疚地道：「皇額娘說的是哪裡話，都是兒臣不好。這段時間皇阿瑪讓兒臣管著禮部，兒臣一忙便忘了入宮給皇額娘請安，倒是要請皇額娘原諒才是。」

第九百九十二章 輸贏

那拉氏笑道：「你我母子之間不說那麼見外的話，本宮餓了，你陪本宮一道用晚膳吧。」

「兒臣遵命。」弘時一邊說著一邊扶了那拉氏去偏殿。

偏殿裡已經擺了滿滿一桌子菜，孫墨將鑲金的筷子放在桌上，陪笑道：「二阿哥，主子一知道您要過來，就立刻讓小廚房做了幾個您平常愛吃的菜。」

弘時頗為感動地道：「讓皇額娘費心了，其實兒臣吃什麼都是一樣的。」

那拉氏不以為然地道：「你難得入宮吃頓飯，怎麼可以隨便。好了，入席吧，否則菜都要涼了。」

「是。」弘時答應一聲，扶了那拉氏坐下，隨後親手盛了碗山藥湯放到她面前。「皇額娘先喝碗湯。」

「你趕緊坐下，這些事自有宮人會做。」那拉氏問了幾句蘭陵的情況，得知她還是跟以前一樣將自己關在小院中時，輕輕嘆了口氣，卻也沒說什麼。

弘時見她神色有所不豫，轉過話題道：「皇額娘，兒臣府裡的兩名庶福晉都懷了身子，等過了年便能先後臨盆。」

那拉氏精神一振。「如此就好。你成親也有兩年了，卻一直沒孩子，本宮不知道多惦記，眼下終於可以放心些許了。生了記得給本宮還有你皇阿瑪報喜。」

弘時精神微黯，垂頭不語。那拉氏心知是怎麼一回事，卻故作不解地道：「怎麼不說話了？」

弘時擱了筷子，沉聲道：「皇阿瑪一直對兒臣有所不滿，這喜不報也罷。」

那拉氏目光一閃，安慰道：「你這是什麼話，你是長子，你皇阿瑪向來看重你，又將禮部交給你管，怎麼會不滿你呢？莫要胡思亂想。」

弘時略有些激動地道：「不是兒臣亂想，而是千真萬確的事。兒臣之前在禮部遇到一些不懂的事，恰好碰到八叔，便向他請教。八叔對兒臣很有耐心，幫著兒臣解答之後，還告訴兒臣，有什麼事儘管去問他。」

「後來兒臣又去了幾次，不知怎麼的被皇阿瑪知道了，他將兒臣叫過去好一頓訓斥，說八叔是個陰險小人，兒臣不該跟他親近；兒臣覺得皇阿瑪待八叔的看法過於偏頗，所以說了一句，哪知道引來皇阿瑪好一頓罵，還說若兒臣再這樣，便讓兒臣不要再管禮部的事了。」

那拉氏待他一氣說完後，方才撫著他的肩膀道：「你應該知道先帝爺離世傳位時，廉親王對你皇阿瑪多有意見，之後更出了一些事，令他們兩人誤會更深。」

弘時道：「這件事兒臣自然知道，可一碼歸一碼，而且兒臣與八叔聊天的時候，他也曾數次說過後悔以前做過的事。既然八叔已有悔過之心，皇阿瑪便不該再揪著不放。為人君者，當寬濟天下才是。可皇阿瑪呢？他只是一頓訓斥，您讓兒臣如何心服。皇阿瑪還說兒臣學八叔，可事實上八叔寬和仁義之風，確實很令人欽佩，兒臣學他又有什麼不好？難道非要學皇阿瑪那樣嚴苛冷酷才好嗎！」

那拉氏勃然色變，手中筷子重重一放道：「大膽，誰教你這麼說自己皇阿瑪的？」

弘時眼皮一跳，但仍是倔強地道：「兒臣只是實話實說，並不覺得自己有什麼錯。朝中上下對皇阿瑪的作風皆頗有微詞，尤其是皇阿瑪現在弄什麼火耗歸公、攤丁入畝，弄得人心惶惶；而那個田文鏡，兒臣聽說他仗著皇阿瑪的信任，橫行霸道，哪個人的面子都不賣，想怎麼做就怎麼做。」

聽著弘時那些大膽且不計後果的言詞，那拉氏臉色越發陰沉，冷聲道：「你年少閱歷尚淺，對朝堂之事有許多不懂，容易被人言誤導，這一點皇額娘不怪你；但有一點你要記住，你皇阿瑪做的每一件事都是為大清好，不管他做什麼都有理由。你身為人子，要做的是聽從皇阿瑪的話，而不是與他作對。」

弘時忍不住道：「這麼說來，皇額娘也覺得兒臣錯了？」不等那拉氏開口，他又道：「不錯，兒臣是年輕，但兒臣眼睛未盲，所有事看得清清楚楚，若皇阿瑪真做得對，朝堂上下怎麼會有這麼多怨言。」

那拉氏沒想到弘時會這麼倔強，一時竟不知該怎麼說才好。繼續爭論下去，只會讓弘時更激動，甚至拂袖而去，而這顯然不是她要的結果。

擱在腿上的雙手用力握緊再鬆開，如此反覆幾次後，那拉氏平靜下來，命小寧子等人退下後，方道：「弘時，如今這裡只剩下你我母子兩人，不需要再避諱，本宮問你一句，你是否想輸給弘曆和弘晝？」

弘時想也不想便道：「兒臣自然不想。可是皇阿瑪——」

那拉氏打斷他的話，道：「你皇阿瑪怎麼想的先不要管，本宮只問你自己，是想輸還是想贏？」

「贏！」他不願輸給任何人，哪怕是自己的弟弟！

「很好。」那拉氏扶著弘時的肩膀道：「既然這樣，那不論你對你皇阿瑪有多少不滿，認為廉親王有多無辜，都給本宮忍住，不許在你皇阿瑪面前表露一絲一毫！」

弘時大為不滿，待要張口，扶著肩膀的手一緊，只聽那拉氏道：「你先聽皇額娘說完。」

她用比剛才更慢的語調道：「你皇阿瑪已經四十七了，雖然現在身子還算健碩，但終歸是在一日日老去。他早晚要立太子，以確定百年之後由誰來繼承皇位。你是長子也是嫡子，按理來說，你是太子的不二人選，可熹妃一直不甘，想要讓她的兒子來繼承皇位。昔日熹妃是如何挑撥你我母子的，想來你還記得。像她這樣虛偽的人，生出的兒子又能好到哪裡去，讓他繼承大清江山，只會令江山毀於一旦，唯有你才是最好的人選，這一點，皇額娘從未懷疑過。」

第九百九十三章　過猶不及

弘時仔細聽著，雖佳餚滿桌，卻全無動筷的心思。那拉氏說得極慢，可每一個字又說得極重，像是一把錘子一樣，不住敲打著弘時的心。

「可眼下呢？弘曆使勁討你皇阿瑪的歡心，你卻在那裡惹他生氣，日久天長，換了你是你皇阿瑪，會怎樣？」

這個答案不須說，弘時也知道，皇阿瑪一定會疏遠自己而喜愛弘曆。想到此處，他澀然道：「兒臣明白皇額娘的意思，可是兒臣並沒有做錯。」

那拉氏點頭道：「皇額娘知道，可許多事不是一句沒做錯便可以帶過去的。人活一世，許多事都要去忍，忍不過去是懸崖峭壁，忍過去了便是海闊天空。弘時，你選哪一樣？」

弘時咬著牙，低聲道：「海闊天空！」

那拉氏欣慰地點頭。「你明白就好，眼下你或許會覺得忍得很辛苦，但等你得到你皇阿瑪的認同，立你為太子的時候，便會覺得一切都是值得的。譬如廉親王，到時你可以善待於他，又譬如你皇阿瑪推行的政令，你若真覺得不好，屆時也可以廢除，這豈不是兩全齊美嗎？」

那拉氏的話替弘時打開了另一扇窗戶，眼下的他不論做什麼，在胤禛面前都是微不足道的，可若是他成為儲君乃至皇帝，那麼便可以做到！

一聲令下，四海臣服，再無人可以管束他。

想到這裡，弘時心潮澎湃，忍著激動之色道：「兒臣會照皇額娘的話去做，不輸給弘曆與弘晝。」

他那些心思怎能逃得過那拉氏的眼睛，她微微一笑，鬆開抓著弘時肩膀的手，道：「這才是皇額娘的好兒子。弘時，你記著，皇額娘不論做什麼都是為了你好，絕不會害你。至於說太后之位，在皇額娘心中，遠不及你萬一。」

弘時感動不已，哽咽地道：「兒臣知道，兒臣必不辜負皇額娘的期望！」

「好！好！」那拉氏激動地說著，眼中淚意閃爍，待要舉筷，發現菜已經涼了大半，乾脆命人全部撤下去，再重新做幾道簡單的菜。

這一頓晚膳，在母慈子孝中用完。趁著宮門未關，弘時辭別離去。

在他走後，那拉氏眼裡的慈色頓時化為烏有，冷哼道：「真是一個蠢貨！」

小寧子陪笑道：「主子怎麼這麼生氣，其實不管二阿哥說了什麼，終歸是還年輕，許多事不懂，主子別與他一般見識就是了。」

「哼，他不是年輕而是愚蠢，隨便被人說幾句便相信了，還跑到皇上面前為其出頭，真是不知死字怎麼寫。廉親王要是這麼簡單，如今哪還有命活著。」那拉氏越說越生氣，將骨碟狠狠摔在地上。

小寧子嚇了一跳，不曉得這一會兒工夫那拉氏怎麼會氣成這樣，趕緊跟孫墨一道跪在地上，一個勁地請那拉氏息怒。

那拉氏餘怒未消地道：「葉氏那個蠢貨，生出來的兒子也是個蠢貨，任憑本宮怎麼悉心教導都沒什麼長進，還是蠢得要命。若非本宮膝下只得他這麼一個，早就懶得管他死活了。」

孫墨細聲道：「主子消消氣，二阿哥雖說蠢鈍了些，但總算對主子還有幾分孝心，不算是毫無可取之處。」

小寧子眼珠子一轉，大著膽子道：「恕奴才說句實話，二阿哥越蠢，對主子來說就越是好事。只有這樣，二阿哥才離不開主子，事事都要主子替他拿主意。」

那拉氏臉上浮起一絲笑容，走到插著素心臘梅的花瓶前，摘下一朵色澤純黃的梅花，將之緊緊捏在掌中，待得鬆開時，剛剛還盛放的花朵已經不成樣子。

同樣的夜色下，凌若早已用過晚膳，正坐在屋中看書。在清淺的沉木香氣中，凌若聽到有人走進來的聲音，頭也不抬地問：「什麼事？」

「主子，皇后宣了二阿哥入宮，眼下二阿哥剛剛離去。」楊海垂手恭謹地說著：

「依奴才猜測，突然傳二阿哥入宮，應該是為了主子讓奴才傳出去的事。」

「皇后終歸還是按捺不住。」凌若合起書卷，起身走到香爐邊，手輕輕一搧，剛飄出來的白煙頓時被搧得無影無蹤。

「主子，皇后向來擅用手段，二阿哥又一向聽她的話，只怕已經被皇后說服了。」楊海有些憂心地道：「恕奴才直言，這樣一來，豈非變相地幫了皇后？」

凌若揭開雕成獸首的銀蓋，舀了一勺香料添在爐中，屋中的香氣頓時又濃了幾分。她道：「放心吧，二阿哥性子不夠果決，耳根子又軟，就算現在聽了皇后的話，之後被人在耳邊鼓吹幾句，又會故態復萌。皇后好不容易才說服了他，一轉眼又變成原樣，你說皇后會怎麼樣？」

水秀在旁邊插嘴：「若換了奴婢是皇后，肯定會很生氣。」

凌若微微一笑，將蓋子放回香爐上，看著絲絲縷縷的白煙，怡然道：「她越生氣，面對二阿哥時就會越忍不住脾氣，如此兩者之間的矛盾也會越演越烈。」

楊海頓時明白過來，臉上亦帶了一絲笑容。「主子高明，令奴才佩服不已。早知這樣，奴才之前跟孫墨說的時候，就該說得嚴重一些。」

「凡事過猶不及，實話實說就可以了，否則反倒會讓皇后疑心。」說到這裡，凌若記起一事來，吩咐道：「你去將三福叫來，本宮有話與他說。」

第九百九十四章　移駕

待三福進來後，凌若道：「你這段時間不要與惜春有任何聯繫，更不要去打探她事情辦沒辦成。」

三福神色一緊，問：「主子，可是有什麼不妥？」

凌若搖頭道：「不是，本宮只是覺得小心一些為好，畢竟皇后疑心那麼重，指不定會懷疑惜春，若你與她碰頭，豈不正好被皇后發現。」

聽聞是這麼一回事，三福稍稍放了心。「是，奴才會小心的。」

待一切吩咐完後，凌若再次拿起書，不過才看了一會兒便連著打了兩個哈欠。

水秀見狀道：「主子，您累了一天了，早些歇著吧，這書明日也可以看。」

「明日還得繼續備辦去圓明園的事，哪有時間再看。」這般說著，凌若還是將書放了下來。

水秀笑道：「主子這樣用功，不知情的人見了，還道主子要去考狀元呢！」

楊海湊趣地道：「誰說不是呢，只可惜咱們大清不讓女子考狀元，否則主子一去，那些什麼秀才、解元都得靠邊。」

凌若輕輕在楊海頭上打了一下，笑斥：「你們兩個沒大沒小，連主子玩笑也敢開是嗎？當心本宮罰你們去倒夜香。」

一聽這話，楊海與水秀趕緊斂了笑容，正經八百地道：「奴才不敢。」

看到他們兩個變臉如此之快，三福忍不住笑了起來。

凌若更是連連搖頭，揮手道：「好了，除了水秀留下替本宮更衣之外，你們兩個都下去歇著吧。」

在服侍凌若上床之後，水秀熄了燈退下，只餘銅燈臺上一盞小小的燈還亮著。

這一夜，凌若睡得並不安穩，總是作著夢，她夢到了小小的霽月，夢到了小路子，夢到了溫如言，夢到了年氏，一個夢接著一個夢，一直到天亮才徹底從夢中醒過來。她感覺頰邊涼涼，抬手摸去，摸到一臉溼溼的水跡。

不知不覺間，她已經失去了那麼多身邊的人，每失去一個，都會很難過，到後來連她原本恨的年氏離開時，她都覺得難受了。

生命，真的很無常，她不知道下一個會輪到誰，只想盡全力守護著身邊的人，不要讓悲傷再蔓延成災。

為了這個目的，她一定要除掉皇后，除掉這個瘋狂偏執的女人，哪怕不擇手段、傷盡陰鷙，她也在所不惜！

隨後的幾日，凌若將一切恨意藏在心裡，只專心準備著去圓明園過年的事，在與內務府多番商量之後，終於定下了離宮的日子，十二月二十；另外胤禛興之所至，聲稱在冰嬉之中得勝者，可得賜他素日裡戴在指上的玉扳指。

以前康熙曾賞過胤禛一個玉扳指，可惜碎了，雖然後來拼好了，但不再適合戴在指上，凌若便當成墜子一直掛在脖子上。

胤禛如今手上這個，雖說不是康熙賞的，但也戴了許多年，素不離身，有些人甚至覺得這個扳指便是帝王身分的象徵。

無數人心動不已，躍躍欲試，一個個憋足了勁在家中練習冰嬉技藝。尤其是弘晝，他最開心不過，扳指倒是其次，最重要的是他可以光明正大地玩冰嬉，連裕嬪也不會像以前那樣說他。

弘晝經常來承乾宮，拉了弘曆一道去練習冰嬉。自從上次被胤禛與凌若先後說了之後，弘曆放開了許多，不再像以前一樣緊緊束縛著自己。

不知是否因為如此，他射箭的本事也比以前進步了，可以做到六十步穿楊而不虛發，令弘晝羨慕不已；雖然弘晝也想像弘曆那樣，但他如今最多只能做到四十步穿楊，而且十次裡面最多只能中七次。

原本略顯無趣的日子因為這件事而過得飛快，很快的便到了十二月二十。

這日一早，胤禛與那拉氏自午門正門並肩而出，至於凌若等嬪妃則從偏門行出，各自登上早早候在那裡的車輦。

帝后共乘御輦，行在最前面，凌若攜弘曆乘車緊隨其後，再後面則是瓜爾佳氏、戴佳氏以及各貴人、常在等等，鑾駕之後則是跟隨的宮人，再加上隨行護衛的大內侍衛，足足有上千人，延綿數里之長，引來沿路百姓爭相看望。

弘曆掀開小半邊簾子，興奮地打量著被順天府尹調派來的衙差官兵擋在兩邊的百姓，自從胤禛繼位為帝之後，他還是頭一次出宮。

三福拖著不便的腿跟在旁邊，看到弘曆探出頭來，笑道：「四阿哥是第一次出來嗎？」

弘曆搖頭道：「以前在潛邸時也曾出來過，不過這樣熱鬧的情景還是第一次見。」說罷，他有些羨慕地道：「瞧他們一個個的多自在，彷彿什麼煩惱也沒有。」

三福搖頭道：「四阿哥說笑了，人活在世上怎麼可能沒煩惱，只是他們的煩惱不為四阿哥所知罷了。而且啊，奴才保證，他們心裡肯定對四阿哥羨慕得緊，認為四阿哥才是那個沒煩惱的人。」

「我？」弘曆指著自己，失笑地搖搖頭。這可真是如人飲水，冷暖自知。他雖貴為阿哥，不須為生計發愁，卻沒有什麼自由。

皇阿瑪成為皇帝之前，他走動的地方除了潛邸便是皇宮；後來皇阿瑪登基為帝，三年來，他從未出過皇宮一步，朱牆黃瓦，便是他看到的全部。他真的很想去朱牆之外自由地看看，不過他也清楚自己的身分，所以從來不提。

三福是一個很會察言觀色的人，否則也不能在那拉氏身邊伺候二十幾年，所以一聽到弘曆那個略有些失落的「我」字，便明白他的想法，安慰道：「四阿哥您過了年便是十五了，最多至十六歲，皇上便會為您指婚，然後在宮外開府建牙，到時候，您也可像他們一樣自在了。」

弘曆沒有說話，只是貪戀地看著那些好奇而驚嘆的百姓，他心裡明白，自己永遠不可能像他們一樣自在無忌。

待弘曆放下簾子後，凌若一拍他的手道：「人生在世，誰都會有不如意，關鍵在於面對不如意時會怎麼辦。弘曆，生在帝王家，未必就是幸，但也未必就是不幸。」

第九百九十五章

賭約

「兒臣明白的。」弘曆仰頭看著凌若，認真地道：「兒臣能生為皇阿瑪與額娘的兒子，本身便已是一種幸，所以兒臣不會怨天尤人，也不會盲目地去羨慕別人，始終，自己腳下的路才是最重要的。」

如此一路，半日工夫便到了圓明園。像劉氏等人皆是第一次來園子，雖已見識過紫禁城的奢華與浩大，但在面對巧奪天工又不失大氣的圓明園時，仍是讚嘆不已。雖是冰天雪地，但圓明園中仍有許多樹木常綠，茶花、臘梅、紅掌、杜鵑這些時令花卉隨處可見，瞧著極是賞心悅目。

住處是凌若一早就吩咐內務府安排好的，還是依著慣例，胤禛住在鏤月開雲館，那拉氏則住方壺勝境，凌若自己則住在萬方安和。不過這一次沒有了年氏也沒有佟佳梨落，連溫如言也不在了，她們以前住過的地方，皆是由新人住去。

看著萬方安和中與以前一般無二的布置，凌若感慨不已，胤禛第一次帶自己來這裡時的情景猶在眼前。

「在想什麼？」隨她一道走進來的瓜爾佳氏問道。

凌若回頭一笑道：「沒什麼，只是想起以前在這裡的日子，若時光可以倒流，妳說該有多好。」

瓜爾佳氏聞言，輕嘆一聲道：「時光不能倒流，但咱們可以將曾經的美好銘刻在心底，永生永世不忘。」待凌若答應一聲，她走到窗邊，看著環繞於四周的湖水，輕笑道：「皇上擇這裡做妳的住處，真是頗費了一番心思。」

凌若一時沒明白她的意思，好奇地道：「姊姊為何這麼說？」

「此處樓閣以卍字形建於湖中，只要一推窗便可看到湖。如今是冬天，自然瞧不出什麼，但到了夏時，蓮花盛開，足不出戶便可賞蓮；要是再有點雅興，還可以在此垂釣，豈非有趣？」

「姊姊既然這般喜歡，乾脆搬來與我一道住得了。」凌若亦走到窗邊與瓜爾佳氏並肩而立，看著冬日淺薄的陽光落在滿是浮冰的湖面上，略有些憂心地道：「皇上想在年後辦一場冰嬉，可是這些天陽光晴好，倒是令冰化了許多，也不知還會不會再下雪，若是不下，怕是要掃興了。」

瓜爾佳氏聞言，裝模作樣地掐了掐手指，道：「嗯，據我推算，年內自然還有一場大雪，所以冰嬉一事，妳大可放心。」

凌若「噗哧」笑出了聲：「姊姊什麼時候成了算命大仙了？我是不是還得備幾

兩銀子來謝姊姊給我算著一卦啊？」

瓜爾佳氏也想笑，強忍著笑意道：「看妳這樣子分明是不信本大仙，不如本大仙與妳賭上一賭如何？」

凌若笑得前俯後仰。「好啊，不知姊姊想要賭什麼？」

瓜爾佳氏側頭想了一下，指著凌若髮間的金累絲蝶形綴珍珠步搖，道：「就賭妳這支步搖如何？」

凌若抬手撫著頰邊的珠絡，目光一轉道：「好啊，不過若到時候沒下雪，姊姊又該輸什麼給我？莫不是準備耍賴吧。」

瓜爾佳氏故作不悅地道：「我是這種人嗎？也罷，若妳贏了，但凡我有的東西，妳儘管開口就是了。」

「好，那咱們一言為定！」

如此，一場玩笑似的賭約便就此定下。

一直到臘月二十八，都沒有見絲毫要下雪的跡象，天色更是晴好無比。到後面，萬方安和外頭的湖水中已然看不到一塊浮冰，這可是將弘晝急得抓耳撓腮，不住盼著老天快下雪。

興許老天爺真聽到了弘晝的祈盼，在二十九這日毫無預兆地飄起了雪花，將整個圓明園籠罩在一片冰雪之中，令原先擔心冰嬉不能如期進行的弘晝等人大大鬆了口氣，瓜爾佳氏也因此贏了凌若的那支步搖。

不過在杏花春館中，氣氛卻是有些異常。

何太醫坐在椅中替劉氏把脈，眉頭不時皺起，好一會兒他收回手道：「貴人最近可有察覺身子哪裡不舒服？」

劉氏凝眉道：「自從入住這杏花春館後，我便覺得身子不太舒服，當初只以為是一路過來勞累了，但歇了幾天還是沒有什麼改善，反而小腹出現墜脹感。何太醫，你可診出到底是怎麼一回事？」

何太醫又問了幾句她平日的飲食之後，方才道：「微臣這幾日一直有替貴人在診脈，發現貴人脈象漸有虛滑之象，不似以前那般穩健。」

何太醫緊緊皺了眉頭道：「微臣剛才問貴人飲食時，發現並沒有什麼異常，又有在服用安胎藥與參湯，按理不該出現這樣的症狀。」

海棠小聲道：「會不會又像上次那樣？」

話音未落，金姑已經瞪了她一眼，道：「虧得妳還好意思說，若不是妳不小心，哪裡會給溫氏可乘之機。」

何太醫靜下心來，發現脈象虛滑之餘還有一絲跳動，神色頓時變得越發凝重。

劉氏察覺到何太醫的異樣，連忙問：「何太醫，可是發現了什麼？」

「是。敢問娘娘，近日有沒有接觸過紅花與麝香，又或者寒涼的食物？」

劉氏脣色一白，她自懷孕之後，最怕聽到的便是紅花與麝香這兩個詞，可偏生這兩個詞就像是陰魂不散，令她避無可避。

金姑尋思著道：「寒涼的東西是絕對不可能有的，而紅花、麝香也不太可能。」

「若是這樣，那微臣便不知道了，不過貴人現在的脈象頗為不好，千萬要小心，若是症狀再加重，便要設法保胎了。」

第九百九十六章 假情假義

劉氏勉強一笑道：「何太醫，還請你一定要設法保住我腹中雙胎。」

「貴人放心，微臣一定會盡力而為。」始終太醫不是神仙，何太醫也只能將話說到這個地步。

待何太醫出去後，她一言不發地坐在椅中。海棠正要說話，劉氏忽的將茶盞摜在地上，恨聲道：「若讓我知道是誰在背後搞鬼害我孩子，非要將他千刀萬剮不可！」

海棠被她猙獰的表情嚇得不敢出聲，還是金姑道：「主子息怒，事情還沒有弄清楚，也許是何太醫診錯了——」

劉氏不耐地打斷她。「何太醫有沒有診錯，妳比我更清楚。我只是不明白，都已經看得這麼嚴了，怎還會令那些人有可乘之機？該死！該死！」她氣得渾身哆嗦，金姑趕緊撫背安慰，勸了好一會兒才讓劉氏平靜些許。

金姑思索一陣子後道：「主子，您說這事會不會與慧貴人有關？」

「她？」劉氏先是一驚，旋即若有所思地道：「金姑，我打小是喝妳奶水長大的，妳我名為主僕，實為親人，妳有什麼話直說就是。」

金姑應了一聲，慢慢道：「慧貴人雖然每次來都會摘下腕上的紅麝串，但誰能保證她是真心與主子結盟，畢竟在說出主使者時，慧貴人可是撒了謊。」

劉氏慢慢皺起了細如柳葉的雙眉，喃喃道：「妳是說她還留了暗招？」

「是。吃這方面有奴婢和海棠幾個盯著，是絕對不會有問題的，那麼眼下唯一有問題的便只有慧貴人。從一開始，與您結盟便是迫不得已，之後更撒了謊，這樣的人可不能相信。再者，在這宮裡頭，沒有任何一位嬪妃會願意看著別人生下小阿哥的，更不要說您還是雙胎，一旦生下來了，皇上肯定會晉封您，到時候慧貴人就要向您行禮了，您說她會樂意嗎？」

劉氏還有些疑慮，凝聲道：「可是之前……」

金姑搖頭道：「您也說了是之前，很可能她之前是怕主子發現，所以不敢有動作，到後面看主子慢慢放鬆了戒心，便開始動手腳。」

海棠深以為然地道：「主子，奴婢覺得金姑說得很有道理，也許真的是慧貴人從中使壞，不想讓主子平安生下龍胎。畢竟誰也不能保證她身上就那麼一串紅麝，而且奴婢每次經過她身邊的時候，都覺得她身上帶著一股香味。」

劉氏本就有所懷疑，聽得海棠也這麼說，頓時確信無疑，狠狠一拍桌子怒罵道：「這個不知死活的賤人，想害我的孩子！哼，作夢！」

「麝香之所以陰險，在於不知情，如今主子已經知道了，便可以加以防範，實在不行，往後不見慧貴人就是了。她若敢再耍手段，便告到皇上面前，讓她吃不了兜著走。」

劉氏看著自己拍紅的手掌不知在想些什麼，不過眼中的怒火倒是慢慢消了下去，許久，她冷笑一聲道：「若不能抓到真憑實據，就算告到皇上面前也無用，反而會讓她趁機倒打一耙，說我冤枉她。」

金姑一時也沒更好的辦法，只能道：「那主子往後見了她便躲遠一些，奴婢光是想著便覺得心驚肉跳。」

劉氏待要說話，抬眼恰好看到舒穆祿氏帶著如柳與雨姍進來，冷冷一笑道：「真是說曹操曹操就到了。舒穆祿氏，很好！」

但在對方踏進屋子時，冷笑頓時變成了親切溫和的笑容。

劉氏上前拉了舒穆祿氏冰涼的手道：「下雪天姊姊怎麼還過來，萬一路上滑了摔跤可怎麼是好。」在說這些話時，她一直暗自屏息，避免聞到舒穆祿氏身上的香味。

舒穆祿氏並不曉得劉氏已將自己恨上了，如往常一樣將紅麝串交給雨姍拿出去，自己則道：「我哪有這麼沒用，再說地上的雪還沒有積起來呢。如今，在這裡住得還習慣嗎？」

「我這裡一切都好，姊姊不用掛念。」劉氏笑如春風，全然看不出對舒穆祿氏有任何不滿或恨意。

舒穆祿氏打量了四周精巧的陳設一眼，看到地上摔得粉碎的茶盞，驚訝地道：

「妹妹何以摔茶盞？可是底下人做事不仔細，惹妹妹生氣？」

劉氏目光一爍，笑道：「只是我不小心拂落了。」說罷，她瞥了海棠一眼道：

「還不趕緊收拾掉，萬一弄傷了慧貴人，就是打斷了妳的腿也賠不起。」

舒穆祿氏打量四周，奇怪地道：「再有兩日便要過年了，怎麼妹妹這裡連窗花都沒見，瞧著可是一點年味都沒有。」

劉氏不動聲色地移開一步道：「內務府倒是有派人送來，不過海棠他們貼了幾次，我總覺得不太好，想要自己弄又總是提不起精神，乾脆便扔在那裡。」

舒穆祿氏抬眼笑道：「妳現在懷著龍胎，當心都來不及，又哪好做這些事。左右我今日也沒什麼事，乾脆幫妳布置如何？只要別嫌我布置得難看就好。」

「姊姊肯幫忙，我自是求之不得。」劉氏輕笑一聲，轉頭道：「海棠，趕緊去把東西都拿出來，再叫幾個宮人進來。」

海棠答應一聲，很快的便拿了一大堆東西出來，窗花、彩燈、對聯，什麼都有，齊全得很。

舒穆祿氏讓劉氏在一旁坐著，自己則領著宮人屋裡屋外地布置。

貼窗花的時候，舒穆祿氏忽的感覺背後一陣發刺，涼颼颼的，疑惑地轉頭望去，卻見劉氏正笑吟吟地看著自己，還道：「姊姊要不要過來歇會兒？」

舒穆祿氏拋開心裡疑惑，搖頭道：「我無事，再說現在就剩下一些彩燈，待會兒去門口掛上便好了，費不了多少工夫。」

待舒穆祿氏回過頭去，劉氏臉上的笑意頓時消失得無影無蹤，取而代之的，是冷入骨髓的恨意。

第九百九十七章 惡夢

金姑端了茶進來，藉著奉茶的動作，小聲道：「主子，為什麼不趕緊讓她走，她待在這裡，萬一有什麼好歹可怎生是好。」

劉氏不動聲色地道：「凡事不能做太明，否則她狗急跳牆，不知道還會鬧出什麼亂子。此事我自有計較，不要再說了，以免惹她懷疑。」

舒穆祿氏掛好了彩燈，仔細端詳一眼，對劉氏道：「如何，妹妹可還滿意？」

劉氏笑道：「有姊姊這雙巧手，我哪裡會不滿意。」這般說著，左右看了看道：「經姊姊這麼一裝扮，年味果然是濃了許多，只是這樣看著，便覺得很舒服。」

「妳喜歡便好。」舒穆祿氏接過宮人遞來的茶暖手，瞧著外頭一大片落光了葉子只剩下樹枝的杏樹，感慨道：「只可惜現在不是陽春三月，否則杏花滿園之景，瞧著就更好看了，不然當初年氏也不會專門指了這裡住。」

劉氏訝然抬目道：「這裡原是年氏住的嗎？」

「嗯，我也是聽以前伺候的宮人說的。年氏在時，這杏花春館從不許旁人居住。她也是可憐，生了兩個孩子都死了，到最後連她自己也死了。」說到這裡，舒穆祿氏回過神來，忙拉了臉色有些不好看的劉氏，道：「妹妹別往心裡去，年氏福薄，如何能與妹妹相提並論，妹妹的孩子一定會平安健康地長大成人。」

劉氏勉強一笑道：「我知道，孩子將來可還要叫姊姊額娘呢。」

「這個往後再說。」舒穆祿氏的目光掠過劉氏的臉龐，嘴角蘊著一絲浮雲般的笑意。

是夜，劉氏躺在床上許久方才勉強入睡，然睡不到一個時辰便驚醒。耳房中的金姑聽到劉氏驚叫，顧不得披衣便趕緊奔過來，緊張地看著滿頭冷汗的劉氏，問：「主子，怎麼了，可是作惡夢了？」

劉氏大口大口地喘著氣，眼中盡是驚駭之色，雙手用力抓住金姑胳膊，不安地道：「金姑，我夢到年氏了！年氏拿刀要殺我，說我占了她的地方，好可怕！」

「沒事的，沒事的，不過是個夢罷了，主子不必害怕。」金姑安慰了她一番後，將蠟燭點上，又將簾子勾好。

明亮的光線令劉氏稍稍安心，仍是道：「金姑，妳留在這裡陪我，不要走。」

金姑答應道：「好，奴婢不走，主子快躺下睡覺。」

劉氏搖頭，心有餘悸地道：「不，不睡了，我怕等會兒睡著了又夢到年氏。」

金姑神色一變，恨聲道：「都是慧貴人不好，無端端的說起年氏做什麼，現在可倒好，害主子作起惡夢來。」

劉氏緊緊絞著十指，冷冷道：「她根本就是故意提起，要我臥不安枕、食不知味，這個女人，心思真是惡毒。她害我的，我劉潤玉會銘記於心，待得將來再一一還予她！」

「奴婢相信將來主子一定可以遏制慧貴人，讓她不能再囂張，可現在……」金姑瞥了劉氏一眼，滿是愁色。

劉氏一字一句道：「她看穿了我利用的心思，先是誤導我以為熹妃是主使者，之後又蓄意害我孩子，如今更是來這麼一招，這是存心要讓龍胎死於我腹中。」

「這正是奴婢擔心的，偏您今日還與慧貴人那樣接近。若是依著奴婢意思，倒不如與她撕破臉得了，這樣她也沒理由再來杏花春館。」

聽得杏花春館四個字，劉氏臉頰微微一搐，越發絞緊了十指道：「妳說的固然有道理，可往後想再對付她就難了。至於孩子……」她將手覆在隆起的腹部上，沉聲道：「我會小心。剛才她靠近我時，我都盡量屏住呼吸。這對孩子既然投到了我腹中，便是決意要成為我劉潤玉的孩子，我相信他們不會那麼無用，一定可以熬過此關。」

金姑明白她是要繼續與舒穆祿氏虛與委蛇下去。「可是這樣，太過冒險了。」

她陪著劉氏說了許久的話，到後面劉氏已是不住地打哈欠，可讓她睡又不肯。金姑心疼地道：「您這樣下去可不行，要不明日與皇上說說，讓他給您換個地方？

皇上如今那麼疼您，一定會同意的。」

這一點劉氏自然曉得，但她還有另一重擔心。「這住處是熹妃娘娘安排的，我若越過她去與皇上說，只怕熹妃心裡會不痛快；可若與她去說，不知是否會讓她覺得我多事。」

「奴婢倒覺得熹妃娘娘是個可商量之人，主子不妨去試試吧，否則您總這樣臥不安枕的，自己垮了身子不說，連帶腹中的龍胎也會更加不安。」

劉氏猶豫許久，終是點頭道：「也罷，那天亮後妳陪我去一趟萬方安和吧，不過卻不要提這事。明日是除夕，妳替我包些餃子送過去。」

第九百九十八章　長春仙館

隔日劉氏帶了餃子往萬方安和行去，到了那邊，不想瓜爾佳氏也在，兩人正站在通往岸上的長廊中欣賞大雪紛飛的美景。

看到劉氏過來，瓜爾佳氏輕笑道：「謙貴人不在屋中休養，怎麼這時候過來了，晚宴可是還早呢。」

劉氏行禮，謙和地道：「臣妾想著今日是除夕，所以特意包了一些餃子來。」

凌若一笑，拂落劉氏肩上的雪花，和顏悅色地道：「這種事自有御膳房會準備，謙貴人如今該靜養才是；再加上下雪，路途溼滑不易走，若是因此有了閃失，妳教本宮心裡如何過意得去。」

劉氏謙聲道：「謝娘娘關心，臣妾走得很小心，再加上有宮人扶著，並不礙事；而且整日悶在屋中實在是無趣得緊，倒不如出來看這飛雪漫天的美景。」這般說著，她又道：「二位娘娘若是不嫌棄的話，不如趁熱嘗嘗？」

錯。」

「也好。」凌若含笑點頭，與眾人轉身往屋裡走，準備品嘗餃子。

凌若咬了一口，有些驚訝地頷首道：「嗯，皮子勁道，肉汁鮮美，味道頗為不錯。」

不等劉氏答話，瓜爾佳氏同樣驚訝地道：「那個是肉汁嗎？臣妾這個皮子裡面裹的好像是玉米，吃著甚是爽口。對了，謙貴人，玉米也可以做成餃子餡嗎？」

劉氏笑著道：「回謹嬪娘娘的話，臣妾讓金姑做了許多種口味，玉米在臣妾老家經常與其他東西混了做成餃子餡，娘娘若喜歡，臣妾待會兒再做些送去。」

「不必麻煩。」瓜爾佳氏拒絕了劉氏的殷勤，在吃了三個後，將碗一推，拭著嘴角的湯漬道：「之前用的早膳還沒下去，又吃了好幾個餃子，可是被撐到了；不過謙貴人的餃子確實好吃，比御膳房的花樣更多，讓人吃著有驚喜。」

凌若也吃了三、四個，聞言贊同：「謹嬪說得不錯，左右如今夜宴用的餃子還沒有開始包，不如讓金姑過去指點御膳房那些人，省得吃來吃去都是千篇一律的味道，就不知謙貴人是否捨得讓金姑過去？」

劉氏連忙道：「金姑做的餃子能入娘娘之眼，是金姑的福分，臣妾高興都來不及呢，又哪裡會捨不得。」說罷，她側目道：「金姑，還不快謝熹妃娘娘。」

「奴婢謝過娘娘。」待要起身，金姑又有些為難地道：「可是奴婢去了，海棠一人如何能扶主子回杏花春館？再加上您昨夜一夜未睡，精神頭短，容易……」

不等金姑說完，劉氏已不悅地低喝：「行了，好好的沒事提這些做什麼，讓妳去便快去。」

凌若睨了金姑一眼道：「妳說妳家主子一夜未睡，這是怎麼一回事，可是有人吵到她？」

劉氏有些發急，起身道：「娘娘，臣妾沒事，您莫聽她胡說。」

金姑大著膽子道：「回熹妃娘娘的話，沒人吵到主子，是慧貴人告訴主子，說年氏以前就住在杏花春館，又說年氏兩個孩子先後死了，因此擾得主子心神不寧，昨夜一睡下便作惡夢了，之後更是無法入睡。」

劉氏瞅見凌若坐在那裡一言不發，有些惶恐地道：「娘娘，其實臣妾只是有些……」

凌若抬手道：「妳不必說了，也是本宮考慮不周，忘了年氏這回事，待會兒本宮便安排妳換一處地方。」

劉氏慌忙搖手道：「不必麻煩，臣妾住在杏花春館就行了。」

瓜爾佳氏抬眉道：「謙貴人聽熹妃娘娘安排就是了，再說換個住處也不是麻煩的事，讓宮人去收拾一下，入夜之前便可以搬過去。」

凌若點頭吩咐：「楊海，命人將長春仙館收拾出來，讓謙貴人搬進去，告訴他們動作快些，今夜便要搬，不許晚了。」

「娘娘，真不用這麼麻煩。」劉氏忐忑不安地拒絕，聲音比剛才小了許多。

凌若示意楊海下去，自己則道：「妳若不答應，便是表示心裡還在怪本宮。」

劉氏急急道：「臣妾沒有。臣妾只是……」

「好了，就這樣吧。總之以後不管有什麼事，都儘管告訴本宮，千萬別忍著。皇上與本宮都盼著妳平平安安生下龍子，為咱們宮裡再添一位阿哥。」

這一席話說得劉氏滿面紅雲，嬌羞不已，又坐了好一會兒後方才起身離去。

瓜爾佳氏哂笑道：「用幾個餃子便換來一個長春仙館，這買賣倒是划算。」

凌若撥一撥茶蓋，笑道：「左右也不礙著咱們什麼。我現在想的反而是舒穆祿氏，看樣子，她與劉氏真是貌合心離，彼此算計不休。」

瓜爾佳氏展一展袖子，漫然道：「唉，誰教這宮裡人多呢，雍正二年進來的秀女，瞧著沒一個是簡單的，就連最安靜的佟佳氏也不曉得是個什麼心性。」說罷，她忍不住嘆了口氣道：「想在宮裡過幾日安生日子，比登天還難。」

凌若微微一笑，抿了口清香宜人的碧螺春茶，道：「姊姊何時變得這般多愁善感？我還以為以姊姊的聰慧，早就已經看透了世情。」

瓜爾佳氏佯怒道：「妳這妮子，我不過是隨口感嘆一句，怎的就惹來妳這麼多話，可是想討打嗎？」

一陣笑鬧後，瓜爾佳氏正色道：「若兒，我問妳一句話，妳得老實回答，劉氏的孩子，妳真打算讓她生下來嗎？」

凌若放下茶盞起身走到門口，將朱紅色的宮門打開，外頭的風捲著雪花吹了進來。她回頭，於身後漫天雪色中道：「姊姊，陪我再去走一會兒可好？」

第九百九十九章 餃子

瓜爾佳氏走到凌若身邊，從莫兒手中接過傘撐在彼此頭頂，漫步於雪中。

宮人冒雪在外頭掃路，以保證主子們不會因為積雪而無法行走。堆在兩邊的積雪已經差不多有半人高，而湖中也結起了薄薄一層冰。

在這一片白茫茫中，凌若終於開口了：「劉氏也好，舒穆祿氏也好，都是心機十足之人，讓這樣的人盛寵下去，於妳我來說都不是一件好事。」

瓜爾佳氏看著傘外大片大片的雪花道：「所以我才問妳那句話。我與妳相識多年，知道妳的心性，不忍加害無辜，可是許多時候，太過善良只會害了自己。」

凌若搖頭苦笑。「善良二字，我早已擔不起。劉氏的孩子我本不欲害，可是眼下的形勢已經由不得我了。姊姊，我終於還是變成了皇后那樣的人。」

聽著她淒然的話語，瓜爾佳氏用力握緊凌若的手。「不，妳永遠不會變成她……」她讓凌若看清楚交握的兩隻手。「因為有我在妳身邊，我會永遠陪著妳。」

「姊姊……」凌若哽咽，淚盈於睫，彷彿只要微微一顫便會掉下來。

瓜爾佳氏想要替她拭去，卻因一隻手執著傘而無法做到，只得道：「莫哭，我不願看妳哭的樣子。」

「嗯，我不哭。」凌若努力將淚水逼回去，露出清透無瑕的笑顏道：「幸好……幸好我還有姊姊在身邊。」

溫如言雖然走了，但她還有瓜爾佳氏，還有這個姊姊在，令她在深宮之中依舊可以感覺到一絲溫暖。

到了夜間，漫漫飄雪中，圓明園所有宮燈都被點亮，連綿不絕，倒映於湖水上，令整個園子綺麗非凡，猶似在天上。

除夕夜宴按著胤禛的意思安排在鏤月開雲館，裡面沒有設圓桌，而是以鋪著繡有各種如意祥紋桌布的長桌圍成一個大圈，眾嬪妃按身分高低各自坐下，至於弘時、弘曆幾個則陪在末席。

劉氏等人感覺頗為驚奇，這樣的設席法她們是頭一次見到。

凌若早早就到了，正在安排宮人端菜上來，看到劉氏進來，笑著走過來道：「妹妹可是已經搬到長春仙館去了？」

一說到這個，劉氏就滿面感激地一福道：「回娘娘的話，剛才便已搬過去了。娘娘這般垂憐臣妾，實在是讓臣妾無以為報。」

「再說這樣見外的話，本宮可要不高興了。」凌若佯裝不悅地說了一句，正待讓劉氏坐下，外頭傳來太監唱喏的聲音。

「皇后娘娘駕到，慧貴人到！」

凌若聞言忙垂目站在門前，待得門開之後，齊齊行禮。「臣妾等人恭迎皇后娘娘，娘娘萬福金安。」

那拉氏今日一身紫金繡七色鸞鳥旗服，高聳的髮髻上簪著一對牡丹掐絲點晶步搖，珠絡輕搖。在其身後，舒穆祿氏一如往日的溫婉和靜，秋香色的旗裝算不得出挑，倒是髻邊垂落的桃紅色流蘇為她平添了一絲麗色。

「今兒個是家宴，沒外人在，無須見外，快都起來吧。」那拉氏臉上掛著溫和的笑容。這樣的她，任誰也無法想像，竟然是後宮中最大的陰謀者。

「謝娘娘恩典。」

如此謝恩之後，凌若等人才站起來。舒穆祿氏亦分別向凌若等人行禮，彼此之間將所有心思算計都掩藏在和睦的外表下。

凌若低頭恭謹地道：「娘娘，宴席都備下了，請您入席。」

「不急，等皇上來了再入席吧。」那拉氏瞥了一眼別出心裁的安排，頷首道：「熹妃有心了。」

凌若連忙道：「正如皇后娘娘所說，今兒個是家宴，沒有外人，不必分得那麼清楚，而且如此坐著，眾姊妹也會更加親近。」

如此等了小半刻後，胤禛終於到了，眾女齊齊行禮；隨後胤禛與那拉氏在正中坐下，凌若坐在胤禛右邊，其餘人分席而坐。

胤禛打量了宴席一眼，側目看著凌若，含笑道：「這樣新奇的坐法，可是妳想出來的？」

凌若抿嘴一笑道：「臣妾這點兒小心思，可是讓皇上見笑了。」

「妳這心思動得很好，朕很喜歡。」

宮人魚貫而入，將一碟碟美味佳餚分別擺在眾人面前，其中一碟是形如元寶的餃子。

胤禛夾了一個沾醋後放入嘴中，待得吃完後，頗有些驚訝地道：「今年這御膳房倒是知道變花樣了，不再像往年一般千篇一律，吃在嘴裡頗有些滋味。」

「被皇上這麼一說，臣妾可是食指大動。」這般說著，那拉氏亦夾了一個，待咬開後亦是滿面驚奇，看著裡面的餡道：「咦，這是什麼餡？像是豬肉，但裡面好像還添了一些東西，味道甚是鮮美。」

她話音剛落，金姑已經站出來道：「啟稟皇后娘娘，豬肉裡添加了鮁魚，所以吃起來會覺得極為鮮美。」

那拉氏又嘗了一口，確實從中嘗到了鮁魚的味道，當下好奇地道：「妳知道得那樣清楚，難道這餃子是妳做的？」

凌若在不動聲色間睨了金姑一眼後，輕笑道：「娘娘，今日謙貴人拿了些餃子來給臣妾與謹嬪吃，因謙貴人的餃子花樣多端，風味各異，比御廚做出來的好吃許多，一問之下得知是金姑做的，便讓金姑去御膳房中幫著做餃子。」

「嗯，既有新意又不失美味，甚好。」這般說著，那拉氏又轉向胤禛道：「皇上以為呢？」

「確實不錯。」胤禛含笑點頭，喚過四喜：「賞金姑珠花兩對，綢緞兩匹。」

金姑連忙叩頭謝恩，隨即回到劉氏身後。

宴席上漸漸熱鬧了起來，舒穆祿氏執杯起身，遙遙朝胤禛與那拉氏道：「臣妾祝願皇上龍體安泰，皇后娘娘鳳體長安。」

胤禛與那拉氏兩人一笑，皆滿飲了杯中酒。

戴佳氏妒恨地看著身邊重新落座的舒穆祿氏，要不是這個女人故意在皇上面前搬弄是非，她如何會被迫謄抄十遍宮規，抄得手抽筋？而這人如今還在這裡搶著出風頭討好皇上、皇后，真是可恨。

第一千章　心意

戴佳氏不甘落後，倒了滿滿一杯酒，學著舒穆祿氏一樣起身祝酒獻詞，然她的詞與舒穆祿氏的相差無幾，引來一陣低低的笑聲。

坐在她對面的富察氏更是掩嘴笑道：「成嬪娘娘可真省心，直接就用慧姊姊剛才的詞，可見娘娘一點兒都不誠心呢。」

富察漪容是與舒穆祿氏她們一道入宮的秀女，雖也有幾分姿色，卻不及佟佳氏及溫如傾那般出挑，所以胤禛待她只是一般；但這樣的一般已經勝過戴佳氏許多，也令得富察氏對戴佳氏沒有太多的尊敬。

戴佳氏被她當面頂撞，氣得面紅耳赤，恨不得撕爛那張嘴，無奈礙於胤禛等人都在，只能強忍了怒氣道：「哪個規定說慧貴人說過的詞別人就不能說了？」

富察氏抿抿沾在嘴邊的酒漬，並不在意戴佳氏的怒氣。「規定自是沒有，不過難得說幾句祝酒詞，自己想幾句又有何難呢？」說到此處，她忽的一拍手，彎眉道：「臣妾明白了，娘娘定是想過，只是一下子想不出來，所以……」

在戴佳氏越發難看的臉色中，凌若開口：「好了，容常在，祝酒詞怎樣並不重要，重要的是那份心意，本宮相信成嬪的心意不會比慧貴人少半分。反倒是容常在重詞不重心，似乎是有些本末倒置了。」

富察氏敢不將戴佳氏放在眼裡，卻不敢不將凌若放在眼裡，見她開口幫著戴佳氏說話，只得訕訕地道：「娘娘教訓得是。」

胤禛笑著將重新倒上的酒喝盡；至於那拉氏，她向來最是迎合胤禛，自然不會落於其後，同樣滿飲杯中酒。

陸陸續續有人敬酒，一圈下來，饒是胤禛也不禁面色泛紅，那拉氏更是面若桃花，撫著額對胤禛道：「皇上，這酒可不能再敬，再敬臣妾便要倒了。」

「旁人可以不敬，但有一人卻是非敬不可。」在那拉氏不解的目光中，胤禛對靜坐於一旁的凌若道：「熹妃，連弘時、弘曆他們都敬了，可就剩妳一人了，難道這一年下來，妳沒有話與朕說嗎？」

凌若嫣然一笑，起身自宮人手中拿過酒壺，親自替胤禛倒上，隨後執杯凝聲道：「臣妾願今後的大清能夠風調雨順，官員清廉自守，百姓安居樂業，如此皇上亦可少操一些心。」

她的話讓胤禛有稍許意外，但很快便化為溫然的笑意。這世間果然還是凌若最懂他心意，知道他最渴盼、期望的事情是什麼。

在彼此相視的目光中，兩人同時抬手將杯中酒一飲而盡，而這一杯，無疑是胤禛喝得最歡喜的一杯。

在敬過胤禛後，凌若又走到那拉氏面前，同樣親手倒酒，不過只倒了小半杯便止住，自己則倒了滿滿一杯，執酒躬身下拜道：「臣妾與眾位妹妹皆祝願皇后娘娘千歲千歲千千歲。」

「這般客氣做什麼，快起來。」那拉氏親自扶她起來，撫著滾燙的臉頰道：「千歲太過渺茫，本宮從不奢求，本宮唯一的心願便是可以陪皇上到老，就不知本宮有沒有這個福氣。」

凌若笑道：「娘娘母儀天下，論福氣是皇上之外的頭一份，定然可以如願。」

胤禛亦在一旁道：「熹妃說得不錯，如今宮裡頭的大小事務都有熹妃打理，朕看她這段日子將諸事打理得井井有條，就連咱們這麼多人移駕到圓明園，也沒有出過半點兒差錯。所以皇后大可以放心，往後安心靜養身子便可。」

聽胤禛這意思，彷彿以後宮中大權要一直交由鈕祜祿氏執掌，若是如此，對自己可是極為不利。當下，那拉氏試探著道：「皇上，其實臣妾的身子已經好得差不多了，不用熹妃再如此辛苦。」

凌若如何不明白那拉氏的想法，那拉氏想要奪回六宮之權，她偏不讓其趁心如意。如此想著，她面帶惶恐地道：「娘娘，可是覺得臣妾哪裡做得不好？」

見她橫插一句，那拉氏滿心不悅，卻不好露在臉上，反而還要安慰：「熹妃這是哪裡話，這段時間妳勞心勞心，一直幫本宮打理後宮諸事，聽宮人說常忙到三更半夜，實在是令本宮過意不去。」

凌若連忙下跪道：「為娘娘分憂乃是臣妾的分內事，如何敢言辛苦二字。再說，娘娘若因勞累而令身子不支，豈非令皇上憂心？」

那拉氏還待再說，胤禛已經開口：「熹妃說得在理，皇后雖然現在瞧著沒有大礙，但畢竟挨了一刀，得徹底養好才行，現在還是讓熹妃辛苦一些吧。」

「是。」那拉氏無奈地應著。她心裡很清楚，莫看胤禛說得好聽，事實上根本不是關心自己，而是有意偏袒鈕祜祿氏，想要幫著對方架空自己的權力，而自己成為有名無實的皇后，就像昔日年氏權盛之時。

不，她絕不能讓鈕祜祿氏趁心如意，一定要奪回屬於自己的權力，不可以讓年氏之禍再次重現！

然鈕祜祿氏絕對比年氏更難對付，因行事作風不像年氏那般囂張無忌，更重要的一點是胤禛對她的寵愛，非關家族，非關容顏，只是單純的寵愛，這一點才是令自己最頭疼、最忌憚的。

在那拉氏心念電轉之時，她痛恨的那個人已經執杯道：「臣妾知道娘娘不勝酒力，但這一小杯，還請娘娘飲下。」

那拉氏壓下心底恨意，一如適才的溫言輕語：「熹妃敬酒，本宮就算醉了也要喝，這麼小半杯如何能體現出本宮與熹妃的姊妹情誼。惜春，替本宮將酒滿上。」惜春？」

那拉氏連著叫了好幾聲，惜春才回過神來，手忙腳亂地替那拉氏倒酒，其中還不小心灑出了幾滴，看得那拉氏一陣皺眉。若非當著那麼多人的面不好說什麼，她非得訓斥惜春一番不可。

惜春戰戰兢兢地退下，從看到熹妃的那一刻起，她就一直滿心不安，想看又不敢看，唯恐被那拉氏瞧出什麼破綻來。

第一千零一章

行酒令

那拉氏起身，滿面笑容地道：「熹妃，妳與本宮一道飲盡此杯吧！」

在毫無破綻的笑容中，兩人舉杯相向。個中滋味，唯有彼此心知肚明。

酒過三巡之後，弘時提議：「皇阿瑪，光是這樣吃酒無趣，不如咱們來行酒令吧，也好熱鬧一些。」

弘晝嚷嚷道：「不好不好，皇阿瑪，兒臣與四哥都不能飲酒，若是行酒令，那兒臣們輸了又該如何？」

因為那拉氏的關係，弘時與這兩個弟弟關係並不親密，見他們反對自己，有些不悅地道：「那還不簡單，你們現在喝什麼，後面罰什麼就是了，只不過別人一杯，你們卻需三杯。」見弘晝不吱聲，微有些得意地道：「五弟不說話，莫不是怕了吧？」

被他這麼一激，弘晝哪還忍得住，不顧裕嬪示意他住嘴的目光，揚聲道：「我會怕你？哼，來就來，誰怕誰啊。」

那拉氏接過宮人遞來的醒酒茶啜了一口，笑道：「皇上您看，這酒令還沒行，兩兄弟便先爭了起來，看起來，五阿哥似有些不服弘時這個二哥呢。」

裕嬪聞言慌忙站了起來。「請皇上與娘娘恕罪，都是臣妾沒有教好弘晝，令他如此無禮狂妄。」

胤禛不以為意地道：「無妨，既然他們兄弟兩人這麼有興趣，那就行一行酒令。今日是除夕，外頭又大雪紛飛，就以雪為令，若有接不上者，便自行罰酒。弘時，此事是你提議，便由你起頭。」

之前經那拉氏教訓，弘時性子收斂許多，沒有再頂撞過胤禛。

「是。」弘時答應一聲，略一沉吟，帶有雪字的詩便浮上來好多，滿懷信心地道：「北風捲地白草折，胡天八月即飛雪。」

坐在他旁邊的弘晝嗤笑：「二哥，眼下是除夕，你唸一句八月飛雪的詩做什麼？聽好了，我接的是：遙知不是雪，為有暗香來。」

弘時瞪了他一眼，暗惱在心中，轉而對不曾作聲的弘曆道：「四弟，該你了。」

弘曆思索片刻，唸出一句：「欲將輕騎逐，大雪滿弓刀。」

不待旁邊的富察氏接下去，胤禛道：「這是一首寫塞外邊疆的詩，弘曆，告訴皇阿瑪，為什麼會想到接這一句？」

弘曆起身，鏗鏘有力地道：「回皇阿瑪的話，我大清雖然國富兵強，但邊塞之地依然有許多敵人虎視眈眈，譬如準噶爾，唯有將這些敵人一一平定，我大清才可稱得上再無後顧之憂！」

胤禛點頭，眼中頗有讚賞之色，示意酒令繼續，很快的便輪到了那拉氏。

此時，帶雪的詩句已被唸過很多，酒令的難度正在不斷增加，那拉氏想了好一會兒，方才輕吟：「不知近水花先發，疑是經冬雪未銷。」唸罷，她笑望著胤禛道：「皇上，該您了。」

胤禛心情頗好地道：「看皇后的樣子，似乎擔心朕會接不出，不過幸好朕想的那一句還沒有人用過。」頓一頓，他吟道：「窗含西嶺千秋雪，門泊東吳萬里船。」

那拉氏輕輕唸了一遍，撫掌道：「皇上這詩可是比臣妾等人接的大氣多了。」

胤禛笑而未語，轉眸看著凌若。後者微微一笑，把玩著手中的空酒杯，曼聲道：「山迴路轉不見君，雪上空留馬行處。」

之後一路接下去，瓜爾佳氏接了一句「夜來城外一尺雪，曉駕炭車輾冰轍」，輪到佟佳氏時，她不慎唸錯了句，成為第一個被罰酒的人，在她後面的兩個常在更是沒有答出來，皆罰了酒。

在她們之後便是弘時，不過此時的弘時已經沒有了剛才信心滿滿的樣子，在那裡低頭苦思。弘晝見狀，笑著對宮人招手道：「快，替二阿哥把酒杯滿上，他接不了酒令了。」

「誰說我接不了的！」弘時惱怒地看了他一眼，他比弘晝大了好幾歲，書也是多讀好些年，怎甘心輸給弘晝呢，只是任他搜索枯腸都想不到一句新詩。

那拉氏看在眼裡，目光一抬，對小寧子道：「晚些皇上還要出去放煙火，你看看雪都掃乾淨了沒有，別到時候鬧出事來。」

「嗻！」小寧子滿心疑惑，這些事自有熹妃安排，做什麼還要他去看？就在小寧子開門出去的時候，弘時靈光一閃，脫口道：「各人自掃門前雪，休管他人瓦上霜。」說罷，得意地看著臉憋得通紅的弘晝，道：「五弟，該你了！」

「你……」弘晝擠出一句話來。「你作弊！」

弘時面色一沉，道：「五弟，你若接不了酒令，直說就是，幾杯青梅汁我這個做哥哥的替你喝就是了，可你怎能這樣胡言冤枉我！」

弘晝不服氣地道：「我沒有！若非皇額娘提醒一句，你根本就接不出來。」

「看樣子本宮剛才真不該說那一句，倒是讓五阿哥誤會了。」那拉氏淡淡說了句，轉眸道：「弘時，既然五阿哥覺得你這句接得不對，那你就罰喝一杯吧。」

「兒臣……」

弘時要辯解，那拉氏眸光一凝，聲音重了幾分：「沒聽到本宮的話嗎？」

見那拉氏面露不悅，弘時只得低頭答應，端起酒杯一飲而盡，滿心不甘。

裕嬪狠狠瞪了弘晝一眼，走至殿中跪下道：「弘晝無禮，對二阿哥與皇后娘娘不敬，請皇后娘娘恕罪。」

那拉氏撫著身上的錦衣笑道：「不過是兩兄弟玩鬧罷了，裕嬪不必在意，再說五阿哥年紀尚小，本宮又怎麼會與他一般見識呢。」

她越是溫和，裕嬪就越是心驚。

她雖然處處避讓，從不摻和進宮裡的是非非，可對於皇后的為人還是有耳聞，一旦被她懷恨在心，只怕自己與弘晝都危矣。

第一千零二章　題目

胤禛對這一切並不在意，兄弟之間爭執幾句在所難免，至於說那拉氏提醒，那也只是不想弘時出醜罷了，算不得過分，所以哪怕心裡不喜，也沒有表露在外。

他示意裕嬪退下，對弘晝道：「你說弘時作弊，那你倒是接下去給朕聽聽。」

「兒臣……」弘晝的臉頓時赤紅一片，無巧不巧，他想到的就是剛才弘時唸出的那一句，也正因此，反應才如此之大。

這下子輪到弘時幸災樂禍，將酒杯一擱道：「五弟說我時不是口齒伶俐嗎？怎麼輪到自己就成結巴了？」

弘晝不理會他，在費盡思量後終是垂頭喪氣地道：「皇阿瑪，兒臣接不出，兒臣甘願受罰。」

說罷也不等胤禛吩咐，直接抓起面前的青梅汁連飲三杯，待得坐下後，他抓著弘曆的衣裳低聲道：「四哥，你一定要替我報這個仇。」

弘曆瞅著他一眼，小聲道：「都是自家兄弟，需要用報仇這麼嚴重的字嗎？」

弘晝賭氣道：「我不管，總之你一定不能輸給他，否則你就不是我的四哥。」

另一邊，弘時也緊張地盯了弘曆，毫無疑問，他是絕對不希望弘曆能夠接下去的，而且他是真的再也想不出任何詩了，若再輪一圈，自己必輸無疑。

胤禛擱了筷子，饒有興趣地看著弘曆道：「老四，該你了。」

弘曆目光如蜻蜓點水一般自神色各異的眾人臉上掠過，最後停在凌若身上，後者對他微微點頭。弘曆會意，收回目光，拱手道：「皇阿瑪，兒臣接不下去，兒臣甘願受罰。」

胤禛意外，然在看到弘曆如剛才的弘晝一樣連飲三杯青梅汁時，眼中的興趣卻更深了。

在弘曆坐下後，他環目道：「可還有人接得了行酒令？」

眾人紛紛搖頭，皆道接不下去。舒穆祿氏輕言：「行酒令起於二阿哥，繞了一圈後又結束於二阿哥，倒也算是有始有終。」

胤禛微一點頭道：「眼下離放煙花的時辰尚早，朕再出一題考考你們兄弟幾個如何？弘時，你可有信心答出朕的題？」

弘時剛贏了弘曆兩人，正意氣風發，聞言起身道：「兒臣知皇阿瑪文韜武略，遠非兒臣能及，但兒臣願盡己所能，博皇阿瑪一笑。」

「甚好。」這般說著，胤禛又道：「弘曆，弘晝，你們兩人呢？」

弘晝還在為剛才的事生氣，不理會弘曆，直接道：「請皇阿瑪賜教！」

胤禛待要出題，瓜爾佳氏忽的進言：「皇上，這樣考未免有些無趣，不如弄個獎賞，哪位阿哥答得了的話便賞了哪位。」

胤禛贊同地道：「謹嬪這提議不錯，只是一時間倒是想不出什麼彩頭。」

蘇培盛湊上前笑著道：「皇上，待會不是要去燃煙火嗎？不如就以此為彩頭？」

胤禛瞥了他一眼道：「你是說他們哪個贏了，哪個便替朕去燃放煙火是嗎？」

「皇上英明。」蘇培盛知趣地沒有多說。他身為胤禛的貼身內監，可以提意見，但是絕不能干涉胤禛的決定。

這提議讓那拉氏怦然心動，代胤禛去燃放煙花，看起來雖不起眼，但若深究起來，裡面文章便大了。

要知道，除夕的煙花向來是由皇帝點燃，即使不是皇帝也是太子，若弘時可以爭得這個機會……

胤禛撫著下巴道：「皇后、熹妃，還有裕嬪，妳們覺得這個彩頭可好？」考的是三個阿哥，問的自然也是三位阿哥的額娘。

那拉氏在椅中一欠身，溫然道：「臣妾沒有意見，但憑皇上做主。」

凌若與裕嬪亦是同樣的說法，胤禛在思慮片刻後，一拍扶手道：「好，就以此為彩頭，權當是考校你們這一年的學業了。」

弘時與那拉氏同樣心動，是以胤禛話音剛落，他便垂首道：「請皇阿瑪出題！」

胤禛思索片刻道：「那朕便以寶塔詩考考你們，朕說第一句，然後你們三個各自接下去，哪個接得巧妙，哪個便算贏。」

所謂寶塔詩，顧名思義，形如寶塔，從一句字或兩字句的塔間開始，往下延伸，逐層增加字數直至七字句的塔底為止。因為它從一字到七字句，所以又稱為一七體詩，極有特點。

寶塔詩作起來並不難，但想要達到聲韻和諧、節奏明快，有「鯤鵬展翅，扶搖直上」之感卻極難。

弘時雖有些意外胤禛會以寶塔詩為題，但還是滿懷信心，相信自己一定可以摘得頭彩。

就在他們側耳傾聽時，胤禛突然說了一個字：「呆。」

三人愣在那裡，好半天才回過味來，這便是胤禛出的題；但明白歸明白，卻有一種無從下手之感。

尤其是弘時，他已經在心中擬了不少胤禛可能會出的題，若是風花雪月、春夏秋冬之類的，隨時便可接上，然一個「呆」字卻徹底打亂他的盤算，讓他根本不知道該怎麼接下去。

而胤禛在出完題之後，命蘇培盛取來一炷線香，親自點上後道：「就以這炷香為限，香盡之後，告訴朕你們的答案。」

且不提弘曆幾人在那裡苦思冥想，在座的嬪妃大多是名門之後，即使有些家世不高，但也是官宦人家，自小讀書習字，對詩詞歌賦都有涉及，是以在胤禛出完題後也陷入思索，想著該如何破題，這個題實在是令人難以接續。

在漸燒漸短的香煙中，瓜爾佳氏輕聲對凌若道：「皇上這個題可是難煞了三位阿哥，看他們一個個的，看樣子都還沒想到破題的法子。」

凌若苦笑道：「誰教姊姊非要讓皇上賭彩頭不可，皇上自然得出難一些才行，姊姊可有想到破題之法？」

第一千零三章　高下

瓜爾佳氏搖頭道：「妳可太看得起我了，我想得腦瓜子都疼了也沒什麼頭緒。妳呢？妳可是咱們宮裡的才女。」

凌若臉上的苦笑更甚。「我倒是破了兩個，但都覺得不太工整，不提也罷。」

這般說著，線香已經燒到了底，在最後一絲煙霧散去後，胤禛道：「好了，一炷香時間已到，你們三個可想好了，哪個先來？」

見胤禛目光望過來，弘時硬著頭皮道：「皇阿瑪，兒臣願意拋磚引玉。」隨後他在心中默理了一遍，吟道：「呆，和尚，吃素齋，長敲木魚，佛前常磕頭，青絲一根不留，一世皆為和尚頭。」

胤禛聽過後，點頭道：「還算通順，不過聲韻不準，只能勉強算過關。」說罷，他將目光轉向弘曆與弘晝。「那你們兩個又誰先？」

「兒臣先來！」弘晝看也不看弘曆，顯然還在因剛才的事生氣，站出來將自己想到的詩也唸了一遍。他以鵝點題，不論工整還是韻律，都比弘時更差一些。

那拉氏目光微微一鬆，很快的便將目光集中到弘曆身上。她心裡明白，弘曆才是弘時最強而有力的競爭者。

瓜爾佳氏再度湊過來，似笑非笑地輕聲道：「若兒，擔心嗎？若是弘曆作得不好，今年的煙花可就要由弘時點燃了，到時皇后不曉得會有多得意。」

凌若笑笑道：「要真是這樣也沒辦法，再說只是點煙花罷了，又不是……」後面的話她沒有說下去，不過瓜爾佳氏已然明白，笑著沒有再說什麼。

那廂，弘曆上前拱手道：「皇阿瑪，兒臣想的詩與二哥的有幾分相似，但是不及二哥那麼意境深遠，不然還是不唸了，以免過於粗鄙，汙了皇阿瑪與眾位娘娘的耳朵。」

胤禛揚眉道：「哦？你這樣一說，朕倒是更想聽了，趕緊唸吧，若真粗鄙了，朕權當是聽了一個笑話。」

見推辭不過，弘曆只得將心裡想到的寶塔詩吟出來：「呆，秀才，吃長齋，鬍鬚滿腮，經書揭不開，紙筆自己安排，明年不請我自來。」

聽到後面，富察氏幾人已經輕輕笑了出來。這詩可是真有幾分粗鄙，不像二阿哥那首還有點風雅之意，怪不得剛才四阿哥不願說出來。

不過深通詩詞的那拉氏就笑不出來了，她的見識、才學遠非富察氏幾人可以比擬，更曉得寶塔詩的韻律比工整更加重要。弘曆的詩看著粗鄙，但實際上韻律壓得非常準，沒有一絲錯處，至於工整就更加不要說了，短短二十四個字將一個呆秀才描繪得栩栩如生。兩首詩放在一起，高下立見。

弘時也發現了，所有得意都在這一刻化為烏有，臉色變得極為難看，雙脣緊緊抿成一條線。

胤禛滿意地點點頭。「你這首詩雖與弘時的有幾分相似，但更勝於他許多，待會兒的煙火便由你替朕點吧。」

「兒臣受之惶恐，還是——」

弘曆待要推讓，弘時已然僵硬地道：「輸就是輸，贏就是贏，四弟沒什麼好惶恐的。」

看到弘時這個樣子，弘曆在心中嘆了口氣。看樣子，二哥已然把他恨上了，唉，早知道這樣，他就故意唸差一點，像剛才行酒令一樣，讓二哥贏不就行了。

隨後改上各類點心、蜜餞，同時有戲班上來唱戲，甚是熱鬧，如此一直持續到子時，胤禛方才帶著眾人來到外頭。

雪依舊紛紛揚揚地下著，在絹紅宮燈的光芒下飄零飛舞，帶著一種令人心驚的美意。

圓明園以水取勝，鏤月開雲館外自然少不了池水，一應煙花均被放在臨水的岸邊，如此燃放之時，夜空中的煙花便會倒映在水中，一夜一水，皆可見煙花。

蘇培盛將點好的火摺子遞給弘曆，陪笑道：「四阿哥，可以放煙花了。」

弘曆接過後並未動身，好一會兒後，他抬頭，隔著飄落的雪花對胤禛道：「皇阿瑪，兒臣有一個不情之請。」

胤禛將手籠在袖中，迎著弘曆認真的目光道：「你說。」

弘曆緩慢而清晰地道：「兒臣想與二哥、五弟一道放煙花，請皇阿瑪允許。」

在兩人詫異的目光中，胤禛嘴角勾起一抹弧度，怡然道：「給朕一個理由。」

弘曆不假思索地道：「因為皇阿瑪說過，兒臣們是兄弟，不論任何事都應該同進共退，所以兒臣以為今夜的放煙花也是一樣。」

同進共退……這四個字令胤禛頗有感觸，望著眼前的三個兒子，暗自嘆了口氣。若將來他們可以一直做到這四個字，那麼皇阿瑪晚年時的禍端就不會重現，他承受過的痛苦，實在不願自己的兒子也受一次。

這些念頭是弘曆不知道的，他只是緊張地等著胤禛的回答。他不知道這樣做有沒有用，但實在不願與弘時的關係太僵。

許久，胤禛點頭道：「好吧，就由你們三人一道燃放煙火。蘇培盛，再去拿兩只火摺子來。」

兩只火摺子分別遞到弘時與弘晝手中，三人一道點燃了煙花，隨著絢麗唯美的煙花升空，雍正四年也正式拉開了帷幕。

除夕夜宴到了盡頭，各人在拜別胤禛與那拉氏後，分別回了居住的地方。

在回去的路上，弘曆仰頭問凌若：「額娘，二哥是不是很生兒臣的氣？」

凌若腳步一頓，道：「為什麼這麼問？」

弘曆有些難過地道：「兒臣看二哥剛才在放煙花的時候，還是不太高興，之後兒臣跟他說話，他也裝著沒聽到。」

凌若撫去他肩上的雪花，淡淡道：「你已經盡力了。人心各異，沒有一個人可以讓所有人都喜歡自己。何況在行酒令的時候，你已經讓過他一次了。」

第一千零四章　我必生死相依

「可兒臣——」

弘曆剛說了幾個字便被凌若打斷。「沒有用的，弘曆，就算你一直退讓，哪怕連性命也讓了，弘時都不會喜歡你。弘晟已經死了，而弘時……並不是弘晟。」

弘曆眸光一下子黯淡下來。他是真的希望可以做到皇阿瑪說的話，所以以前弘晟不喜歡他時，他也盡己所能襄助弘晟。

見弘曆這副模樣，凌若停下腳步，心疼地攬著他的肩頭，語重心長地道：「弘曆，你已經十五歲了，再過一年，便要開府建牙，不再是小孩子。你應該明白，許多事並不能盡如人意，你盡力過便可以了。」

「兒臣明白了。」

看著弘曆依然有些稚嫩的臉龐，凌若無聲地嘆了口氣。明白嗎？不，弘曆還遠不明白他將來要走的路。

弘時是那拉氏的兒子，他與弘曆註定會有一場惡鬥，不為其他，只為那個天下至尊的寶座。

這一條路註定遍布荊棘，每一步都會踏出血來，但弘曆一定要走下去，不可能再有任何退讓。

她不會天真地以為將皇位拱手相讓，弘時就不會對付弘曆了；相反的，受那拉氏教唆的他一定會斬草除根，不讓弘曆有任何威脅他的機會。

不管是為了自己還是為了弘曆，都需要將儲君之位牢牢搶在手中，寸步不讓。至於現在，暫時的退讓，只是為了讓胤禛覺得弘曆更適合。

而事實上，弘曆也確實是最適合的那一個。

見弘曆還有些悶悶不樂，凌若拍一拍他的背道：「好了，別想這些了，趁現在還有些時間，趕緊回去歇著，待會兒可還得陪你皇阿瑪拈香行禮呢，然後還要賀歲，可是馬虎不得。」

弘曆點點頭，陪凌若回萬方安和歇了一個時辰後，於丑時換上吉服，隨胤禛拈香在天地前行禮。雖然不在紫禁城，但胤禛還是依足了禮數。

如此一圈下來，已是到了卯時，隨後嬪妃們至鏤月開雲館，依次向帝后跪拜賀歲。嬪妃之後便是弘曆等人，靈汐與額駙魏源也來了。靈汐下嫁的這些年，夫妻一直甚為恩愛，共同撫育子女。雖然他們幾個都已經長大了，胤禛還是賜下以彩繩與銅錢編成的龍形壓歲錢，讓他們回去後置於床腳，以圖吉利。

此處賀過之後，胤禛還要受百官朝賀，百官行三跪九叩大禮，隨後皇帝賜宴，與百官共用，以示君臣同樂。

如此一直忙到晚，胤禛才得了些空，帶著四喜來到凌若的萬方安和。

在扶了胤禛坐下後，凌若道：「水秀，去將廚房燉的參湯拿來。」

胤禛身子向後仰了一仰，隨口道：「妳怎麼知道朕要過來，還一早備下了參湯？」

「臣妾可沒有未卜先知的本事，不過是猜測罷了。若皇上真不來，那就只能臣妾自己喝了。皇上若是累了，就先閉目養會兒神。」這般說著，她倒了一些檀香油在掌中，揉搓均勻後替胤禛輕輕按著太陽穴。

「接連忙了幾日，真是有些累了。」聞著凌若指尖上的檀香，胤禛慢慢閉上眼睛。「對了，冰嬉的日子妳可定下了？」

凌若輕聲道：「臣妾估計著這場雪明後日便差不多會停了，若是隔得太久，又沒有新的雪下下來，只怕冰層會變薄，所以臣妾想定在正月初九，不知皇上意下如何？」

「就依妳的意思吧，只要妳留足準備的時間便好。」說到這裡，胤禛話題一轉道：「昨夜裡，弘曆很好，知道該謙讓兄長，也知道顧念兄弟之情。」

凌若微笑道：「臣妾從不敢忘皇上的教誨，雖然弘曆生在天家，但絕不可忘了手足情的重要。」

「妳能這樣想，朕很高興，相較之下，皇后就有些執著了。弘時明明已經黔驢技窮，她偏還要提醒，讓弘時得以接續行酒令。」胤禛心裡一直都是清楚的。

凌若溫和地道：「皇后娘娘也只是想二阿哥在皇上面前表現得好一些，臣妾能理解她的慈母之心。」

他眉頭微微一蹙，道：「話雖如此，但終歸有些作弊了，難怪弘晝不服。朕看皇后往日裡處事頗為公正，不想遇到弘時，也變得偏頗……熹妃。」

凌若忙應聲道：「臣妾在，可是臣妾按得皇上哪裡不舒服？」

「沒有，朕只是想與妳說，好好替朕管著後宮，朕現在只相信妳。」胤禛真的很累了，說了那麼多，他眼睛一直沒睜開過。

凌若停下手裡的動作，俯身貼著胤禛的臉頰，動容地道：「皇上放心，臣妾一定會盡己所能，處理好後宮之事，不讓皇上煩心。」

胤禛沒有說話，只是靜靜感受著頰邊的溫暖與細膩，而他的氣息在這樣的寧靜時光中也變得悠長均勻。

水秀端了參湯進來，還沒說話，便見凌若做了一個禁聲的手勢，輕聲道：「放著吧，去取法蘭西國進貢的毛毯來，皇上睡著了。」

水秀取了毛毯過來與凌若一道覆在胤禛身上，而凌若在示意水秀下去後便一直陪在胤禛身邊。他睡了一夜，她便陪了一夜，寸步未離。

你若不離不棄，我必生死相依！

第一千零五章　要求

同樣的夜色下，方壺勝境的氣氛則要凝重許多。那拉氏在，弘時也在，茶已經放了半晌，一直都沒人動過，由開始的滚燙逐漸變得冰涼。

不知過了多久，那拉氏碰一碰墨彩蝶紋的茶盞，卻沒有端起來，小寧子連忙會意地道：「奴才再去重新沏一盞來。」

弘時叫住他：「將我的也拿下去一併換了。」

「嗻！」小寧子答應一聲，空出一隻手去端弘時的茶盞，然一個不穩，灑出了一些在小几上，令本就心情不好的弘時更加不悅。

他皺眉厲喝：「怎麼做事的，連個茶盞也拿不好！」

小寧子慌忙將身子彎得跟蝦米一般，口中迭聲道：「奴才該死！」

弘時還待喝斥，那拉氏已然道：「灑了就灑了，擦一下便是了，你若再不喜歡，就將小几也換了。小寧子，你下去。」

「嗻！」小寧子趕緊答應一聲退出去，留下他們母子倆單獨說話。

弘時頗為不滿，帶著怨氣道：「皇額娘，兒臣是否連訓太監的資格也沒有？」

那拉氏屈指撥弄著手上雕有鳳紋的暖手爐，道：「你是堂堂阿哥，莫說訓個太監，就是將他打死了，甚至將整個方壺勝境的奴才打死都不要緊，但是困擾你心間的煩惱依然存在，不是嗎？」

弘時抿脣不語。是的，他根本就不是因為小寧子而生氣，他是氣自己輸給弘曆，雖然之後弘曆請求皇阿瑪讓他與弘晝一道放煙花，但那種感覺讓他更不喜，彷彿是弘曆的施捨一般。他不甘心，真的好不甘心。

「為什麼不說話，是本宮說錯了嗎？」那拉氏問著，她的容顏在燭光下端莊溫婉，一如平常展現於人前的那般。

弘時捏著雙手，努力讓自己平靜下來。「皇額娘說得沒錯。兒臣……」

不等他說完，那拉氏已然抬手道：「好了，過去的事就讓它過去吧，而且你我都得承認，弘曆確實有幾分小聰明。」

弘時再次怒上心頭，不滿地道：「若是再比一次，我絕不會輸給他！」此時此刻，他恨不得將弘曆狠狠踩在腳下羞辱，什麼兄弟之情，早已被拋到九霄雲外。

「你真的想再比一次嗎？」那拉氏低頭看著暖手爐上精巧的雕琢，紅脣逸出一絲輕淺的笑意。

「是。」這般答應後，弘時又有些懊惱地道：「只可惜已經過了除夕，沒這個機會了。」

「誰說沒有機會的？」在弘時不解的目光中，那拉氏紅唇勾出一個極深的弧度道：「你皇阿瑪之所以選擇在圓明園過年，最主要是為了辦一場冰嬉，到時候除了你與弘曆這幾個阿哥，其他宗室子弟也會上場。本宮對你只有一個要求，就是贏了所有人，得到你皇阿瑪的玉扳指，這對你將來有莫大的好處。」

胤禛會將他隨身多年的玉扳指作為賞賜的消息傳出來後，許多人都在苦練，弘時亦是其中之一，希望到時候可以一舉得勝。

那拉氏的話正中弘時心意，他毫不猶豫地道：「皇額娘放心，兒臣一定不會再輸給任何人。」

那拉氏滿意地點頭，笑容在燭光下明暗不定。「這才是皇額娘的好兒子。很晚了，回去歇息吧。你皇阿瑪難得歇幾天，你在此多陪陪他；還有，你庶福晉生的兒子尚未取名，趁機帶他們來園中小住，若有機會便求你皇阿瑪賜名。弘曆的名字便是你皇爺爺取的，之後更一直養在身邊，對他比你們幾個都要看重。」

弘時明白那拉氏話中的意思，連忙道：「是。兒臣一切皆聽皇額娘吩咐。」

在他下去後，那拉氏閉上了眼睛，直至肩上傳來輕重適中的揉捏，她才啟聲道：「本宮今日看劉氏面色甚是不對，看樣子惜春的法子見效了。」

小寧子輕聲道：「主子，奴才這些日子一直注意惜春，雖然沒發現什麼異常，但總覺得她有事隱瞞。」

那拉氏輕「嗯」一聲道：「昨日除夕宴上，本宮也覺得惜春有些不對勁，總之你繼續盯著，沒有本宮的命令，不許輕舉妄動。」

這一次小寧子隔了很長時間才道：「奴才就怕她突然給咱們使絆子，到時候只怕會很難收場。」小寧子能夠感覺到手下剛剛有些鬆弛的肌肉再次變得緊繃。

那拉氏陷入了長久的沉默後道：「你設法將惜春手裡的紅花換掉，本宮記得有一種草藥與紅花極為相似，惜春不懂藥理，應該不會發現。只要沒了紅花，任她怎麼折騰都無法害到本宮。」

小寧子猶豫著道：「主子，其實咱們現在將惜春抓了，不就可以直接免除後患嗎？至於謙貴人那邊，咱們自己在她沐浴的水裡下藥就是了。」

「若惜春真要對付本宮，必然是受人指使，她沒那個膽子，要抓便要將後面的人抓出來，只抓一個惜春有什麼用。本宮倒要看看，是誰那麼大膽，敢將算盤打到本宮頭上。」

第一千零六章　鍾愛

待得初二這日，下了三天的大雪終於開始有止住之勢。

初三，凌若曉諭六宮，著正月初九這日舉行冰嬉比賽，凡所有三十歲以下的宗室子弟皆可以參加，贏者可以得到胤禛手上的玉扳指。

這日，弘時將自己剛滿月沒多久的孩子接進圓明園，連帶著孩子的生母也跟著沾光。

胤禛尚是第一次見這個孫兒，頗為歡喜，弘時趁機進言請胤禛為庶子賜名。胤禛斟酌片刻後，為其取了「永琳」二字，願他可以如美玉一般無瑕。

隨後在與凌若說起此事時，胤禛笑著道：「看樣子朕是老了，連孫子都有了，虧得朕還以為自己年輕得很，真是歲月不饒人啊。」

凌若將一盅燕窩遞給胤禛。「皇上本來就年輕，若是不知情的人見了，只道皇上才三十出頭呢。」

胤禛睨了她，似笑非笑地道：「朕都有白頭髮了，哪裡還像三十出頭。妳啊，就算想安慰朕，也該尋個更好的說詞才是。」

凌若順勢坐下道：「臣妾可不是安慰，而是實話實說。在臣妾心中，皇上永遠是初遇時的那個四阿哥。」

胤禛很久沒聽到過四阿哥這個稱呼了，如今被凌若這麼一提起，不禁有些感慨。「若兒，妳很久沒喚朕一聲四爺了。」

凌若輕笑道：「皇上現在是九五之尊，臣妾如何好沒規沒矩地喚皇上四爺，教人聽見了，非得說臣妾恃寵而驕不可。」

胤禛輕哼一聲，斷然道：「有朕在，哪個敢論妳的是非。」

凌若忍不住發笑。「是，有皇上護著臣妾，臣妾自然什麼都不怕。」

「既然如此，妳還不叫？」在說這句話時，胤禛眼裡是滿滿的溫柔與笑意。

凌若臉上的笑意越發明媚，起身朝胤禛淺施一禮，怡然道：「是，臣妾給四爺請安。」

這一聲「四爺」彷彿將胤禛帶回往昔，想起他與凌若的第一次相遇。那時，他們誰都不曾想過，往後的人生竟會與對方緊緊糾纏在一起，成為彼此生命中重要的那個人。

二十餘年過去，皇阿瑪、皇額娘還有如言都先後走了，不過幸好，若兒一直在身邊，從來沒有離開過。

胤禛搖搖頭，將這些思緒壓下心底，低頭舀了一勺燕窩遞到凌若脣邊，溫聲道：「朕餵妳吃吧。」

這樣的溫柔於胤禛而言是極難得的。凌若臉龐微紅，搖頭推卻道：「皇上自己用吧，臣妾的那盅待會兒就燉好了，再說那麼多人看著呢。」

楊海等人趕緊移開目光，一個個神色都有些怪異，一副想笑又不敢笑的樣子。胤禛哪會不明白她的想法，微微一笑道：「你們幾個都退下吧。」

待眾人離去後，他方才道：「好了，現在沒外人在，可以吃了吧？」

他的細心與溫柔令凌若為之一暖，但仍推辭道：「其實臣妾真的不餓，倒是皇上政事繁忙，該多吃一些補補身子。」

胤禛頗為心疼地道：「妳啊，總是記著朕繁忙，那妳自己呢？這些日子朕看妳又是忙著移宮，又是忙著過年，如今還要忙冰嬉的事，臉色瞧著都沒以前好了。總之妳聽朕的話，好好將這盅燕窩吃了，待會兒再吃一盅。以後朕會叮囑妳那些宮人，每日燉兩盅燕窩。」

凌若無奈地笑道：「皇上這樣餵下去，臣妾變胖了可怎麼辦？到時候皇上就不願看到臣妾了。」

「誰說的，不論妳變成什麼樣子，都是朕最鍾愛的熹妃。」不等凌若說話，他再次道：「好了，趕緊將燕窩吃了，否則可要涼了，朕餵妳。」

無關容顏，無關年紀，無關一切，只是純粹鍾愛她這個人嗎？這個想法令凌若感動不已，就著胤禛的手將一盅燕窩全部吃完。隨後胤禛又陪了她一下午，直至天色漸黑時，方才去了劉氏的長春仙館。

因為胤禛不在，所以凌若便讓人把晚膳準備得簡單些，直至晚膳上桌還沒見弘曆進來；正待讓人去叫他，就看到弘曆走進來，低低地喚了聲「額娘」。

凌若就著水秀端來的水淨手，道：「怎麼了，一臉悶悶不樂的樣子？」

弘曆垂頭道：「沒事。」

凌若拭淨了手道：「你是額娘生的，你有事沒事，額娘會看不出來嗎？」

弘曆見瞞不過，只得如實說出來。

原來他剛才去找弘晝，想跟弘晝一道練習冰嬉，宮人原先說弘晝在裡面，可進去後又說不在。若只是這樣也就算了，可他偏偏聽到屋裡有弘晝的聲音。

待他說完後，凌若微一點頭道：「這麼說來，五阿哥是故意不見你？」

「嗯，其實自從除夕之後，弘晝便對兒臣愛理不理，今日更是避而不見，以前從來沒有這樣過。」弘曆有些垂頭喪氣。自從弘晟死後，與他要好的便只有弘晝一人，想不到突然之間又變成這樣子。

凌若大致猜到一些，卻不說破，只是道：「看樣子五阿哥是在生你的氣。這樣吧，待晚膳後，額娘陪你去裕嬪那裡，問清楚是怎麼一回事可好？」

弘曆一喜，旋即又有些猶豫地道：「兒臣剛才聽三福說，額娘晚上還要定冰嬉那天的人選，若陪著兒臣去裕嬪那邊，豈非……」

「無妨，額娘晚一些睡就是了，最重要的是你能與弘晝說清楚。額娘知道你向來重視手足之情，更不要說弘晝與你是一道長大的。」

弘曆聞言既感動又歡喜地道：「謝謝額娘！」

凌若笑一笑，拿起筷箸道：「好了，那趕緊用膳吧，若是太晚過去，打擾了裕嬪歇息可不好。」

「嗯。」煩惱事一去，弘曆的心情自然也跟著好起來，連著吃了兩碗飯。

歇了一會兒後，凌若命楊海執燈，攜了弘曆往裕嬪所住的魚躍鳶飛行去。

魚躍鳶飛在圓明園也是頗具景致的地方，前後帶水，八窗洞開，讓人感覺猶如來到了山村田園，不只有魚躍其中，還有白鷺在水岸間漫行。

昔日溫如言來圓明園小住時，便是歇在魚躍鳶飛，特別喜歡這裡。而今景致依舊，人卻已不在，回想起來，實在是令人唏噓不已。

第一千零七章　怒氣

弘曆跟在凌若身後，見她越走越慢，到最後更是停了下來，不由得問：「額娘，您怎麼了？」

凌若被他的聲音驚醒，連忙搖頭道：「額娘沒事，只是突然想起了以前。」不等弘曆再問，她已是道：「行了，咱們快過去吧。」

守在魚躍鳶飛外頭的小太監看清人影後，連忙跪下行禮。「奴才給熹妃娘娘請安，給四阿哥請安！」

凌若頷首，沒有讓他通報，逕自走進去，剛走了兩步便聽到弘晝的嬉戲聲，待到了院中，只見弘晝穿著冰鞋在平整的青磚地上滑走，不時做出各式各樣的動作，玩得不亦樂乎。

只是對他而言頗為刺激的玩耍，卻令一旁的裕嬪擔盡了心，除了讓四個小太監緊緊跟著他，還不時提醒他小心。

不論是弘晝還是裕嬪都沒有注意到凌若一行人，直至弘晝一個直滑，收勢不住險些摔倒，弘曆快步過去扶住他時才發現有人來到。

不過在看到弘曆的下一刻，弘晝剛才還嬉笑的臉色頓時沉了下來，直起身甩開弘曆的手，不悅地道：「你來做什麼？」

「弘晝！」裕嬪被他不客氣的言語嚇了一跳，連忙走過來輕聲斥道：「怎麼可以這樣與你四哥說話，還不趕緊認錯。」

「我又沒做錯什麼，為什麼要認錯！」

弘晝倔強的話語讓裕嬪拿他沒辦法，只得先朝凌若見禮，隨後對神色黯然的弘曆道：「四阿哥，弘晝他可能是……」她自己也說不出來，只能簡略道：「總之你不要見怪。」

弘曆忙道：「娘娘不要這麼說，弘晝是我的弟弟，我怎會見怪於他。」

「不怪就好。」裕嬪鬆了一口氣，想起凌若還站在外頭，趕緊道：「看臣妾糊塗得都忘了請娘娘進去，娘娘快請。」

「無事，本宮只是隨意來走走罷了，裕嬪不需要太過拘謹。」如此說著，凌若隨裕嬪一道至正廳坐下，待宮人奉上茶後，她輕笑道：「來了圓明園後，本宮還沒來過裕嬪這裡。恰好剛才弘曆跟本宮說，下午來尋五阿哥一道練習冰嬉的時候，五阿哥正好不在。眼見離冰嬉還有幾天，怕落了一天後，時間會來不及，所以本宮便與他一道過來了，還望裕嬪莫怪本宮唐突。」

「娘娘千萬不要這麼說，臣妾也想請娘娘過來坐坐，又怕耽誤了娘娘的正事，這才一直不敢說出口。」裕嬪臉上浮起一絲怪異之色，轉而對弘晝道：「弘晝，額娘記得你今日一下午都沒出去，怎麼四阿哥來找你時會不在？」

弘晝將臉轉向一旁，硬邦邦地道：「不在就是不在。」

「弘晝！」裕嬪沉下臉喝斥：「熹妃娘娘面前不許放肆，好好回話。」

弘晝悶聲不語的樣子令裕嬪越發生氣，待要再喝斥，凌若已是道：「看樣子五阿哥與弘晝有些誤會，不若讓他們兄弟倆去外頭說。」

「也好。」

裕嬪剛答應一聲，弘晝便扭頭往外走，連個禮都沒行，倒是弘曆分別朝她們兩人行禮告退後方才離開，令她得越發不好意思，紅著臉囁囁道：「都怪臣妾沒有教好弘晝。」

「裕嬪不要這麼說，本宮是看著弘晝長大的，他不是無禮之人，想來這一次是心中有氣，所以才無禮了一些，不礙事的，妳也別往心裡去。」

裕嬪稍稍心安，然還是瞅著外面道：「弘晝這孩子說話經常不計後果，很可能會惹四阿哥生氣，要不……臣妾還是去外頭看著吧。」

「不必了，生氣也好，怎樣也好，那都是孩子之間的事，咱們做額娘的就不要去摻和了；而且弘曆這孩子，在有些事上看得還不及弘晝清楚，讓弘晝說給他聽聽也好。」

裕嬪不明白凌若的意思，卻也不好再多問，陪著凌若絮絮地說著家常。

弘曆在奔出去後，見到弘晝一言不發地在青磚地上滑著，連著叫了好幾聲弘晝都沒有答應，無奈之下，上前抓住他胳膊道：「五弟，到底怎麼了，咱們兄弟倆不是一直好端端的嗎？這幾天你卻對我冷冷淡淡，我來找你也避而不見。」

弘晝甩了幾次都沒有甩開弘曆的手，不由得怒道：「什麼原因你心裡清楚，兄弟？哼，不過是嘴上說得好聽罷了。」

弘曆被他說得一頭霧水。「我到底做了什麼？被你說得好像十惡不赦一樣。」見弘晝抿嘴不說話，他加重了幾分手上的力氣，道：「弘晝，你把話說明白！」

弘晝憋了幾天的氣正難受得緊，見弘曆一再追問，終於忍不住道：「好，那我就說給你聽！那天除夕夜宴上，你明明接得了行酒令，為什麼故意不接下去，故意要讓二哥贏？還有那首寶塔詩，皇阿瑪都說你贏了，讓你點煙花，你做什麼還要拖二哥一起。你明知道二哥看我們不順眼，有意要讓我們出醜，還非拿自己的熱臉去貼他冷屁股！你……你沒骨氣！我沒你這樣的四哥！」弘晝氣極之下，什麼樣的話都說出口了。

弘曆愣愣地站在那裡，抓著弘晝的手不知不覺鬆開來，弘晝趁機甩開他，用力一蹬冰鞋，在青石磚上用力地滑著，發洩心中的怒氣。

弘曆怎麼也沒想到弘晝是因為這個生氣，當時他還以為一道點了煙花就沒事了，豈料弘晝一直都介意。

也是，弘晝平日裡看著嘻嘻哈哈沒什麼正形，但骨子裡卻極有傲氣，除夕夜宴上二哥對他那樣不客氣，以他的性子又怎麼可能忍受得了？

最重要的是，他發現自己向來最為倚重的四哥，不只不幫著自己，還處處向奚落自己的那個人示好，氣一下子湧了上來，連弘曆也不想理會了。

明白了這一點，弘曆忙解釋：「五弟，我不是刻意要去討好二哥，只是覺得彼此都是兄弟，何必非要得理不饒人呢，各自退讓一步，不是更好？」

第一千零八章　兄弟和好

「退讓？你可以把命也退讓給他嗎？」

弘晝這句話與之前凌若說的出奇相似，弘曆無言以對，沉默良久方才道：「只是娛樂罷了，何以扯到性命上去。」

弘晝在冷風中不住畫著圈子，從這頭到那頭。「是啊，因為這樣，你眼睜睜看著他奚落我，也不幫我出頭，又或者在你心裡，恨不得他多奚落我幾分。」

「這怎麼可能！」弘曆不知要怎麼說才能讓弘晝明白，只得道：「五弟，我知道你心裡不好受，可為了無關緊要的勝利便與二哥針鋒相對，這樣有意義嗎？」

「那按著四阿哥的意思，什麼樣才叫有意義？」諷刺的聲音自夜風中飄來，同時弘晝一個轉身滑到弘曆面前，在近乎碰到鼻子時方才停下，面容是前所未有的冷凝。「四阿哥，按你的話，六日後的冰嬉比賽同樣是個無關緊要的勝利，不用問，你一樣會讓給二哥，既然如此，你還練什麼，直接輸掉不就好了？」

「我……」弘曆想說他並不想輸，可話到嘴邊卻猶豫了。就像弘晝說的，真到了賽場上，他很可能會顧及弘時的感受而手下留情。

「被我說中了嗎？」搖曳的燈光下，弘晝臉上盡是諷刺的笑意。「四阿哥還是請回吧，無謂再將時間浪費在這些『無關緊要的事情』上。勝利，我會去奪得，我絕不會讓二哥再這樣耀武揚威。」

說罷，他留下弘曆一人發愣，自己則繼續在院裡努力地練習。雖然青磚很平整，但還是不能與光滑如鏡的冰面相比，冰鞋在行過縫隙時有輕微的抖動。

弘曆怔怔地看著認真練習的弘晝，不曉得該怎麼做。二哥是兄長，他這個做弟弟的已經習慣了謙讓，二哥想贏，讓二哥贏就是了，何必非要去爭呢？

可是究竟要讓多少次才能讓二哥滿意，又或者根本沒有這一天。就像弘晝說的，是否要將命也一併退讓給二哥？

想了很久之後，弘曆終於有了答案。他雖然希望兄弟和睦，但絕非盲目，就像之前額娘說的，自己只能盡力而為，但最終結果並不能由他控制。

隨著年齡的增長，他漸漸明白皇阿瑪的皇位得來不易，也知道皇叔一直對皇位虎視眈眈，當初燈臺大火便是皇叔們聯手弄出來的。皇阿瑪未嘗不希望兄弟和睦，可若一味退讓，只會讓自己還有身邊的人身陷險境。所以不論怎樣難過，皇阿瑪都沒有退讓過一步，始終牢牢站在至高處。

他的情況自不能與皇阿瑪相提並論，但理是一樣的，他可以退，卻不能無休止地退下去。

想通了這一點，弘曆忍不住搖頭苦笑。虧得他自詡聰明，這樣簡單的理卻直到現在才想明白，連比自己小的弘晝都不及，實在是可笑。

那廂，弘晝在一個轉身中不小心摔倒在地，正當他雙手撐著地想要爬起來時，一隻手突然出現在他眼前。

他訝然抬頭，只見弘曆正微笑地看著自己，一雙眼眸在宮燈下顯得格外明亮。

「起來吧，我與你一道練習。」

弘晝愣愣地看著那隻手掌，在準備伸過去時，忽的又猶豫了，然弘曆已經一把握住他的手將他拉起，與此同時，弘曆還認真地道：「五弟，之前的事是我錯了，我向你道歉，請你原諒。」

「你……」弘晝有些回不過神來，更想不到弘曆竟會跟自己道歉，好一會兒才小心翼翼地道：「你真覺得自己錯了？」

「嗯。」弘曆抬起頭，今夜星空晴朗，可以看到繁星點點。「若時光倒回，我依然會讓他。」

「但不是因為他是二哥，而是因為我不需要這些無謂的風頭。相信額娘也會贊同。該讓的時候讓，不該讓的時候我絕不會讓。」

弘晝臉上漸漸泛起喜色。「這麼說來，初九那日……」

弘曆點頭道：「嗯，初九那日我一定會贏，因為我不可以讓一直相信我的五弟再一次失望。始終，你才是我最重要的兄弟。」

「四哥！」弘晝歡喜地叫著，緊緊上前抱住弘曆，之前的不開心已被拋到九霄雲外。

聽到他再一次叫自己四哥，弘曆心中也無比歡喜，拍著弘晝的後背道：「只要咱們兄弟齊心，必然無往不利。」

弘晝點頭，對站在一旁的小太監道：「趕緊再去拿一雙冰鞋來，四阿哥也要一道練習！」

在小太監拿了冰鞋上來後，弘晝更是道：「四哥，不如你今夜睡在我這裡，如此咱們兄弟便可以練得晚一些，只剩下六日了，可得抓緊。」

弘曆將帶子綁好後道：「這可不行，你知道宮裡向來沒這個規矩。」

弘晝不以為然地道：「可現在又不是在宮裡。四哥，要不我幫你去求熹妃娘娘，也許她會同意呢。」

不等弘曆說話，兩人耳邊倏然響起凌若的聲音——

「既然五阿哥這麼說，就讓弘曆在這裡陪五阿哥一夜吧。」

「熹妃娘娘？」弘晝驚訝地回過頭，發現凌若與裕嬪不知何時站在簷下，正笑吟吟地看著他們。

「額娘，真的可以嗎？」弘曆驚喜地看著凌若。以前不管他與弘晝感情如何要好，都不曾同睡一屋過。

凌若笑道：「就像五阿哥說的，如今不是在宮裡，雖不能忘形無度，但適當放寬一些未嘗不可，不過也要裕嬪娘娘不要嫌你煩才好。」

裕嬪連忙道：「娘娘這是說哪裡話，四阿哥聰慧懂禮，哪裡會煩。再說有四阿哥幫忙看著弘晝，臣妾也好少操些心。」

弘曆高興之餘，連忙行禮。「兒臣多謝額娘，多謝裕嬪娘娘。」

弘晝也有些不好意思地行禮，口中道：「弘晝剛才無禮，還請熹妃娘娘恕罪。」

「無妨，你們兄弟倆能和好如初，對本宮而言比什麼都好。」

第一千零九章　正月初九

六天光陰，轉瞬即過。

雍正四年的正月初九，一大早圓明園外便停滿了馬車，許多親王、貝勒及命婦自馬車下來，進到園中後，自有人引到上下天光。

上下天光位於後湖西北，臨湖兩層樓宇，登樓便可盡覽湖光水色。大雪過後，這裡也成為圓明園最大的冰湖。凌若還命人汲水在冰面上澆出一座冰山，高三、四丈，瑩滑無比；另外還有堆起來的獅、象等吉獸。

除了比賽的宗室子弟之外，還有許多人前來觀看，人潮絡繹不絕，上下天光的兩層樓根本待不下，更不要說還有那麼多嬪妃。虧得凌若早有安排，命人在旁邊臨時搭建了幾處簡樓，可以讓眾人分別入座。

「熹妃娘娘。」

正忙得不可開交之時，凌若耳邊忽的響起一個似曾聽聞的聲音，抬目望去，一張溫文儒雅、氣度非凡的臉龐映入眼裡，身旁還站著一個容色嬌豔的女子。正是允禩與他的嫡福晉納蘭湄兒。

凌若有一瞬間的失神，不過下一刻已經恢復成慣常的笑顏。「原來是廉親王與福晉，許久不見了。」

「是啊，微臣記得第一次見娘娘時，還是在老十賭氣賣家當那會兒，一轉眼已經許多年過去了。」允禩的笑容一如昔日完美，讓人如沐春風。二十年歲月，絲毫沒有在他臉上留下痕跡，不像胤禛的眼角與額頭已經出現不少皺紋。

在他說話的時候，納蘭湄兒已然低頭行禮，絳紫色的大氅在雪地裡鋪展如花。「臣妾給熹妃娘娘請安，娘娘萬福。」

「廉福晉快請起。」從納蘭湄兒的聲音裡，凌若聽出了那麼一絲不情願。是啊，當年見面的時候，是她向納蘭湄兒行禮，而今卻完全反了過來，換成是自己，只怕也會不情願。

「位置都已經安排好了，本宮領你們過去吧。」在走向簡樓的途中，凌若道：「本宮記得廉親王有兩個兒子參加這次的冰嬉比賽？」

允禩微笑道：「娘娘好記性，微臣犬子兩名，不過是來湊個熱鬧罷了，真比起來，如何能比得過三位阿哥。」

「廉親王太過自謙了。」凌若不再說話，待得到了簡樓後方才道：「本宮還有事，就不陪廉親王與福晉了。」

「娘娘儘管去忙便是。」待得凌若離去後，允禩拉著納蘭湄兒的手坐下，見她面色有些不對，輕聲道：「怎麼了，可是受涼了？」

納蘭湄兒搖頭道：「沒有，我只是不太喜歡見到她罷了。」

允禩的神色有些驚訝。「妳是說熹妃娘娘？」

「嗯。」納蘭湄兒點頭。康熙尚在時，她與凌若曾在宮中見過一面，當時鬧得不甚愉快，她更曾指著凌若的鼻子說胤禛冷漠刻薄，不顧他人生死。雖說事情過去許多年了，但總是橫在心頭的一根刺，尤其現在凌若身分在她之上，每每見了面都得屈膝行禮，令她更覺得難受。

允禩並不知道這些，只道：「既是不願見，便坐在這裡不要走，想來她也不會過來。」

納蘭湄兒答應完，見允禩欲走，忙問：「王爺，您要去哪裡？」

允禩拍一拍她拉著自己袖子的手，道：「我去看看弘旻還有弘昌，妳乖乖坐在這裡等我回來，聽到了嗎？」

「嗯，那您快些回來。」雖然旁邊坐著不少人，但納蘭湄兒平常少出府門，與各王府的嫡側福晉並不熟，就算坐在一起也不知該說什麼。

允禩離開簡樓之後並未去見弘旻和弘昌，而是站在賽者所待的簡樓外頭，彷彿在等什麼人，直到弘時出現。

「咦，八叔，您怎麼站在這裡？」順口說完後，弘時才想起來那拉氏的吩咐，但已經來不及了。
允禩帶著一絲輕笑道：「八叔有幾句話想與你說，可以嗎？」
弘時猶豫了一下，點頭答應，在隨允禩走到人跡罕至的地方後，方道：「八叔有什麼事就說吧，待會兒我還要進去準備。」
面對他與往日不同的疏離，允禩絲毫不在意，負手道：「來之前我已經與弘旻、弘昌他們說好了，比賽時，他們會全力助你得勝。」
弘時無比意外，訝然道：「八叔，您這是……」
允禩抬手道：「弘時，不瞞你說，自八叔賦閒在家後，可說是嘗盡人情冷暖，原先與八叔交好的官員如今一個個皆避之不及，所謂的廉親王更是有名無實。唯有你還肯親近八叔幾分，實在是令八叔很感動。八叔知道，這個比賽對你而言是極為重要的，不容有失，若贏了，皇上也會對你另眼相看，所以八叔一定會盡己所能，助你贏得這場比賽。」
聽完他這一番話，弘時大為感動，想起自己之前因為聽從那拉氏的話在心裡對他大為疏遠，更是愧疚不已，連忙道：「八叔不必如此，再說要弘旻、弘昌放棄機會來幫我，這讓我如何過意得去。」
「你不必說了，總之八叔心意已決，你如今唯一要做的，就是贏得漂亮一些，千萬莫要讓弘曆他們出風頭。」
一說到弘曆，弘時頓時滿臉戾氣，陰聲道：「八叔放心，我一定不會輸給弘曆他們兩個。」

「看到你這麼有決心，八叔就放心了。」允禩拍著弘時的肩膀道：「好了，快點進去準備吧，八叔等著你的好消息。」

待弘時離去後，允禩臉上露出一抹諷刺的笑容。

想不到老四那麼精明的人，卻生出一個蠢貨兒子來，稍微對他好些，便連自己姓什麼、叫什麼都忘記了。

第一千零一十章　舞獅

卯時正點，胤禛與那拉氏共同來到上下天光，原先待在箭樓裡的王公貴族還有嫡側福晉皆出來行三跪九叩大禮。

在一陣山呼之後，身著明黃龍袍的胤禛與金色鳳袍的那拉氏一起道：「平身。」

「謝皇上隆恩，謝皇后娘娘隆恩。」禮畢之後，眾人站起身來。

人群當中的納蘭湄兒神色複雜地抬起頭，看著身為皇帝的胤禛。直至現在，她還是很難相信坐上那張龍椅的竟然會是胤禛。明明最適合的人是允禩，可先帝卻說什麼也不願將帝位傳給允禩，理由僅僅是他生母出身卑賤。但論出身，胤禛生母的出身又能高到哪裡去？

胤禛也看到了她，目光變得迷離而出神，無法收回，直至凌若的一聲「皇上」，方才回過神來，對著凌若勉強一笑道：「熹妃將這裡布置得有條有理，甚好。」

凌若在心裡嘆了口氣。那麼多年過去了，胤禛始終無法徹底忘記納蘭湄兒，這實在是一段孽緣，也不知要糾纏到何時。

這般想著，她臉上卻綻放著完美無瑕的笑容。「請皇上入席吧，冰嬉很快便要開始了。」

「好。」胤禛簡短地答應一聲，在經過凌若時，輕輕執了她的手，讓她隨自己一道進去。那拉氏眼皮微微一搐，卻沒有說什麼。

待胤禛落座後，眾嬪妃按著位分高低紛紛坐好，而簡樓那邊的人也各自落座。

一切安定之後，一名手執長鞭的太監走到結了厚厚一層冰的湖面上，用力抽打冰面，如此九下之後方才退下，以示冰嬉正式開始。

凡年三十以下的宗室子弟，皆被允許參加這次冰嬉賽，在比賽尚未開始之前，這些人已換上八旗服色，依色走冰。

隨後則是舞龍舞獅，在熱鬧的鑼鼓聲中賣力地舞動著。

胤禛頻頻讚賞，對旁邊的凌若道：「那幾個舞獅人甚是不錯，比朕以前看到的都好，待會兒賞他們一人二十兩銀子。」

凌若嫣然一笑道：「皇上還是等他們舞完之後再決定是不是賞二十兩吧。」

胤禛看著意有所指的凌若道：「聽妳這話，似是嫌朕賞的少了？」

凌若搖頭笑道：「臣妾可是什麼都沒說，不過一人二十兩，對於舞獅的人來說，真有些少了。」

另一側的那拉氏低頭剝著一顆顆炒得極香的花生，將其放在小碟子裡。「二十兩銀子對於咱們來說自然不多，可是對於普通百姓言，已足夠他們一年花銷，舞一趟獅子便可以賺得二十兩銀子，實已是一筆小財。要說再多賞，對他們未必是好事，熹妃豈不聞『匹夫無罪，懷璧其罪』，這八個字？」

凌若未分辯什麼，只是謙恭地欠身道：「皇后娘娘教訓得是，是臣妾妄言。」

那拉氏將盛著七、八粒花生仁的小碟子放到胤禛面前，赧然一笑道：「本宮不過是提醒一句，如何稱得上是教訓，熹妃千萬莫要往心裡去。皇上將後宮之事交給妳打理，便是信任妳，宮裡頭的事說多不多、說少不少，但是想要樣樣把持好絕不是一件容易的事。尤其是宮裡的各項用度開支，幾十兩銀子放在偌大的後宮中自然看不出，隨便幾盅燕窩、幾盅參湯就去了，但並不意味著就可以隨意浪費。熹妃，始終是年輕了些。」

凌若低頭不語，倒是胤禛道：「不過是些許賞銀罷了，皇后怎的扯出這麼許多話來。再說朕看熹妃這些日子做得極好，該省的地方省，該用的地方用，就是這回又是移宮又是辦冰嬉的，銀子也沒比平常多用多少。」

莫兒在一旁嘴快地道：「皇上，您不知道，本來這個月的銀子要多好幾千兩的，後來主子怕用銀多了內務府那頭不好做，所以主動將自己的用度減了一半。」

凌若抬眸厲喝：「豈容妳一個奴才多嘴，還不跪下自己掌嘴！」

見凌若動怒，莫兒不敢多言，一臉委屈地跪下，隨後抬手掌摑起自己來，沒打幾下，胤禛便道：「行了，起來吧。」

凌若不贊同地道：「皇上，莫兒如此沒有規矩，怎可輕饒了她。」

胤禛卻不認同此話，反而道：「熹妃，莫兒雖然無禮，但也是出於一片護主之心，正所謂忠心難得，即便是衝著這份忠心，妳也不該重罰她。」

「既然皇上開口，那臣妾便饒過莫兒這回吧。」如此說著，她命莫兒站起身來。

「謝皇上開恩，謝主子開恩。」謝恩之後，莫兒才敢起身。

胤禛心疼地握了凌若的手道：「妳削減了自己宮中的用度，為何不與朕說？再說移宮與冰嬉都是朕的主意，便是多支出些也沒什麼，何必苦了妳一人呢？」

凌若臉龐微紅，抽回手道：「皇上過言了，臣妾並不覺得苦。」說罷，她起身朝面色僵硬的那拉氏施禮，萬般懇切地道：「臣妾掌六宮之事不久，難免有所不足，往後臣妾若有做得不對的地方，還請娘娘不吝指教，臣妾必定銘記於心。」

「熹妃謙虛了。」那拉氏不自在地笑笑，伸出冰涼的雙手扶起凌若。「本宮之前也是怕妳年輕，一味鋪張浪費，這才說了幾句；如今聽莫兒所言，本宮再無疑慮。」

隔著袖子，凌若依然感受得到那拉氏顫動的手指，想必說出這番話，那拉氏是極為不甘的，可是她卻不能不說，畢竟她要維持在胤禛心中端莊溫和的形象，這是她穩居皇后之位的最大倚仗，斷然不能失去。凌若在心底冷笑，只憑這份寵辱不驚的本事，便不愧她這麼多年都穩居中宮之位。只是這樣的皇后，何嘗不是悲哀的，在最親近的枕邊人跟前，連一絲真性情也不能表露。

第一千零一十一章 轉龍射珠

眾人將目光放到冰面上，舞龍者已經退下，只有兩隻獅子尚在那裡歡舞不已，之後更在鑼鼓聲中往冰山行去，在眾人詫異的目光中，兩隻獅子分別登上了冰山。

裕嬪驚奇地道：「這樣滑的冰山，他們是怎麼登上去的？」

胤禛與那拉氏也是同樣的神色，唯有凌若笑意如常。

瓜爾佳氏在一旁看了，輕笑道：「看這子，這答案熹妃知道。」

她聲音雖輕，卻也傳到胤禛耳中，他頗為好奇地看著凌若道：「熹妃，他們穿著冰鞋如何上得了冰山，還有他們登上去做什麼？」

凌若朝冰山那邊努一努嘴道：「皇上看下去自然就知道了。」

「妳這人，竟然還在朕面前賣關子。」這般笑著，胤禛終是沒有追問下去。

說話的工夫，那兩頭獅子已經到了山頂，獅頭一陣晃動後，大嘴張開，長長的紅綢卷軸自嘴中輕落而下，掛在瑩滑的冰山上，卻是兩句詩。

「瑞雪繽紛感上天，堆獅掛象戲階前。」唸罷紅綢上的詩句，胤禛拍掌笑道：「好！好！想不到舞獅之餘還有這樣別出心裁的花樣，實在是好！」

他話音落下不久，負責舞獅頭的兩人忽的從三、四丈高的冰山上滑下來，拍袖朝胤禛所在的方向跪倒，朗聲道：「兒臣恭祝皇阿瑪聖體安康，萬壽無疆！」

看著那兩個人，胤禛大為詫異，好一會兒才回過神來，指著猶跪在地上的兩人對凌若道：「怎麼是弘曆跟弘晝？」

裕嬪同樣是百般驚訝，她之前一直沒看到弘晝人影，只道是去準備比試了，沒想到弘晝竟是其中一個舞獅者。

凌若滿面笑容地道：「回皇上的話，前幾日弘曆與五阿哥看到舞獅者，便想在冰嬉這日給皇上一個驚喜，臣妾見他們有這份孝心，便答應為他們保密，不過臣妾也沒想到，就這幾日的工夫，他們可以將舞獅學得這般好。」

胤禛聞言站起身來，走到欄杆前，俯視著跪在地上的兩人，眼中滿是驕傲與歡喜。這是他的兒子，他胤禛的兒子。

他迎風大聲道：「你們給予朕的這份驚喜，朕很喜歡！都起來。朕等著你們比試時，再給朕一個驚喜。」

兩人對視一眼，皆用最大、最肯定的聲音道：「兒臣一定不負皇阿瑪所望。」

樓閣之上，那拉氏臉色陰沉，一顆剝了一半的花生被她用力捏在掌中，久久不見鬆開。

重新落座的胤禛不曾留意到那拉氏，只是笑道：「怪不得熹妃剛才說朕二十兩銀子賞少了，朕怎麼也想不到，竟會是弘曆他們。」說罷，又無比感慨地道：「能有這份心思，實在難得。」

胤禛心中明白，要在短短幾日內將獅子舞得像模像樣，必然得日夜操練，個中辛苦可想而知。而弘曆與弘晝身為阿哥，可說是天之驕子，能忍下這份苦，已非「難得」二字可論述的。

凌若看出他心裡的想法，輕言道：「能夠令皇上展顏，對他們而言便是最值得高興的事。」

裕嬪小聲道：「娘娘，那四阿哥與弘晝是如何爬上冰山的？臣妾看那冰山光滑無比，莫說冰鞋，就是尋常鞋子也爬不上去。」

她這一問，將眾人的好奇心都勾了起來，一個個盯著凌若，連胤禛也不例外。

凌若輕笑道：「不過在命人汲水澆冰山的時候，特意讓他們在冰山的背面留了凹糟，如此手腳便可在凹糟之中借力攀登，不論冰山再滑也可登上頂。」

胤禛聞言一陣愕然，想不到答案竟然出乎意料的簡單，不禁啞然失笑：「熹妃這份心思，實在是巧妙無比，連朕也自問不如。」

瓜爾佳氏抿嘴笑道：「豈止是皇上，臣妾等人也都佩服得很呢。這事說破了自然簡單，但要第一個想到，卻是萬般不容易，皇上可是該好好獎賞熹妃娘娘。」

胤禛對瓜爾佳氏的話深以為然。「謹嬪說得不錯，熹妃為了這次冰嬉費神費力，實在不易，合該好好獎賞。熹妃，妳想要什麼，儘管開口便是。」
凌若笑著推辭：「這些都是臣妾的分內事，豈敢言賞。」
那拉氏目光一閃，和顏笑道：「熹妃確實做得好，又有什麼好不敢的。」
凌若不動聲色地環顧四周那些心思各異的眼睛，笑意如初地道：「就算皇上真要賞臣妾，也該是在這場冰嬉賽事之後，現在臣妾討賞，可是有些名不副實了。」
胤禛倒是沒有勉強她，道：「也罷，就等冰嬉賽後再說。」
這般說著，眾人重新將目光放在冰面上。比試共分兩場，一場比的是轉龍射珠，即在走冰之時射箭，頗有些像當日胤禛示範給弘曆看的那樣，不過比胤禛表現出來的難度要低許多。
宮人在冰湖東南位置擺放一座拱門，上懸一球，曰：天球；下置一球，曰：地球。
每個賽者皆會得到一副弓與兩支箭矢，箭矢尾端刻有賽者的名字，一射天球，一射地球，兩者皆中為過關，得以進入到下一場。
這樣的比試看起來似乎很簡單，但是射箭時有百多人混在一起，而球能中箭的位置並不多，這也就意味著，參賽者要設法不讓別人中箭；除了一些下三濫的手段之外，所有爭搶都是允許的。
鞭響，百餘名參賽者按著自己所屬的八旗服飾分別站在冰面上。
與剛才走冰時不同，每人手中都拿著弓矢，目光緊緊盯著遠處那一上一下兩顆球。

拱門旁邊放著一炷剛剛點燃的長香，這便是第一關比試的時間，長香燃盡，比試便結束。

弘曆等三人也在其中，他們身上穿著正黃旗服飾，與其他宗室子弟一樣，躍躍欲試地盯著那兩顆球——唯有過了這一關，才可以進入到最終決賽中。

與弘晝站在一道的弘曆，目光異常堅定，沒有一絲猶豫。

這一場比試，他不會再有任何退讓，當盡己所能。

第一千零一十二章 比試

不論是上下天光還是旁邊的幾座簡樓，氣氛均變得有些緊張。

樓閣中，納蘭湄兒緊張地抓著允禩的手。「王爺，您說這賽場上刀箭無眼，弘昌他們會不會有事？」

允禩溫言安慰道：「湄兒，妳不要那麼緊張，這又不是上沙場殺敵，不會有事的，即使真有什麼，也不過是小傷罷了。」

「您還說！」納蘭湄兒嗔了他一眼道：「若不是您堅持，我怎會答應讓弘昌來參加這場冰嬉。若弘昌真受了什麼傷，我非唯您這個阿瑪是問不可。」

允禩待納蘭湄兒向來極好，雖然也納了側福晉，但最寵愛的人始終是她。納蘭湄兒在廉親王府從未擔心過地位動搖，後來所生的弘昌更是早早被確立為世子，即使側福晉張氏生下了弘旻，也完全不能與她相提並論。

對於她頗為無禮的話，允禩沒有一絲不悅，依舊溫言道：「行行行，妳說怎麼辦就怎麼辦，這總行了吧？」

納蘭湄兒這才將目光放到賽場上。

隨著發令太監皮鞭揮下，剛才一動不動的百餘人頓時爭搶起來，有幾個想搶占先機，快速將箭搭在弓上，然還沒等他們拉弓，便已經被其他人打倒在地。

在比試剛開始的時候，弘昌與弘旻便有意無意地靠近弘時，替他擠掉想要阻止他射箭的人。後者對於他們兩個的靠近心知肚明，快速往前滑去，想要趁那些人混戰時靠近拱門。雖說他箭術不差，但冰上射箭本就不像平地那般容易瞄準；再加上現在所在的位置距拱門足有百步之遠，他不是胤禛，要在這個距離射箭，根本沒有什麼勝算。

弘時的做法無疑是正確的，混戰中的那些人也紛紛回過神來，快步往拱門所在的位置奔去。雖然他們不能走出冰湖這個範圍，但靠得越近，命中的可能性自然也就越高。

弘曆與弘晝也在這群人當中，他們是最先動的兩人，但他們年紀小，比不過其他宗室子弟孔武有力，後來那些人一哄而上時，他們就落在了後頭，而越往後，奔上來的人就越多。

為了胤禛那枚玉扳指，所有人都拚盡全力。雖然玉扳指對他們而言並沒有什麼實質意義，卻有著無比的榮譽，若可以爭到，整個家族都會因此沾光。

百多人前仆後繼地往前衝，在那裡你爭我搶的場面極是驚人，不斷有人滑倒，又不斷有人爬起來；但不是每個人都爬得起來，有幾個被撞疼了手腳無法起身，守在旁邊的小太監便走冰上前，趁空時將他們拉出來，而這些人便失去繼續比試的資格。

「小心啊，弘昌一定要小心啊！」納蘭湄兒目不轉睛地盯著冰湖上的弘昌，唯恐他出事，擱在手邊的茶水與點心一點也沒動過。

允禩雖然也盯著冰湖，卻沒有納蘭湄兒的緊張，反而頗為氣定神閒。從得知會有這場冰嬉開始，他便沒有去爭第一的心思，旁人爭了也許是光耀門楣，他爭了卻等於是催命符。胤禛有多恨自己，他心裡比誰都清楚，若非自己一直韜光養晦，再加上胤禛不願背上殘害兄弟的罪名，他早就不在這個世上了。就連弘時，也不過是與自己走得近一些，便被胤禛大加訓斥。

所以，這個第一，他允禩的兒子絕對不能爭。

既不能爭，那不如順水推舟，讓自己的兩個兒子去幫助弘時，好讓他成為第一，也好令弘時記住自己這份情。

他很清楚，弘時這個人，心高氣傲卻心胸狹窄，看不得別人比自己出色。幾次接觸下來，雖然沒有太過深入的說話，卻足以讓他看出弘時深藏在內裡的野心，弘時想成為儲君，想成為下一個坐在養心殿裡的人。

他已經輸給胤禛了，輸得徹徹底底，在胤禛手裡絕對沒有翻身的可能，只能寄望於他的繼任者。

弘曆十分聰慧，再加上一直居於深宮裡，根本接觸不到；弘晝出身不高，這兩人都不是很好的選擇，唯有弘時……可以加以利用。

這段時間，他能夠感覺到弘時對自己的疏遠，今日更是連個招呼都不打，不用問，必是有人對他說了什麼。不過他清楚弘時耳根子軟，很容易被人影響，只要稍施手段，便可以牢牢掌控住，這場冰嬉，便是一個絕好的機會。

冰湖上的爭鬥已經趨於白熱化，被淘汰的人越來越多，此刻大概只有七、八十人，但已經陷入膠著狀態；再加上這些宗室子弟平日裡沒少積怨，眼下正是機會，雖不能大肆鬥毆，但暗地裡卻拳腳相加，你來我往，形勢頗為混亂。

相較於他們的膠著，弘時要輕鬆許多，弘旻、弘昌一直在他兩側，替他擋掉那些人，他又是皇子身分，那些宗室子弟不敢太過放肆。

當離拱門還剩下三十幾步的時候，弘時停了下來，搭箭拉弓，瞄準掛在上面的天球。

那拉氏一直在注意弘時，平靜不過是假象，實際上早就緊張不已，這場比試於她、於弘時都是不容有失的。當看到弘時領先眾人時，她眸中掠過一絲喜色，不曾留意到他身邊那兩人。

她沒注意到，不代表旁人也沒注意到，凌若留神看了幾眼後，小聲對旁邊的瓜爾佳氏道：「姊姊，二阿哥身邊那兩人，我記得好像是隨廉親王一道過來的，應該是他兩個兒子。」

瓜爾佳氏瞄了一眼道：「好像是吧，不過我也不能確定。」隨即又吃吃笑道：「妳這做額娘的可真是奇怪，不關心自己兒子卻注意起別人來了，等比試完了，我非得告訴弘曆不可。」

凌若剝著一粒瓜子，輕笑道：「我相信弘曆一定可以過得了此關，既如此，還那麼緊張做什麼。」

第一千零一十三章　破箭

瓜爾佳氏被凌若說得一噎，好半天才道：「好吧好吧，我說不過妳。」她們的話驚動了胤禛，轉頭道：「雲悅在與若兒說什麼，這樣熱鬧？」就在胤禛說話的工夫，弘時已經一箭射中天球，瓜爾佳氏趁勢道：「臣妾在與熹妃說二阿哥的箭術好呢，文武雙全。」

胤禛也看到了插在天球與地球上的第一支箭，以及微微有些得色的弘時，哂然一笑，沒說什麼。

這支箭彷彿挑動了眾人心裡那根弦，爭鬥再一次激烈起來，人數不斷減少，或是淘汰，或是中箭奪得資格不再參與搶奪。到後面，冰湖上只剩下三、四十人；與此同時，天地二球上的箭也不斷增多，令兩顆球看起來猶如刺蝟一般。

這些箭之中，也包括了弘昌與弘晏射出的兩支，他們雖得了允禩吩咐不爭搶第一，只盡力輔佐弘時，但現在只是第一關，後面那關才是關鍵，他們必須要奪得晉級的資格才可以繼續幫助弘時。

弘曆與弘晝兩人直到現在還被困在混亂中，無法射箭。弘晝身上的衣服已經皺巴巴不成樣子了，不過他的臉比衣服還皺，低下身躲避著那些人，對弘曆道：「四哥，這樣不行啊，咱們根本沒機會射箭。你看天地球上的箭都快滿了，再不射就來不及了，你倒是趕緊想個辦法啊。」

弘時是第一個射中的，這已經令他很懣氣了，要是他跟弘曆兩人連第一關都過不了，那以後見了弘時，真的要繞路走了，實在丟不起這個人。

弘曆心裡也著急，可是這些人一直擋著，根本沒機會射箭。在急切的心思中，他忽的想起一事，一扯弘晝的手道：「五弟，你還記不記得皇阿瑪射箭時的情況？」

「我說四哥，現在都火燒眉毛了，你突然提這個做什麼？皇阿瑪的情況我自然記得，不就是往回跑，然後趁我來不及設防的時候突然射箭，且兩箭齊射，中了……」說到這裡，弘晝突然停住聲音，死死盯著弘曆，驚聲道：「四哥，你莫不是想……」

「對，我就是想這樣！」說話的工夫，他們兩人已經被撞了好幾下，傳來的痛楚令兩人齜牙咧嘴。

弘晝趁空瞅了一眼拱門，盤算了一下距離後，道：「四哥，雖然現在這個距離比皇阿瑪當時近了一半，可至少也有五十來步，再加上往回跑，差不多要七十多步了，你能射到嗎？」

弘晝心裡直發怵。他不是不信任四哥，可是七十步啊，四哥最好的成績也就六十步穿楊，這還是因為最近有進步。

「天地二球可比楊樹葉大多了，應該沒問題。聽我的命令，然後我們兩個一道往回跑。」

聽著弘曆的回答，弘晝咬一咬牙道：「好，那咱們就試一試，不過我輸了也就輸了，四哥你可一定要贏！」

在弘曆還沒明白他意思時，弘晝突然發力將靠近他們的人推開，然後將弘曆往身後空曠的冰面推去，看著漸滑漸遠的弘曆，他豎起大拇指。要贏，一定要贏！

看到弘晝為了幫他，寧願捨棄自己的機會，弘曆眼眶微微一紅，喃喃道：「咱們兄弟倆會一起進入下一關，一定會！」

他目光驟然變得凌厲無比，將弓平舉在身前，搭箭於弓上，隨後拉滿弦。在放開之前，他努力回想著當日胤禛示範時的情景以及說過的話：集中精神，手眼合一。

這句話猶如流水一樣在心底淌過，下一刻，他放開手，箭如流星一樣疾飛而去，在眾人視線中留下一道殘像。弘曆並沒有看那一箭有沒有射中，只是重複著剛才的動作，搭箭、拉弦、放手，又一支箭馳過整整七十餘步的距離，向著刺蝟般的地球射去。

在弘曆第一箭穩穩插在天球上時，站在不遠處的弘時身子已微微一僵，待看到弘曆想要射第二箭時，身子更是僵硬無比。若這一箭再中，那弘曆就可以與自己一樣進入下一關。

弘昌盯著身形僵硬的弘時，上前一步輕聲道：「二阿哥不必擔心，地球已經插滿了箭，四阿哥不會射中的。」

話音剛落，耳邊忽的傳來一陣摧枯拉朽般的聲音，同時四周傳來許多倒吸涼氣的聲音，弘昌趕緊循聲望去，只見弘曆射出的那支箭，竟然將弘時的那一支箭從箭尾開始，生生劈成了兩半！可當箭尖碰到球體時卻用盡了所有力道，頹然掉在一旁；因為弘曆的箭，弘時那支箭有所鬆動，晃動幾下後竟也掉了下去。

這樣戲劇性的轉變，讓所有人都驚得吸涼氣！

至於弘時，臉色已經黑如鍋底，站在那裡一言不發。他本是第一個過關之人，可現在被弘曆這麼一射，他的箭從球上掉了下來，不知該怎麼算才好。

弘曆也看到了自己造成的結果，卻是搖頭不已。他瞄準的本是弘時那支箭旁邊的位置，不過剛才射出時恰好有一陣風吹來，看似微不足道的風力卻讓箭改變原有的軌跡，結果……

弄成這樣，只怕二哥會以為自己是故意針對，對自己的誤會更加深了。不過也沒辦法，現在最重要的是讓弘晝過關，怎麼可以讓弘晝在第一關便被淘汰！

趁著那些人還沒有回過神，弘曆踩著冰鞋來到弘晝身邊，一把拉住他快速往前滑。

「四阿哥想讓五阿哥射箭，時間快到了，你們再不射就來不及了！」不知是誰喊了一句，眾人猛然回過神來，往拱門旁邊的香看去，香只剩短短一截，很快便會熄滅。

幾十人頓時急紅了眼，著急之餘忘記了弘曆他們的身分，紛紛滑過去想要攔住他們，好自己射箭。

第一千零一十四章　勝負難分

弘曆同樣急紅了眼，大聲道：「五弟，你別管我，趕緊往前滑，等有把握時便射箭，相信自己，你一定可以射中！」

說罷，他轉過身替弘晝阻擋蜂擁而來的人，就像剛才弘晝做的那樣。

弘晝用力點頭，利用弘曆為自己爭取來的機會，用力往前滑，一邊滑一邊將箭搭在弓上。四哥剛才離得那麼遠都可以射中，他現在這般近，一定可以射中！

近一些，再近一些！在滑到冰湖邊緣，離拱門還有三十幾步的時候，弘晝用力拉滿了弓弦。

也就是在這個時候，弘昌與弘旻交換了一個眼神，弘旻袖子一抖，一顆拇指大的冰球掉下來，同時他腳微微一撥，使得冰珠骨碌碌地朝弘晝滾去。

冰球落下的聲音被四周的喧鬧所掩蓋，再加上冰球與冰面一般顏色，根本沒人發現這顆不起眼的小球，任由它滾到弘晝腳下。

在放開弓弦時，一般人的腳都會往後微微退一點，弘晝也不例外，然這一次在後退時，腳上的冰鞋卻像是硌到什麼東西，令他整個人一下子失去平衡往後跌倒，後背結結實實地摔在冰面上，疼得他緩不過氣。

至於原本要射出去的那支箭，也因為他的突然摔倒而偏離目標，朝著天空射出。

「弘晝！」裕嬪驚呼一聲，當即便想站起來，被瓜爾佳氏按住。

「裕嬪少安勿躁，自然會有宮人去扶五阿哥，妳還是坐著吧，若是擔心，便讓他們將五阿哥扶過來。」

裕嬪記起自己的身分，強忍憂心坐在椅中；隨後又怕弘晝這樣當眾出醜會惹胤禛不高興，偷偷覷了一眼胤禛的側臉，發現他臉上果然沒了笑容，頓時更加擔心。

弘時陰鬱的心情因為弘晝出醜而有所好轉，舉步往弘晝的方向走去，在走到時，恰好一支箭從空中掉下來，落在他腳邊。弘時彎腰撿起，居高臨下地道：「天球天球，五弟還真往天上射去了，那等會兒射地球時，五弟是不是要往地上射？」

這句話說得眾人皆低低笑了起來，而他更是對滿臉通紅的弘晝道：「瞧你還把自己摔成這樣，快起來，告訴二哥哪裡摔疼了。」

弘晝咬牙看著弘時，對他伸出的手視若未見，直至弘曆緊張地滑過來，這才扶著弘曆的手站起來，忍著背上的痛道：「二哥放心，我好得很，哪裡也沒摔疼。」

「那就好，看你剛才摔得那樣厲害，二哥可真是擔心極了。」弘時將箭遞過去，帶著一絲諷刺的笑意道：「如何，五弟還要接著射嗎？」

看到他那礙眼的笑容，弘晝牙根癢癢，恨不能捧他一拳，一把奪過箭，氣呼呼地道：「我剛才是因為腳下打滑才摔倒的，當然還要再射。」

弘時笑笑地什麼也沒說，倒是弘曆道：「五弟，不用再射了。」

弘晝聞言，頓時不甘地嚷道：「為什麼？四哥，我沒輸，我還可以再射的，我一定會射中。」

弘曆抬手一指，道：「你看那邊。」

弘晝順著他指的方向看去，神色頓時黯了下來。香，已經燒完了，而比試也結束了。

弘晝捏著那支箭，一言不發。看到他這個樣子，弘曆擔心不已，唯恐他接受不了被淘汰的現實，待要勸上幾句，弘晝已鬆開手，將箭隨手拋在冰上，吐出三個字來：「我輸了。」

他突如其來的豁達，反而令弘曆感到意外，好一會兒方才回過神來，小心翼翼地道：「五弟，你沒事吧？」

弘晝深吸一口氣道：「沒事，反正我本來就想好了會出局，只要四哥你進入下一關便可以。」說到這裡，他趕緊問：「對了，四哥，你剛才那箭算是中了吧？」

弘曆搖頭道：「不知道，得問皇阿瑪才行。」

弘晝點點頭。「嗯，咱們去見皇阿瑪吧。」說著，他在弘曆與宮人的攙扶下，一瘸一拐地往上下天光走去。

與此同時，宮人已經捧了那兩顆球呈到胤禛面前，恭謹地道：「皇上，第一場比試已經結束，天球中箭三十九，地球中箭二十七。」有幾人射中了天球卻沒能射中地球，所以兩球中箭的數並不均勻。

將兩顆球交給四喜與蘇培盛後，宮人另外拿出兩支箭，一支箭的箭頭有點折歪，另一支箭的箭身被從中劈開。「皇上，這是二阿哥與四阿哥射在地球上的箭，奴才不知道該算中還是沒中。」

那拉氏眼見弘時到手的過關資格變得搖擺不定，不禁有些心急，但是她身為弘時的額娘不好說話，只得朝舒穆祿氏睨了一眼。

舒穆祿氏本不願蹚這渾水，現在卻不能得罪那拉氏，只得出聲道：「二阿哥是第一個射中地球的人，這一點咱們所有人有目共睹，後來是因四阿哥的箭才從球上掉下來，自然該算中了。」

瓜爾佳氏微微一笑，曼然道：「按著慧貴人的說法，只要是碰過球的便算中，那麼四阿哥的那支箭也算是中了？」

舒穆祿氏不失恭謹地道：「四阿哥並不曾射中地球，在劈開二阿哥的箭後便力盡而止，怎好算中呢？」

瓜爾佳氏沒與她爭執，只是笑吟吟地看著胤禛。「皇上，您以為此事該如何定奪？」

弘時與弘曆三人已來到下面，也看到宮人將那兩支箭拿上去，均緊張地等著胤禎的答案。

胤禎接過兩支箭細細打量，這次的事實在有些難辨。按理，弘時射中雙球，就算之後箭掉了下來，那也不會影響他的成績，關鍵只在於弘曆，究竟是否該讓他過關。

弘曆能夠破開弘時的箭，且還是那麼遠的距離，足以證明他的箭技比弘時更勝一籌，而事實上也確實碰到了地球，若是就此判他不過，未免有些可惜。

第一千零一十五章　再比一場

雖然胤禛心裡更偏向弘曆，但他知道自己身為皇帝，又是當著那麼多王公大臣的面，不可有一點兒偏私，是以久久未曾說話。

寂靜良久，胤禛轉頭對凌若道：「熹妃，妳覺得這件事該如何判定？」

凌若起身朝胤禛施了一禮，道：「回皇上的話，臣妾是弘曆的額娘，而這件事又關乎弘曆的比試資格，實不好多言，還請皇上判定，不論結果如何，臣妾都無一句話。」

胤禛微一點頭，轉而問那拉氏：「那依皇后的意思呢？」

見胤禛先問凌若，後問自己，那拉氏滿心不痛快，勉強一笑道：「正如熹妃所說，臣妾亦是弘時的額娘，也不好說什麼，還請皇上判定。」

見兩人都避而不說，胤禛挑了挑眉，卻聽劉氏柔柔道：「皇上，臣妾能否說一句？」

「有什麼話儘管說就是。」見劉氏要站起來，胤禛又道：「妳懷著身子，行動不便，坐著說話就是了。」

「謝皇上。」劉氏面色有些蒼白，撫著高聳的腹部緩緩道：「其實不論二阿哥還是四阿哥都有通過比試的能力，若皇上實在難以決斷，不如讓他們再比一場，然後再做決定。」

「再比一場？」胤禛頗有些驚訝。

劉氏繼續道：「是啊，臣妾聽聞皇上年前在臨淵池時，曾在百步之遙以雙箭射中鷹與熹妃娘娘扔起的蘋果，如今，皇上何不就以此為題，考較二位阿哥？」

那拉氏蜷在袖中的手微微一緊，從剛才的比射中可以看出弘曆的箭技比弘時要略高一籌，若就這麼比試，弘時必輸無疑。

這個劉氏，平日裡看著不怎麼吭聲，這時候卻有意無意地幫著鈕祜祿氏，難不成她已經投靠了鈕祜祿氏？

那拉氏按下心中的疑惑，沉聲道：「謙貴人提的倒是一個好辦法，只是二位阿哥的箭技如何能與皇上相提並論，妳這可是為難他們了。」

劉氏微笑道：「回皇后娘娘的話，臣妾不過是提個建議，真要比試，自然可以換一個簡單的法子。」

她這麼一說，那拉氏倒是不好再說什麼了。

瓜爾佳氏則是趁機道：「皇上，不如就按著謙貴人的話試上一試。」

胤禛以目光詢問凌若，後者會意，垂目道：「臣妾沒有任何意見。」

胤禛一拍扶手，起身道：「好，就按潤玉說的，再比一場。弘時，弘曆。」

兩人精神一振，齊齊跪下道：「兒臣在！」

胤禛居高臨下地看著他們兩人，道：「因你兩人最終未能將箭留在地球上，是以朕讓你們兩人再比一場，這一次比試很簡單。」他示意蘇培盛將地球上的箭全部拔去，隨後道：「待會兒朕會將地球拋出去，你們要做的就是用箭射中地球，誰的箭射中球，誰便可以進入下一場比試。若是你們兩人皆中，那就全部進入下一場。」

他話音剛落，四喜便會意地將天球上那兩支完好無損的箭拔下，然後拿下去分別奉與兩人。

兩人在接過箭時，不約而同地往對方看了一眼，目光不盡相同，但可以看到他們皆不願輸。

在眾人的屏息之中，胤禛用力將球往外拋去。他手一動，弘時與弘曆便立刻搭箭上弓，然後迅速鬆開，兩支箭猶如追星趕月一般追上前面的球。

「中，一定要中！」弘晝低低地唸著，看他神色倒是比弘曆更緊張。

另一邊的弘時則是一眨不眨地盯著射出去的箭，這短短的一息時間對他而言漫長無比，唯恐自己射偏了。若是輸給弘曆，他就真沒臉站在這裡了。

「咻！咻！」兩支箭不分先後地射中半空中的球，弘時那支箭相對偏了一些，不及弘曆正中球心，但同樣可以算作過關。

見到插著兩支箭的球落地，弘時暗暗鬆了口氣，他總算沒有輸給弘曆，不過弘曆也中了，意味著他將會與自己爭奪下一場的第一。

看到宮人捧回來的球，胤禛頷首道：「既然你們兩人都射中了球，那就一道進入下一場比試吧。」

胤禛一說完，四喜已經上前扯了嗓子大聲道：「第一場比試結束，包括二阿哥與四阿哥在內，共二十九人勝出，准予進入下一場比試。」

正當四喜要命人準備下一場比試時，凌若道：「皇上，時辰不早了，下一場比試不若放在下午吧。」

胤禛凝思片刻，點頭道：「也好，就讓他們先下去歇著吧，等午膳過後再比。」

有了胤禛的話，等在下方的那些人自各散去，只有弘時他們幾個走了上來。

弘晝剛出現在樓梯口，裕嬪便迫不及待地走過去，關切地拉了他道：「怎麼樣？疼得厲害嗎？要不要傳太醫來看看？」

弘晝揉著後背，皺眉道：「額娘，您一下子問我這麼多，我要先回答哪個好。」

裕嬪也知道自己太心急了，待要說話，胤禛已道：「弘晝，你們幾個過來。」

對著胤禛，弘晝可不敢過於放肆，趕緊挺直了背，與弘曆一道至胤禛面前，單膝跪地道：「兒臣給皇阿瑪請安，給皇額娘請安。」

胤禛頷首道：「都起來吧。弘時，弘曆，你們兩個既然都過了這一關，那麼下午便盡全力比試，爭取奪得第一。」

弘時瞥了旁邊的弘曆一眼，大聲道：「是，兒臣一定會全力以赴，必不負皇阿瑪厚望！」

弘曆感受到弘時的敵意，沒有多說什麼，只是用堅定的語氣道：「兒臣也是！」

胤禛點頭，將目光轉向依然跪在地上的弘晝身上。「為什麼不起來？」

弘晝背上本就傳來陣陣痛楚，聽得胤禛這麼問，只覺得連心也痛了起來，神情低落地道：「兒臣無用，未能進入下一場比試，請皇阿瑪降罪。」

第一千零一十六章　手腳

裕嬪的心提了起來，緊緊盯著胤禛，唯恐胤禛真的降罪於弘晝。

幸好胤禛並沒有動怒，沉吟了片刻後道：「剛才是怎麼一回事？為何會突然摔倒？朕不記得你的走冰及箭術有那麼差。」

弘晝被胤禛問得滿面羞愧，低著頭道：「兒臣當時只覺得腳滑了一下，然後就摔倒了，兒臣……」後面的話他不知該怎麼接下去。自從入冬之後，他三天兩頭走冰，從不見摔倒，偏偏關鍵時刻就這樣，真是，唉！

「皇阿瑪，五弟他——」弘曆想替弘晝求情，然剛說了幾個字，便被胤禛打斷了。

「朕心裡有數。弘晝。」

聽得胤禛叫自己，弘晝趕緊答應：「兒臣在。」

「人有錯手，馬有失蹄，這次的事就此算了。」說罷，他緩了語氣道：「朕看你剛才摔得不輕，下去讓太醫看看，莫要留下暗傷。」

弘晝已經做好被胤禛訓斥的準備，沒想到這件事竟然輕飄飄便過去了，不禁愕然地道：「皇阿瑪您不怪兒臣？」

胤禛看著他，似笑非笑地道：「你很希望朕怪你嗎？」見弘晝一個勁地搖頭，他笑罵：「那還賴在地上做什麼，趕緊給朕起來。」

看到胤禛這個樣子，弘晝終於確定胤禛沒有責怪之意，心頭一鬆，謝恩之後爬了起來。在站定時，他聽到旁邊的弘時哼了聲，很輕，顯然是怕胤禛聽到。

他不高興，弘晝何嘗高興？本想在這次比試中親手打敗二哥，豈料連初關也沒過，還出了這麼大的糗，實在可恨。不過幸好四哥過了，有四哥幫他打敗二哥也是一樣的，到時候，看二哥還怎麼得意。

這個時候，凌若道：「弘曆，你陪五阿哥一道去看太醫，記著讓太醫查仔細些，別漏了傷痛的地方。若是查好了，便直接去武陵春色吧，午膳設在那裡。」

弘曆答應一聲，扶了弘晝下去，在經過滿面憂心的裕嬪跟前時，他安慰道：「娘娘放心吧，我會照顧好五弟的。」

裕嬪感激地點頭。「那一切就麻煩四阿哥了。」

因為太醫所在的地方離此尚有一段距離，所以小太監抬了軟轎等在外頭，看到弘晝就討好地道：「五阿哥，奴才扶您上轎。」

弘晝擺擺手道：「不用了，我又不是摔斷腿，自己走幾步就行了。」

「可是……」看他弓著背的樣子，小太監有些不放心，想要再勸，弘晝已然不高興地道：「都說不用了，還可是什麼，趕緊給本阿哥退下！」

莫看弘晝才十幾歲，一旦生起氣來，也有幾分威嚴，令那幾個小太監不敢多言，抬著轎子亦步亦趨地跟在他們後頭。

走了幾步，弘晝忽道：「四哥，現在想起來，我覺得剛才當真邪門得緊。」在弘曆說話之前，他趕忙補充：「可不是我輸了不肯承認，是真覺得邪門。」

見弘晝說得認真，弘曆不由得重視幾分。「你倒是說來聽聽，究竟是怎麼個邪門法？」

弘晝仔細回想一下當時的情況後，道：「在我後退準備射箭的時候，冰鞋好像踩到什麼東西，才失了重心滑倒的。」

「東西？」弘曆奇怪地道：「那冰面上光滑如鏡，怎麼可能會有東西呢，會不會是你感覺錯了？」

「不會的。」弘晝說得很肯定。「是真的有東西，不然以我走冰的技巧怎麼可能滑倒。」

弘曆雖然覺得弘晝滑倒有些蹊蹺，但對於他的說法還是不太認同。「我額娘在比試之前命人仔細檢查過冰湖，除了那座冰山，絕對沒有任何凹凸不平的地方。」

「就算熹妃娘娘在比試前都查清楚了，也不代表比試時的冰湖就絕對沒問題。」他說出令弘曆心驚之語：「四哥，我懷疑有人在比試中動手腳。」

弘曆一驚，趕緊往後頭看了一眼，發現那些太監並沒有注意到他們的話，這才稍稍安了心，扯著弘晝快走幾步道：「五弟，這話可不能亂說。」

「我知道，所以剛才在皇阿瑪面前我什麼都沒說，但是四哥，我真的很懷疑。若這件事是真的，那麼下午你比試的時候會很危險。」見弘曆臉色微變，他再次道：「四哥，不如咱們現在去冰湖上看看，再問一下那幾個負責打掃冰湖的小太監，也許會有發現。」

弘曆被他說得有些心動，但顧及弘晝背上的傷，遂道：「還是先去看了太醫再說吧。」

弘晝的頭搖得跟波浪鼓一般。「等看完太醫再去就來不及了，我身子比牛還壯，不會有事的。四哥，咱們趕緊過去，千萬別讓人有時間消滅證據。」

弘曆猶豫半晌，終是答應：「那好吧，不過你得答應我，不管有沒有問題，問完之後就必須立即去看太醫。」

弘晝眼睛都亮了，忙不迭地道：「好好好，我答應你，別猶豫了，趕緊過去吧。」

「先等等。」弘曆拉住他，對跟在後面的抬轎太監道：「我與五阿哥還有些事要去辦，晚些再去太醫那裡，你們先過去吧。」

小太監為難地道：「可是五阿哥他……」

「可是什麼？」弘晝把眼一瞪，不假辭色地道：「我跟四阿哥是主子，你們是奴才，主子做事難道還要得到奴才允許嗎？」

小太監們哪敢接這頂大帽子，連忙放下轎子跪地道：「奴才不敢！」

「那就依四阿哥的話去做，不許多問。」打發了那些小太監離去後，弘晝忍著背上的痛，趕緊與弘曆往冰湖走。

這時候胤禛他們已經移駕到武陵春色了，倒也不擔心會被發現。

到了冰湖，只見幾個小太監正迎著冷風，用水澆灑被冰鞋滑開的地方，有幾個地方因為當時聚的人太多，一大塊冰都被削了起來，這樣對於下午的比試很不利，所以要設法修復。雖說只有半天工夫，汲來的水不一定能全部結成冰，但至少可以讓痕跡沒那麼明顯。

第一千零一十七章　武陵春色

弘晝走了一圈沒發現，召過一個小太監問：「你們在這冰面上，可有發現什麼不對勁的東西？」

小太監瞅著弘晝，小心翼翼地問：「不知五阿哥說的不對勁是什麼？」

弘晝一時也不知該怎麼回答，因為他並沒有瞧見自己硌到的東西，只是下意識覺得不對而已。

弘曆道：「就是與冰無關的東西，有瞧見嗎？」

幾個小太監相互看了一眼，均是搖頭。這下子弘晝鬱悶了，難道真是猜錯了，純粹只是意外？弘晝垂頭喪氣地道：「四哥，咱們走吧。」

走了幾步沒見弘曆跟上來，他奇怪地回過頭去，只見弘曆正盯著岸邊一個漸行漸遠的背影出神，好奇地問：「四哥，你看什麼呢，那個人又是誰？」

弘曆收回目光道：「是剛才比試時二哥身邊的人，我記得他是第三個射中天地二球的人。剛才你問小太監的時候，我無意中發現他在湖邊看著咱們，他一發現我看他，轉身便走，不曉得此時出現在這裡是何用意。」

「只要四哥你記著他的樣子，待會兒午膳時問問不就清楚了嗎？四哥可是覺得他可疑？」

「我不確定，但旁人都走了，唯獨他還留在這裡，總覺得有些不對勁。」弘曆搖頭，看著弘晝道：「行了，先不管他，趕緊去醫你的傷。我答應了裕嬪娘娘會照顧好你，若是出了岔子，我可無法跟裕嬪娘娘交代。」

「不過是小傷罷了，能有什麼岔子？」話雖如此，弘晝還是乖乖地跟著弘曆去找了太醫。檢查之後，確定並無大礙，只是一些皮肉傷，養幾天就沒事了。

待他們到武陵春色的時候，裡外已經擺了數十桌，不少王公貴族正坐在裡頭說話，至於胤禛他們的宴席則在裡頭。

武陵春色植山桃萬株，若是春時在此，便可看到漫天桃花。弘曆兩人一路過來，在經過某桌時，弘曆一努嘴，輕聲道：「喏，那個就是我剛才看到的人。」

弘晝略有些驚訝地道：「他坐在廉親王身邊……我聽說廉親王有兩個兒子參加這次比試，他應該就是其中之一。」

弘曆不動聲色地點點頭。「嗯，走吧，先去見了皇阿瑪再說。」

弘昌目光一閃，在允祺耳邊說道：「阿瑪，剛才兒子無意中看到四阿哥與五阿哥偷偷摸摸去了冰湖，怕會出事便跟著過去，不想被四阿哥給發現了，剛才他們進來時往兒子這邊看了幾眼，兒子擔心……」

「擔心什麼？冰珠早就化了，他們發現不了什麼，總之下午還是按我說的那樣去做，知道嗎？」

「嗯，兒子明白。」弘昌答應一聲，不再言語。

倒是另一邊的納蘭湄兒看到他們父子交頭接耳，輕笑道：「你們父子倆在說什麼呢？一副神祕兮兮的樣子。」

弘昌微微一笑道：「哪有，兒臣是與阿瑪在說之前四阿哥那一箭，竟然射開了別的箭，實在是箭技驚人，連兒臣這個比他年長的都好生佩服。」

「四阿哥確實不錯。」納蘭湄兒說了一句後並沒有再問下去，倒是讓弘昌暗自鬆了口氣。

弘曆他們進到裡頭，看到胤禛正與那拉氏說話，連忙上前見禮。胤禛問了弘晝的傷，得知並不嚴重後，欣然道：「既是無事，那就入席吧。」

兩人謝恩之後，來到各自的席位，與靈汐夫婦還有弘時及那拉蘭陵一桌。靈汐許久沒見兩個弟弟，甚是親切，拉了他們不住問宮裡的情況。

魏源在旁邊聽了一陣子，忍不住笑道：「公主，妳再這樣問下去，是否連他們每頓吃多少、睡幾個時辰都要問過？」

靈汐笑睨了他一眼道：「看你這話似乎是嫌我問多了？」

「我可不敢。」魏源是一個極斯文的人，渾身散發著書卷氣，令人很容易親近。

「我是怕二位阿哥被妳問得煩了。」

弘曆忙道：「怎麼會呢，姊姊也是因為關心我們才會這樣問的。」雖然靈汐很早就下嫁了，很少進宮，但對於這個姊姊，弘曆卻覺得甚是親切。

靈汐嘴角微翹，帶著一絲得意道：「瞧見了嗎？我這兩個弟弟可不像你這麼沒耐心。」

魏源一笑，眼中盡是溫柔之色。「罷了，是我不好，還望公主莫怪。」

一般公主下嫁，因為彼此身分上的差距，很少能做到夫妻和美，大抵都是相敬如賓。夫妻如賓客一般生疏客氣，這本身就是一種悲哀。

所幸靈汐不是，她下嫁魏源之後，夫妻一直恩愛，即便是之後胤禛登基，她被封為和碩公主也不曾改變過。

對於靈汐親近弘曆兩人的舉動，弘時面露不屑，至於那拉蘭陵則是面無表情，彷彿眼前的一切皆與她無關，只撥著手中的菩提子。

在宴席開始後，胤禛與那拉氏先是與後宮內眷共飲一杯，隨後一道去了外頭。看到胤禛離去的身影，凌若微微嘆了口氣。這一去，胤禛必然會見到納蘭湄兒，面對這位曾經，又或者到現在仍是摯愛的女人，想必他心裡會很不好受。

水秀見狀，小聲道：「主子好端端的為什麼嘆氣，可是菜不合胃口？」

「沒什麼。」

見凌若不說，水秀也不敢多問，揭開一品海參盅道：「主子您嘗嘗這個。奴婢剛才看到謙貴人那邊別的菜沒怎麼動，唯獨海參盅用完了，想必味道甚是不錯。」

凌若目光一動，抬手將盅蓋重新蓋好，在水秀不解的目光中道：「既然謙貴人喜歡，將這盅也給謙貴人送去，另外再替本宮謝謝她剛才替弘曆說話。」

之前弘曆與弘時勝負難分，是劉氏提議胤禛再比一場以做定奪。那些話看似公平，但仔細推敲起來，卻是偏向弘曆的。憑著弘曆將弘時那支箭生生劈開的箭技，又怎麼會射不中一顆球呢？既然她賣了這個人情，凌若自然不能裝不知道。

第一千零二十八章　第二場

水秀依言離去，過了一會兒，她走了回來，身後還跟著金姑。

金姑朝凌若一欠身，恭敬地道：「主子身子不便，讓奴婢替她謝謝熹妃娘娘。主子還說二阿哥箭藝出眾乃是有目共睹的事，就是她不說那番話，皇上也會讓二阿哥通過比試的，實不敢居功，更不敢讓熹妃娘娘掛在心上。」

聽著金姑那番漂亮的話，凌若轉過頭看往劉氏所在的方向，在目光相對的時候，劉氏點頭微笑，凌若亦回以相同的笑容，收回目光對金姑道：「不管怎樣，本宮都領謙貴人這份情，妳回去伺候謙貴人吧。」

「奴婢告退。」金姑依言離去。

與凌若同桌的瓜爾佳氏輕笑道：「劉氏倒是很懂得怎麼討好妳，可惜她不知道，再怎樣做都是無用的。」

凌若端起酒杯，看著裡面淡黃色的酒，道：「姊姊也說了是討好二字，她並非真心待我好，不過是存了交易之心，這樣的人不值得我真心交好。」

瓜爾佳氏笑道：「是啊是啊，能得熹妃真心相待，實是我瓜爾佳雲悅幾輩子修來的福氣。」

「姊姊總拿我開玩笑。」這樣啐了一句，凌若又感慨道：「其實要說福氣，我才是真正有福氣之人，有姊姊與溫姊姊這樣真心待我。」

瓜爾佳氏知她又想起了溫如言，輕拍著她的手道：「不要說這些了，總之妳我一輩子都是好姊妹。」

「嗯，一輩子都是。」在說這些話時，凌若心裡忍不住升起一陣惶恐，怕有朝一日，瓜爾佳氏也會像溫如言一樣離自己遠去，待到那時，自己在這後宮之中，真成為孤家寡人了。

不，她不會允許同樣的事再發生第二次，哪怕拚卻這條命不要，也一定要護雲姊姊安全，一定要！

午膳後，休息了一個時辰，最後一場比試終於正式開始。這一場比試只有一個要求，那就是以最快的速度滑到指定位置，取得掛在那裡的彩球；但是千萬不要以為這樣很簡單，宮人搬來許多木樁立在冰湖上，給走冰增加了許多難度。

且這一次不像之前那樣，可以允許多人中箭，此次的勝者，只有一人。

弘時等二十九人並排站在冰湖另一側，皆已準備妥當，只待令一下便可以用最快的速度走冰。這一次，弘昌與弘旻分別站在弘時兩側，有了上午的經驗，弘時對於他們兩人已經完全信賴。

無數雙眼睛都盯著這二十九人，想知道究竟誰會取得最終的勝利，得到那枚玉扳指。

「四哥，你可一定要贏啊！」弘晝在心裡不住地默唸，看那神色倒是比場中的弘曆還要緊張幾分。

隨著傳令太監舉起長鞭，所有人的心都懸了起來，死死盯著那根鞭子；與此同時，弘時耳邊傳來細如蚊蚋的聲音——

「二阿哥，待會兒您往左邊走冰，那邊障礙相對少一些，我們兩人會全力護著您。」

弘昌話音剛落，傳令太監已用力甩下長鞭，一聲清脆的鞭響傳遍整個冰湖。鞭子一響，弘時便往左邊走冰，此處的木樁果然要少一些。他控制著腳下的冰鞋在木樁間穿行，有弘昌兩人的幫助，他一直在最前面，但後面的人跟得極緊，他並沒有太大的優勢。

弘曆排在第六，除了弘時他們三個之外，還有兩人在他之前。這兩人，一個身形瘦削，瞧著有些病殃殃的，但走起冰來速度卻極快；緊隨其後的是一個黑粗的少年，別看他身形粗壯，動作卻極為靈活，每次遇到木樁子都能適時繞開。

望著冰面上你追我逐、互不相讓的二十九人，就連凌若也忍不住緊張起來，捏著茶盞卻一口也不曾喝。

木樁子接連被人撞倒——這些木樁子一旦倒在冰上才是真正的災難，後面有不少人因為收勢不住而撞到木樁子倒地。雖然沒什麼大礙，但爬起來後再追，距離無疑就拉了開來，很難再追上。

待到後面，第一之爭便集中在弘時與弘曆他們六人身上，其他人皆被遠遠拋在身後。

弘時抽空往後面瞅了一眼，眼見那些人追得緊，不由得怒上心頭，對身側的弘昌道：「想辦法替我攔住後面的！」

「二阿哥放心。」見弘時主動下命令，弘昌毫不猶豫地答應。

然弘時這次的回頭，也令他差點撞上前面的木樁，虧得弘旻見機快，腳下加勁，在弘時之前先一步撞倒，並且在其有意的控制下，木樁沒有對弘時產生任何阻礙，令他依舊能快速往前滑走。

待弘時與弘昌滑走後，摔倒在地的弘旻故意拖著木樁子往裡一滾，他的目光鎖定那個瘦削且病殃殃的少年。

眼見木樁子往自己這邊滾來，瘦削少年眸中飛快地掠過一絲冷意，然後做出了一件令人意想不到的事，他竟躍身跳了起來，從那根木樁上躍過，然後穩穩停在冰面上。

「哼，有什麼了不起的，我也會。」緊隨其後的黑壯少年嘀咕一聲，隨後也跳過木樁，在冰面上留下深深的兩道痕跡。

弘旻目瞪口呆，怎麼也想不到他們還有這一手。這可是冰面啊，光滑無比，落下時的那股衝力非常難以卸去，基本上都會以摔倒收場，可是他們兩個都躍了過去，且毫髮無傷。

那廂，弘晝緊張到站起來，急切地道：「糟了，四哥可不會跳！」

弘曆真正開始學走冰的時間並不長，雖然學得很快，但跳躍對他來說還是太難了些，就連弘晝也不敢這麼做，真不知那兩人是怎麼練出來的。

就在弘晝緊張得心都要跳出來時，弘曆已經到了橫著的木樁子近前。他沒有學那兩人跳過去，但並不表示他就沒辦法。

第一千零一十九章　追逐

在離木樁子只有一尺遠的時候，弘曆快速彎身，單手在木樁子上一撐，直接自上面翻過去，在落地時只是晃了一下便穩穩站住，朝著前面快速滑去。

弘旻原以為這個小動作可以讓他們自顧不暇，結果卻一個個都安然無事，實在是始料未及。

看到弘曆有驚無險，凌若微微鬆了口氣，她真怕弘曆就此被擋住去路。雖說這次比試她沒有要求弘曆一定要贏，但若能贏，無疑更好一些。

胤禛轉頭笑道：「弘曆倒是挺有急智，讓他想出這個法子來。」

凌若謙虛地道：「他啊，就知道耍些小聰明，臣妾倒是覺得弘曆前面那兩人走冰很厲害，落地時竟然一點兒都沒有打滑。」

「他們身具本事自然不差，不過朕倒覺得弘曆臨危不亂、急中生智，更值得嘉許。皇后妳以為呢？」

面對胤禎的問題，那拉氏口是心非地應和：「皇上說的是，四阿哥實在很出色，說不定這一次比試四阿哥可以奪得第一。」

冰湖上的爭逐從六個人變成了五個人，卻更激烈。弘時在前，後面幾個緊追不放，而此時離彩球還剩下十幾丈遠。

弘昌看了一眼緊隨其後的三人，手悄悄背在身後，幾顆冰珠從袖中落下來。冰珠落在冰面上不易被發覺，之前弘晝便是因為小小一顆冰珠而失去資格。

瘦削少年沒有發現弘昌這個小動作，只將注意力放在遠處的彩球上，努力想要超過弘時，而他差一點就做到了。

之所以說差一點，是因為他在快要超過的時候，突然一個踉蹌撲倒在地。後面的黑壯少年先是愣了一下，旋即哈哈大笑起來。「兆惠你個病秧子，都說你不行了，還非要來比試，活該摔死你！」

「阿桂你閉嘴！」被稱為兆惠的少年怒喝一句，然後在地上摸索。剛才的摔倒令他直覺不對，他習走冰多年，方才冰鞋分明被東西硌了一下。

四處摸索之後，果然讓他摸到兩粒冰涼的圓珠。兆惠猛然抬起頭，死死盯著前頭的兩人，能給他使絆子的也只有前面那兩個。

其中一個是二阿哥，另一個好像是廉親王世子，不曉得是哪個那麼卑鄙無恥，居然使出這種下三濫的手段。

另一邊，阿桂也樂極生悲，步了兆惠後塵，摔了一個狗吃屎。阿桂不能接受自已摔倒的事實，大力地拍著冰面，憤然道：「不可能！我怎麼會摔倒！不可能！」

兆惠知道阿桂也是因為那些冰珠才摔倒的，眸中寒意越發強盛。該死的，若是光明正大地輸了，他不會有一句怨言，可若是因為某些手段，他說什麼也不服。

「你們兩個怎麼樣，有沒有受傷？」弘曆一直有在留意弘昌的舉動，在他手背到後面的時候，已經感覺到不對了，是以故意滑得遠了一些，想要提醒另外兩人時，卻來不及了。

「四阿哥不用擔心，我們沒事！」看到弘曆這個時候還肯慢下來問他們兩個傷勢，兆惠詫異之餘又有些感動。在弘曆滑開後，他心裡忽的有了個想法，對還在衝冰面發脾氣的阿桂道：「別亂敲了，咱們會摔倒是因有人故意掉了這玩意在冰上。」說著，他朝阿桂伸出手，掌心是兩粒已經化得極小的冰珠。

阿桂瞪大眼睛，怒氣沖沖地道：「好啊，居然敢耍手段，看我不在皇上面前揭穿了他去！」

「我不敢肯定是哪個人做的，但滑在第一的那人卻是二阿哥，你想跟一個阿哥對質嗎？阿桂，雖然你家有點底子，但對上阿哥可不會有什麼好果子吃！」

他們兩人打小認識，一直以來誰都看誰不順眼，兆惠更是覺得阿桂四肢發達、頭腦簡單。

阿桂雖然不服，卻也知道兆惠說的是實話，哼哼兩聲，不甘心地道：「咱們就這麼認輸？」

「自然不是。」兆惠爬起來冷冷道：「以牙還牙、以眼還眼向來是我的強項，看到剛才那個人沒？那是四阿哥，只要咱們助四阿哥得了第一，讓那兩個人希望落空，那麼也算是報了一箭之仇。」

阿桂摸著弄溼的胸口爬起來道：「話是不錯，可是四阿哥已經落下許多了，哪裡還追得上？」

兆惠彎下身，在身子成為九十度時，道：「我自有辦法，用你最大的力氣推我！」

阿桂並不是真的沒腦子，知道時間緊迫，用盡全力將兆惠推了出去。

兆惠知道阿桂有一身蠻力，所以才要他推自己，果然藉著這份推力在冰面上快速地滑行，不斷拉近與弘時他們的距離；不過弘時距離彩球已經很近了，想在這麼短的時間內趕上，莫說他，就是在他前面的弘曆也不可能。

但兆惠本就沒想過能追上弘時，只要能靠近些便足夠他實施計畫了。兆惠不確定究竟是誰射出了冰珠，但他的目標從一開始就鎖定了弘時。一來，弘時此刻是第一；二來，他總覺得弘昌好像是故意落後給弘時，沒有盡全力。雖然猜不到原因，但想來先對付弘時是不會有錯的。

在離弘時他們還有五、六丈的時候，兆惠用盡最大的腕力，將手中兩顆微小的冰珠甩開，目標正是弘時腳下的冰鞋。

此時，弘時距離彩球已經不足一丈遠，他心中充滿無盡的狂喜。只要將彩球拿在手中，他便是這場比試的第一，可以得到皇阿瑪的玉扳指；而且經過這次比試後，皇阿瑪一定會更加看中他，說不定會冊他為太子。

不只是弘時，連那拉氏也滿心喜悅，雖然面上還看不出什麼，但眼底的喜色卻怎麼也掩飾不住。

小寧子趁機道：「主子，看樣子二阿哥得第一是毫無懸念了！」

第一千零二十章 第一

「四哥，不要輸啊！」弘晝緊張地雙手捏拳。雖然弘曆明顯落後於弘時，但不到最後一刻，他還是不想看到弘曆輸。

弘時的手幾乎要觸到彩球了，可就在這個時候，腳下忽的傳來一陣異樣，還沒等他明白過來，人便不受控制地往前摔去，結結實實摔在冰面上，而彩球便擦著他手指而過。

看到他摔得比自己更難看，兆惠發出一聲難聽如夜鴞的笑聲，隨後目光落在弘曆身上，暗自道：四阿哥，我與阿桂只能幫你到這裡了，能不能得第一就看你自己了！

弘時的突然倒地令所有人大吃一驚，那拉氏更是有些失態地站起身來，緊張地注視。

在弘時倒地後，弘昌怔忡了一下，下意識地想要滑上前去摘那個彩球，卻在手將要碰到時，想起之前父親對自己的叮囑，趕緊收回手，然後去扶弘時。「二阿哥趕緊起來，彩球……」後面的話倏然停住，因為他看到弘曆越過自己，快速摘走了掛在上面的彩球。

弘時也看到了，臉色鐵青，什麼也沒說，只是用力一拳打在厚厚的冰層上。臨到手的第一被人搶走，且還是他最痛恨的那個人，那份怒氣可想而知。

彷彿是故意與弘時作對，身後傳來一陣刺耳的笑聲，弘時憤然回頭，只見一個粗壯的少年正在笑得前俯後仰。

「該死！」弘時正一肚子邪火沒處撒，怒罵一聲，就要走過去揍他。

弘昌趕緊拉住人道：「二阿哥，事情已經這樣了，您還是冷靜一些好，皇上還看著呢！」

聽得皇上兩個字，弘時一個激靈，趕緊止住衝動與怒意，只用痛恨的目光盯著阿桂；而後者對此完全不在意，依舊在那裡大笑不止。

這場比試比上午更具戲劇性，連弘曆都有些不敢相信，自己竟然真的得到了第一，然彩球卻是真真切切地握在手中。

守在彩球旁的太監定神後，扯著嗓子尖聲道：「比試結束，第一名為——四阿哥！」

四阿哥……四阿哥……

這三個字在空曠的冰湖上不斷地迴響，上下天光裡，蘇培盛與四喜一道跪下，滿面喜色地道：「恭喜皇上與熹妃娘娘，四阿哥得了這場比試的第一名！」

在他們之後，不論上下天光的宮人，還是守在外頭的宮人皆跪了下來，齊聲道：「恭喜皇上與熹妃娘娘！恭喜四阿哥！」

胤禛已經由驚轉喜，拉著凌若起身，高興地道：「好！所有人都賞銀十兩！」

「謝皇上賞賜！」

有了銀子，宮人的聲音自然更加高昂，這也讓弘時的臉色更加難看，兩隻拳頭捏得咯咯作響。

眼見形勢急轉直下，第一竟落在弘曆手上，那拉氏既恨又怒，不過她死死將這些情緒壓在內心深處，露在面上的是歡喜之色，朝胤禛欠身道：「恭喜皇上，四阿哥英武驍勇，成為這場冰嬉比試的第一名，熹妃可真是養了一個好兒子，雖還年少，卻已經勝過兄長。」

凌若聞言，忙屈膝謙聲道：「娘娘謬讚了，其實弘曆這次能贏，不過是靠了運氣，真正的第一該是二阿哥才是，只可惜——」

那拉氏微笑著打斷她的話。「輸便是輸，贏便是贏，沒什麼好可惜的。再說弘時也好，四阿哥也好，都是皇上的兒子，哪個贏皆是一樣的。」

「皇后說得有理，他們都是朕的兒子！」看著手捧彩球的弘曆，胤禛眼中滿是驕傲，轉身下樓，凌若等人匆匆跟上。

胤禛大步來到弘曆跟前，將手上的玉扳指摘下，套在弘曆拇指上，神色鄭重地道：「你贏了比試，這只玉扳指自此以後便屬於愛新覺羅・弘曆！」

看著指上的玉扳指，弘曆激動得說不出話來，好半晌才單膝跪下，大聲道：「兒臣多謝皇阿瑪賞賜！」

「起來！」胤禛親手扶起弘曆。

待弘曆起身後，那些還停留在冰面上的宗室子弟忽地跪下去，大聲道：「恭喜皇上，恭喜四阿哥！」

有了他們這個前例，凌若等后妃，還有箭樓裡的王公貴族皆跪伏下去，同樣道：「恭喜皇上，恭喜四阿哥！」

弘時在萬般不情願中被弘昌拉著一道跪下，牙齒緊緊咬著，恨得幾乎要嘔出血來。本來得到皇阿瑪賞賜，還有受到恭賀的人應該是他！是他！是弘曆那個臭小子投機取巧，奪走了屬於他的榮譽，今日所受的恥辱，他一定會想辦法報還在弘曆身上。他發誓！

在胤禛等人回上下天光後，弘曆沒有隨之進去，而是轉身走到冰上的兆惠與阿桂面前，鄭重其事地一揖。「多謝二位襄助之情。」

「咦？你怎麼知道是我們助你？」

阿桂脫口而出的話，換來兆惠一個瞪眼。「你承認得那麼快做什麼。」

雖然是別人施計在前，但這樣的事終歸不太光彩，傳揚出去對他們並無好處；且若是被弘時抓到痛處，在胤禛面前告一狀，縱是以他們的身分也會吃虧的。

阿桂卻沒想那麼多，挺著胸脯道：「承認又怎麼樣，本來就是事實。」

兆惠快被他頭腦簡單的想法氣死了，尤其想起阿桂之前還在弘時摔倒的時候嘲笑半天，哆嗦著揮手道：「罷了，你愛怎麼說就怎麼說，總之別扯上我。」

「誰願意扯上你！」阿桂撇撇嘴，一副不屑的樣子。

說來也怪，他們兩人常有往來，可卻彷彿是天生的冤家，見了面總是免不了冷嘲熱諷、夾槍帶棒，可若真有什麼事，又會槍口一致對外。

看著他們兩個鬥嘴的樣子，弘曆莞爾一笑道：「總之這件事真的很謝謝二位，否則，我也不能贏得這個第一。」

阿桂甕聲道：「四阿哥，您還沒回答我的問題呢。」

第一千零二十一章　有意結交

弘曆有些猶豫，但最終還是決定實話實說：「兩位想必還記得第一場比試，弘晝在比試時突然摔倒。」

阿桂還茫然不解時，兆惠已經明白弘曆的意思，訝然道：「你是說五阿哥也中了暗算？」

「是，只是我一直不知道暗算弘晝的是什麼，事後也來冰湖上找過，並無發現什麼異常。」

阿桂有些得意地道：「四阿哥當然發現不了，因為那是冰珠。」

弘曆精神一振，忙盯著他道：「你們說那是冰珠？」

「不錯。」兆惠答：「我摔倒的時候，曾找到兩粒冰珠，這冰珠體積小又與冰湖一色，若非我用手細細摸索，是絕對發現不了的；而且冰珠時間一久便化成水，無蹤無影，任你怎麼找都是沒用的。」

見到兆惠剛一摔倒便猜到是有人暗算，還找到了冰珠，弘曆頗為佩服。「這麼說來，你剛才讓二阿哥摔倒的東西，也是冰珠了？」

兆惠盯著弘曆沒有說話，顯然對這位阿哥還有懷疑，不願實話實說。畢竟在比試中作弊可不是什麼好事，即便事出有因也一樣。

弘曆也不催促，只面帶笑意地看著他。倒是阿桂被他們弄得莫名其妙，用胡蘿蔔粗的手指捅著兆惠道：「哎，你們兩個莫不是突然啞巴了吧？怎麼都不說話。」

弘曆一笑，開口打破了他與兆惠之間的對峙。「若是不便說的話就算了，總之今日的事真是謝謝了。」

阿桂有些不悅地對兆惠道：「我說你能不能乾脆些，別總是吞吞吐吐的，我最煩的就是看到你這個樣子。」

「你知道什麼！」兆惠同樣看不慣阿桂的直性子。要不是家世深厚，以對方這性子，早就不知道在哪裡了。兆惠還是決定與弘曆說實話：「不錯，我將撿來的兩粒冰珠打在了二阿哥其中一只冰鞋上，令他失去平穩摔倒在地。」

弘曆知道他能說實話是極為難得的事，不等兆惠要求，便已道：「這件事就到此為止吧，以後誰都不要再提起。對了，我尚不知道你們兩人的名字，能否相告？」

兆惠姓烏雅氏，乃是孝恭仁皇后的族孫，父親為佛標，官至都統。因為孝恭仁皇后的關係，這一家在本朝有著超卓的地位。

阿桂姓章佳氏，家族雖不及兆惠那般顯赫，卻也是戰功卓著，其阿瑪為大學士阿克敦。

在弘曆又一次說謝時，兆惠道：「其實四阿哥沒必要謝我們，一切皆是機緣巧合，不論是我還是阿桂都想爭搶這個第一，只可惜第一註定屬於四阿哥，任誰都搶不走。」

「哪有這回事。」弘曆笑著搖頭道：「要我說，一切皆是運氣罷了。」

兆惠躊躇許久，終是隱晦地道：「今日之事，只怕不會就此結束，四阿哥萬事小心。」

以弘曆的聰慧，怎會不解兆惠話中的意思，而這也令他對這個與自己年紀相近的少年越發感興趣。「我知道，多謝了！對了，我在上書房沒有見過你們，為什麼不曾來上書房讀書？」

兆惠愣了一下，旋即苦笑道：「四阿哥以為誰都可以入上書房嗎？哪一個宗室子弟不是千挑萬選出來的。我因為身子不好，所以未能入學。至於阿桂，四阿哥自己問他吧。」

不等弘曆說話，阿桂已經梗著脖子道：「怎麼了，我就是不喜歡唸那些文謅謅的東西，哪有習武來得痛快。」

兆惠睨了他一眼，不屑地道：「一介武夫！」

「哼，武夫也好過你這個病夫。」只要一尋到機會，這兩人總是要鬥上嘴，也不曉得哪裡來這麼大的怨氣。

弘曆想了一下道：「那若是我去請求皇阿瑪，你們兩人可願去上書房？」雖然相處時間不長，但弘曆對這兩人卻頗有好感，不只是因為他們幫了自己，還因為阿桂的爽直及兆惠之前的好意提醒。

兆惠與阿桂相互看了一眼，彼此眼中皆有一絲驚意。心直口快的阿桂這一次沒有說話，倒是兆惠道：「四阿哥為何希望我兩人去上書房？」

「因為我覺得你們是值得相交之人。」弘曆的回答簡單而直接。

兩人能夠感覺到弘曆的示好，卻猶豫不決。之前在比試中幫弘曆不過是因為不甘於受暗算，可是現在……一旦答應，不論他們是怎麼想的，在外人眼中，只怕都會被視為四阿哥一黨，連他們的家族也會被劃進來。

雖說皇上現在還春秋鼎盛，但遲早是要傳位的，眼下這個形勢，最有可能繼承皇位的就是二阿哥與四阿哥。

儲位之爭，早晚會有爆發的那一天，就像先帝晚年那樣。

良久，兆惠拱手道：「承蒙四阿哥抬愛，實在是我與阿桂的榮幸，但此事非我等兩人可以決定的，能否等我兩人回去問過家中長輩後再回覆四阿哥？」

「自然可以，我等你們二位的消息。」弘曆雖然很希望與他們交好，但也明白他們的顧慮，並未勉強。

見弘曆答應，兆惠再次拱手，然後拉著阿桂往箭樓那邊走。

途中，阿桂忍不住問：「病小子，若是阿瑪他們答應了，咱們真的要去上書房嗎？我可一點兒都不想對著書上那些歪歪扭扭的字。」

「這話你跟你阿瑪說去，看他不打斷你的腿。」

阿桂滿面通紅，瞪著眼想要反駁，但終歸還是低下頭。

第一千零二十二章　兩條路

弘曆回到上下天光後，淩若拉了他道：「額娘剛才看你與人在下面說話，那是何人？」

「回額娘的話，是阿克敦大人與佛標大人的兒子，他們兩人雖輸了比試卻也沒什麼不甘，兒臣看他們頗有風骨，所以上前攀談了幾句。」

在剛才的比試中，這兩人原是在弘曆前面，若不是突然滑倒，只怕這個第一還輪不到弘曆。

瓜爾佳氏在一旁聽了，笑道：「說來也是奇怪，這場冰嬉比試中，接連有人滑倒，特別是二阿哥，將到手的第一拱手相讓，實在是可惜。」

弘時就站在那拉氏身側，對於瓜爾佳氏的話聽得清清楚楚，本就極差的心情更是雪上加霜，卻不能在胤禛面前發作，反而還得擠出一絲笑顏。

「四弟能贏，是他的本事，如何能說是我相讓；再說我們是兄弟，哪個得第一都是給皇阿瑪添光，並無什麼好可惜的。」

胤禛感到頗為順耳，點頭道：「不錯，兄弟之間，哪個得第一都是一樣的，而你做兄長的，更是要對弟弟謙讓疼愛。弘時若能時時記著這句話，朕便高興了。」說到後面，他的語氣有些重。

弘時連忙垂首道：「兒臣一定謹記皇阿瑪的話，絕不敢有忘。」

在弘曆回到座位中坐下後，弘晝一把拉過他的手，看著拇指上那只玉扳指，激動地低聲道：「四哥，你真的得第一了！」

弘曆好笑地看著他道：「看你這樣子，倒是比我還高興。」

「你得第一就等於是我得第一，當然高興了！」弘晝不無得意地說著。「當然，最高興的是看到二哥那張像是吃了蒼蠅的臉，而且還不是一隻，是一大堆！」

弘曆對他這個比喻直搖頭。「你啊，小聲一點，別讓二哥聽到，他本來就夠生氣了，再聽見這話，非得氣炸了肺不可。」

「哼，再生氣又能如何，他還敢在皇阿瑪面前放肆嗎？」弘晝不屑地道：「只看剛才明明已經氣得半死，還不得不說那些違心的話便知道了。」

「總之多一事不如少一事，你別去惹二哥了，否則出了事我可不幫你。」

弘晝扮了個鬼臉道：「知道了，反正這件事估計他難受好幾天了。」

弘曆笑笑，將目光轉到冰湖上。

比試之後，凌若安排了冰嬉舞，許多宮女身穿舞衣，在冰湖上翩翩起舞，婀娜多姿，放鬆著眾人緊繃的心情。

簡樓裡，弘昌與弘旻坐在允禩身邊，羞愧地道：「兒子們沒有完成阿瑪交代的事，請阿瑪責罰。」

允禩瞥了一眼專注於冰嬉舞的納蘭湄兒，從碟子裡取過一粒花生，用力一捏，神色漠然地道：「知道二阿哥為什麼摔倒嗎？」

「這個……」兩人對望一眼，還是弘昌小聲道：「兒子並不敢確定，但私心以為與之前跟在後面的那兩人有關，兒子看到其中一個滑上來追著二阿哥。」

允禩撚去附在花生上的紅衣，涼聲道：「還有一點你沒看到，兆惠的手曾用力地甩了一下，二阿哥就是在那之後才摔倒的。」

「兆惠……」弘旻低低唸了一遍這個名字，訝然道：「難道是佛標大人的兒子？」

「除了他還有誰。另一人是阿克敦的兒子，若我沒猜錯的話，你們用來對付他們的法子，應該是被識破了。」

允禩的話令兩人大吃一驚，慌張道：「阿瑪，那他們會不會……」

「放心，不會有事，若要向皇上告密早就告了，豈會等到現在。」允禩將剝出來的花生肉往碟子裡隨意一扔，瞇眸道：「一來，冰珠融化，他們沒有物證；二來，他們算不準是弘昌還是二阿哥動的手腳，怕萬一是二阿哥會惹禍上身。」

弘旻忐忑地道：「可兒子們並未完成阿瑪交代的事，二阿哥他是否不領阿瑪的情？」

「雖然沒有取得第一，但你們已經盡力了，若不是有你們護著，他怎麼可能一直處於領先的位置，最後失敗只能怪他自己運氣不好，我相信他會領這個情。弘昌，幸好你沒有去拿那彩球，否則不只前功盡棄，整個廉親王府都會受牽連。」

弘昌想起自己先前那一瞬間的想法，不由得出了一身冷汗，連忙道：「兒子一直記得阿瑪的吩咐，不敢有忘。」

「你們也累了，都好好歇歇吧，晚些我自會去找二阿哥探他的口風。」

與此同時，另一邊的佛標與阿克敦已經聽完了兒子的話，相互交換一個眼神後，不約而同地道：「此事你怎麼看？」

佛標摸著身後的辮子道：「四阿哥有意示好，只是這顆球，咱們到底是該接還是不接呢？」

阿克敦比阿桂的心思多多了，前前後後將此事的利害關係想了一遍，方道：「接與不接都有利弊，實在是很難決定啊。」往四周瞅了一眼，見沒人注意他們，方湊到佛標耳邊道：「你我兩家向來同進共退，你跟我交個底，四阿哥到底有多大的機會？」

佛標沉吟了一下，輕聲道：「這個我真說不準，只是今日這兩小子不知天高地厚的做法，算是徹底將二阿哥得罪死了，所以二阿哥是絕對不用想了。擺在你我面前的只有兩條路，要不向四阿哥靠近，要不置身事外，不參與任何黨爭。」

說到這裡，他有些惱怒地看了兆惠一眼。若非這兩個小子衝動，他們怎麼會這麼被動？雖說路是早晚要選的，但至少可以等事情明朗些後再做選擇，這樣把握也大，哪會像現在這樣兩眼一抹黑。

阿克敦連連搖頭，道：「只怕到最後，不是你我想避便能避的。先帝在世時，滿朝文武幾乎都被牽連了進去。所以這路說是兩條，其實只有一條。」

佛標目光一閃，壓低了聲音道：「這麼說來，你是下定決心，要賭這一把了？」

第一千零二十三章　阻攔

阿克敦邊想邊道：「沒辦法了，只能賭。依我看，熹妃娘娘這麼得寵，四阿哥又聰慧出色，若是拋開長幼嫡庶不論，無疑是最適合的繼位人選。」

見阿克敦話說到這分上，佛標亦點頭道：「也只能這樣了。」既是說定了，兩人不再猶豫，命兆惠與阿桂即刻去見四阿哥，應允入上書房讀書一事。

一聽這話，阿桂整張臉都垮了下來，瞅著阿克敦，小聲道：「阿瑪，我能不能不去？」

知子莫若父，阿克敦哪會不知道他心裡在想什麼，不過此事關係家族前途，由不得阿桂說不；再說，這禍本來就是他自己闖出來的，活該他去補。

阿克敦當下瞪了眼，怒道：「你還有臉說話，若非你這個不長進的小子，我與你世叔哪會這麼為難？再多嘴，看我不打死你！」

「好了，都一把年紀了，火氣還這麼大。」

聽得佛標的勸說，阿克敦怒哼一聲，道：「總之這次不論你想不想，都必須去。」

阿桂無奈地答應，看到兆惠那張幸災樂禍的臉，恨不能一拳打過去。

在這樣的不甘中，他們來到上下天光，隨著小太監上樓來到弘曆坐的地方。

看到他們兩人過來，弘曆驚喜地道：「可是有答案了？」

弘晝在旁邊仔細打量兩人一眼，恍然道：「我記起來了，你們是剛才摔倒的那兩人。」說罷又一臉奇怪地看著弘曆。「四哥，你問他們什麼答案呢？」

弘曆沒有理會弘晝，只是定定地看著兆惠兩人。他是真心覺得這兩人不錯，非上書房裡那些平庸的宗室子弟可以比擬，因此想要與他們交好。

兆惠暗吸一口氣，平靜地道：「承蒙四阿哥不棄，肯讓我們進上書房，家中長輩知道後均高興不已，著我們聽從四阿哥安排。」

弘曆大喜之餘看向悶不吭聲的阿桂，道：「那你呢？」其實兆惠的回答已經代表了他們兩個人，但弘曆還是想得到確切的答覆。

阿桂心裡是說不出的鬱悶，他雖然不討厭眼前的四阿哥，甚至覺得對方很不錯，但是一想到要去上書房那種地方讀書，就一個頭兩個大；但是阿瑪的話他是絕對不敢違背的，只得悶聲道：「阿桂願聽從四阿哥安排。」

「好！」弘曆心中萬般高興，不願多等，直接拉著他們兩人來到胤禛跟前。

胤禛盯著緊張不已的兆惠兩人，道：「弘曆，他們可是剛才在比試中摔倒的兩人？」

弘曆點頭道：「是，皇阿瑪，兒臣與他們相談甚歡，想請皇阿瑪允許他們入上書房與兒臣一道讀書。」

這突然的舉動令淩若頗為意外，側頭道：「弘曆，他們兩個是哪家子弟？」

弘曆聞言，先指了兆惠道：「回額娘的話，這位是都統佛標大人的次子，論起來還是皇祖母的族孫。」隨後又指了阿桂道：「這位是大學士阿克敦的長子。」

兩人緊張地跪下道：「給皇上請安，給皇后娘娘請安，給熹妃娘娘請安。」

那拉氏眸光微寒。剛才那一幕她可是看得很清楚，不論弘時摔倒是否與他們兩人有關，只憑阿桂對弘時的嘲笑就罪不可恕，想入上書房，簡直是痴人說夢。

她臉上掛著溫和的笑容。「四阿哥肯為他們專程來懇求皇上，可見確是很投緣，只是進上書房得考較學問、人品，且只在每年三月由博學的鴻儒進行篩選考試，可不是隨便什麼人都能進的。」

弘曆聞言忙道：「兒臣明白皇額娘的意思，不過兒臣敢肯定，他們兩人的學問、人品皆屬上佳，不會有任何問題。」

那拉氏臉上的笑意更盛了幾分，撫袖道：「既然一切皆屬上佳，那再等兩、三個月也無妨，四阿哥總不至於連這點時間也等不起吧。」

弘曆聽出她有意刁難，真等上兩、三個月，誰知道會生出什麼變故？而且阿桂在學問上確實很有問題，若按著規定，能夠進上書房的可能性幾乎等於零。

想到這裡，他望著一言不發的胤禛，急切地道：「皇阿瑪，皇祖父允許宗室子弟進上書房讀書的本意，是想讓每一個宗室子弟都有機會聽到博學的大儒授課，至於考試，不過是為了濾去那些品行不佳、無心向學的宗室子弟，所以兒臣以為三月的考試並不重要。」

「四弟這話可是讓為兄不解了。」說話的是弘時，剛才兆惠與阿桂出現的時候，他就留了心，此時更是走過來道：「四弟都明白皇祖父設下考試的良苦用心，何以一轉眼又說考試不重要，這豈非前後矛盾？又或者四弟心裡根本不重視皇祖父定下的規矩？」

「我沒有！」弘曆連忙否認弘時不懷好意的指責。「我只是認為他們兩個不論人品還是學問都是極好的。」

「是嗎？」弘時微微一笑，轉而對胤禛道：「皇阿瑪，兒臣有個提議。」

胤禛一挑眉，看不出喜怒如何。「是什麼，說來聽聽？」

弘時躬身道：「人品如何，這一時半會兒自是無法看出來，但學問卻可以一試。兒臣以為不如現場試試他們兩人，若真的學問絕佳，再考慮入上書房一事。」

「皇阿瑪——」弘曆待要再說，弘時已經打斷他。

「四弟這麼緊張，難道他們的學問並非像四弟所言的那麼好？那四弟可是犯了欺君之罪。」

弘曆被他說得惱紅了臉，可一時半會兒又想不出反駁的話來。

凌若接過話：「依二阿哥的話，似乎只要學問好，其他的事就都不重要。」

「娘娘誤會了，我只是覺得德行一事需得長年累月的觀察方能得知，而學問卻是一考就知；若真是學問絕佳之人，想來品行不會壞到哪裡去。」

對於弘時的回答，那拉氏暗自點頭。總算還知道避重就輕，沒有順著鈕祜祿氏的圈子繞進去。

第一千零二十四章 對聯

凌若不置可否地點點頭。「二阿哥這話，倒是讓本宮想起前朝的董其昌來。董其昌書畫雙絕，連先帝爺也對他的書畫頗為推崇，可其人品卻卑劣至極，驕奢淫逸，老而漁色，年過六十還令其子強搶民女做小妾，魚肉鄉里，橫行霸道。」

這下子輪到弘時說不出話來了，求救地看著那拉氏。

那拉氏道：「熹妃的話也有道理，不過像董其昌這樣的人畢竟是少數，豈可一概而論，本宮相信大多數讀書人的操守還是極好的。」

凌若不以為意地笑笑，沒有繼續與她爭辯。「娘娘所言甚是，臣妾不過是舉個例子罷了，並沒有其他意思。」

「額娘。」弘曆有些後悔自己的唐突，但事已至此，只能硬著頭皮走下去。

凌若看出他的擔憂，卻道：「你既然覺得他們可以，那就應該相信他們。」

胤禛思量片刻後，緩緩點頭道：「也好。兆惠，阿桂，朕各出一上聯，若你們可以對得上來，便算過關。」

「請皇上出上聯。」兆惠倒是沒有太過擔心，他相信憑自己的學問不會有問題，只是阿桂……瞥了一眼愁眉苦臉的阿桂，暗自搖頭。聽天由命吧。

胤禛閉目思索，手指在扶手上輕輕敲著，上下天光的氣氛因為這場突如其來的比試而變得有些凝重。

片刻後，胤禛睜開雙目，張口道：「東典當，西典當，東西典當典東西。」

兆惠的眉頭一下子皺了起來。這個聯子看著沒一個字難的，但實際上卻極不容易，一聯之中包括了東西兩個字，而且這兩字出現的意思各不相同，他必須要有相應的兩字應和才行。

見兆惠苦思冥想，弘時暗自冷笑，同時進言：「皇阿瑪，若讓他一直想下去，不知要想到何時，不如設一時限，讓他在兒臣踏出的七步之內對上下聯，否則便視為輸。」

見弘時步步緊逼，弘曆終是忍不住道：「皇阿瑪所出的上聯並不易對，二哥只給兆惠七步的時間，未免太少了些。」

「他若真有學問，莫說七步，就是三步也足以成對。」

弘時話音剛落，弘曆便針鋒相對地道：「既然如此，那二哥倒是試試在三步之內對上。」

弘時嗤笑道：「如今考的是他們，哪有讓我對下聯的道理？我知道四弟著緊這兩人，但是也不能如此偏袒徇私。」

胤禛神色不悅地道：「好了，你們兩個是皇子，吵吵嚷嚷的成何體統。」見胤禛發怒，兩人皆噤若寒蟬，不敢出聲，唯有絲竹舞樂之聲尚在繼續。瞪了他們一會兒，胤禛轉向兆惠道：「如何，想出下聯了嗎？」

「回皇上的話，還沒有。」

兆惠的話引來阿桂的嘀咕：「病秧子，你不是一直吹噓自己學問多厲害嗎？怎麼這麼簡單一個上聯你都對不上，還是說你就會死讀書。」

「你懂什麼！」兆惠被他說得心中來氣，不過罵了一句後，思路倒是突然清晰不少，下一刻，一個巧妙的下聯躍入腦海，脫口道：「春讀書，秋讀書，春秋讀書讀春秋。」

胤禛默唸了一遍，頷首道：「嗯，不錯，與朕的上聯相互呼應，頗為巧妙。這關便算你過了，接下來……」他將目光轉向阿桂。「你是阿克敦的長子？」

阿桂不敢怠慢，趕緊跪下答話：「回皇上的話，阿桂正是。」

胤禛打量了他一眼道：「阿克敦與朕提起過你，說你自小喜歡習武，小小年紀便可舉起百斤大石，不過對於習文讀書便差一些是嗎？」

「是。」阿桂有些窘迫地笑笑，隨後小心地道：「皇上，您既知阿桂讀書不行，能否出個簡單的聯子？」

這樣明目張膽地要求通融，實在令所有人詫異不已，待回過神來後皆忍不住笑了出來，連胤禛也搖頭輕笑。

至於兆惠則是有一種拍額長嘆的衝動。這個蠢貨，什麼時候才可以學著聰明一些，真是氣死人不償命。

弘時趁機譏笑道：「四弟不是說阿桂學問出眾嗎？怎的他自己說讀書不行？」

弘曆不知該怎麼解釋，只得低頭不語。

胤禛笑了一會兒後，道：「既然你這樣要求，那朕便出一個簡單的。」他略一凝思，道：「有了，一盞燈四個字，酒酒酒酒。」

相較於前一個對聯，此聯無疑簡單許多，弘曆與兆惠先後想到可用的下聯，可是對阿桂而言，卻還是難了些。他站在那裡左思右想，只覺腦袋一團漿糊。

隨著時間一點一滴過去，弘時臉上的譏笑越發深了。這樣簡單的對聯都對不出，還敢說什麼學問，簡直是笑死人了，待會兒他非得好好削弘曆的臉面不可。

胤禛表現出足夠的耐心，一直沒有催促阿桂，任他在那裡思索，然兆惠心裡明白，這樣下去，就算思索到夜裡也沒有用的。

兆惠往旁邊挪了半步，恰好半個身子掩在阿桂身後，藉著身子的阻擋，他在阿桂背上快速地寫著字。

兆惠做得很隱蔽，但還是被那拉氏看出不對勁來，故意對小寧子道：「去拿盞茶給兆惠，他剛才答得不錯，又站了這麼久，想來口渴了。」

「嗻！」小寧子答應一聲，端了茶到兆惠身前，笑道：「公子請喝茶。」

「多謝。」兆惠無奈地停下寫了一半的字，抬手接過茶，本想等小寧子走了再寫，可是小寧子一直站著沒走開，只得放棄這個念頭。

與此同時，那拉氏問：「阿桂，你可想到下聯了？」

「啊？」阿桂有些慌張地應了一聲，見那麼多雙眼睛都看著自己，更加不安，瞅了兆惠一眼，不自在地道：「回皇后娘娘的話，想到了一些。」

第一千零二十五章　過關

看著阿桂慌張不安的樣子，那拉氏露出一抹輕笑，聲音卻是一如既往的溫和：「那你且唸來聽聽，皇上與本宮可都等著呢。」

「是。」阿桂磨磨蹭蹭地回了一句，按著剛才兆惠在他身後寫的字唸道：「二更鼓四面鑼……四面鑼……」

見他吞吞吐吐說不下去，胤禛挑眉道：「後面呢？這可只有半句。」

「後面……」阿桂不住地瞅兆惠，可是後者被小寧子盯著，根本無法再寫字；不過兆惠也是機靈，屈指在茶盞上彈了一下，茶盞發出「叮」的一聲輕響。

阿桂一時沒會意過來，直至兆惠彈了第二下，方才明白，連忙道：「二更鼓四面鑼，匡匡匡匡。」

「嗯，也算工整，算你過關吧。」

聽到胤禛這麼說，弘時不禁有些發急，道：「皇阿瑪，阿桂這個下聯分明就是作弊得來，如何能算他過關。」

「不知二阿哥哪裡看到阿桂作弊？」兆惠代為問道。

弘時冷笑道：「你不必否認，剛才他明明只答出半句，是你彈茶盞方才令他想出了下半句。」

兆惠一臉無辜地道：「二阿哥誤會了，我彈茶盞只是習慣使然，並沒有任何提示的意思；再說，那四個字簡單得很，阿桂既然連較難的上半句都想出來了，又怎會想不出下半句呢？再者，這盞茶是皇后娘娘讓人端給我的，你說我借茶盞提醒阿桂，難道說皇后娘娘也有參與此事？」

見他胡言亂語，還將那拉氏也扯了進來，弘時氣得不輕，憤然道：「你休要砌詞狡辯！要不是你，阿桂怎麼可能對得出下聯？」

「請恕兆惠實在不明白二阿哥的話。」

見兆惠還在裝糊塗，弘時更是氣不打一處來，待要再說，那拉氏已然道：「弘時，既然你皇阿瑪都說過關了，就不要再多言了。本宮相信阿克敦與佛標二位大人的兒子不會做出作弊這種有失顏面的事來，是你太緊張了。」

「皇額娘！」弘時怎肯就這麼放過兩人，待要再說，那拉氏的聲音再一次響起——

「到皇額娘身邊來。」

「是。」弘時聽出那拉氏語氣之中的嚴肅，不甘心地看了兩人一眼，回身往那拉氏走去。

隨著弘時的離開，胤禛諱莫如深的目光也從他身上移開，轉而對弘曆道：「既然他們兩人都過關了，那麼就依你的話，待回宮之後，便讓他們進上書房讀書。」

「多謝皇阿瑪！」弘曆大喜過望，領著兆惠兩人跪下謝恩。

退至樓下後，阿桂撫著胸口長出一口氣道：「呼，剛才真是嚇死我了。」說罷，又有些埋怨地看著兆惠道：「你這傢伙，也不會寫快一點，害我差點答不出來。」

見他惡人先告狀，兆惠氣呼呼地道：「你還好意思說，若不是你不好好讀書，答不出皇上的下聯，我需要這樣做嗎？你倒好，居然還怪起我來，早知這樣，剛才真不應該幫你。」

阿桂不以為意地撇撇嘴。「不幫就不幫，有什麼了不起的。其實剛才我真應該直接說答不出，這樣就不用去上書房讀書了。」

兆惠懶得理他，待走到門口時，對弘曆道：「四阿哥，那我們先回去了，待來日在上書房再見吧。」

「嗯。」弘曆點頭目送他們離去。對他而言，這場冰嬉比試最大的收穫不是得到第一，而是結識了兆惠與阿桂，這兩人真的很有趣。

冰嬉舞一直持續到申時方才結束，諸多王公大臣在向胤禛與那拉氏叩首之後，離開了圓明園，也意味著這一天的熱鬧接近了尾聲。

在看到底下離開的那些人時，弘時眼中掠過一絲異色，自告奮勇地道：「皇阿瑪，兒臣去送送諸位大人。」

胤禛答應之後，他快步來到底下。允禩與納蘭湄兒他們走在最後面。

「八叔。」弘時看到允禩過來，輕喚了一聲。

允禩對納蘭湄兒道：「妳與弘昌他們先上馬車，我隨後便來。」

納蘭湄兒知道他與弘時有話要說，溫順地點頭，與弘昌他們登上馬車。

允禩走到弘時身前，問：「二阿哥找我有事嗎？」

弘時只是長揖一禮。他這番舉動令允禩眸中多了一絲笑意，面上卻是頗有些驚慌地道：「二阿哥這是做什麼，讓我如何受得起。」

弘時堅持行完禮，方直起身子道：「八叔是弘時的長輩，受這一禮是理所當然的事。還有，請八叔千萬不要再叫我二阿哥，與以前一樣叫我弘時便是。」

見他說得這樣認真，允禩只得答應。「弘時，你無端行這禮做什麼？」

「雖然今日比試我輸給了老四，但弘時不是忘恩負義的小人，八叔待弘時的好，弘時銘感於心。」

允禩一臉內疚地道：「快別這麼說了，弘昌他們沒用，未能幫到你，看你輸給弘曆受辱的樣子，八叔心裡頭不知道多難過。」

「八叔快別這麼說了，弘昌、弘昊都幫了我許多，是有人在暗中搞鬼，這才讓老四搶了本該屬於我的勝利。不過終有一日我會連本帶利地贏回來。」

允禩欣慰地拍著弘時的肩膀，道：「你能這樣想就好，八叔也可以放心了。總之以後有什麼事儘管來找八叔，八叔一定全力幫你。」

「多謝八叔。」

一輛馬車從他們身邊經過，簾子輕輕動了一下。

允禩眼皮子微微一跳，待馬車駛遠後對弘時道：「你趕緊回去吧，皇上不喜你與我走得太近，若讓人看到便麻煩了。」

「嗯，八叔路上當心。」目送允禩上馬車後，弘時亦回身往圓明園走去。

在他進去後不久，馬車折回來，停在圓明園門口。車簾掀起，一個身著錦袍的男子從馬車上跳了下來，咳嗽幾聲後，對尚坐在馬車中的人道：「墨玉，妳先回府，我忘了還有些事沒與皇上說。」

這個男子正是允祥。

第一千零二十六章　心知肚明

「唷，十三爺，您怎麼折回來了？」守在外頭的四喜看到允祥過來，連忙打千行禮。

允祥沒有理會他的話，逕自問：「皇上在裡頭嗎？」

「回十三爺的話，皇上在裡頭歇著呢，要不奴才去給您通報一聲？」

允祥剛要答應，裡頭傳來胤禛的聲音：「是老十三嗎？進來吧。」

允祥進去後，看到胤禛正拿著一只紅玉提梁壺往盞中注著茶，他倒得很慢，細細的茶水落在盞中，許久才注了八分滿。

在示意允祥坐下後，胤禛將倒好的茶遞到他面前，然後重新給自己倒了一杯。

允祥笑道：「這些事，皇上怎麼不讓四喜他們做？」

胤禛微微一笑道：「事事都讓他們伺候，朕豈非變得四體不勤？再說倒茶也可以讓朕靜一靜心。倒是你，不是都走了嗎？怎麼又回來了？」

允祥端著茶盞，有些猶豫地道：「臣弟剛才在園外，看到二阿哥與八哥頗為親近，怕二阿哥受八哥他們蠱惑，生出事來，所以特意與皇上來說一聲。」

胤禛默默聽著，待得他說完，方端起茶盞道：「老十三，嘗嘗這茶滋味如何，滿朝文武，得朕親手倒茶者，你可是頭一個。」

「皇上，您——」允祥對他的反應甚為奇怪，胤禛一向不喜老八，可現在聽到自己兒子與老八親近，竟然什麼也不說，反而還有心情品茶。

胤禛打斷他的話道：「先喝了再說。」

允祥無奈，只得抿了幾口，仔細品過後道：「甘馨可口，又有濃郁的鮮花香，令人回味無窮，應該是武夷岩茶。」

胤禛笑道：「幾日未見，你在茶道這方面倒是精進了不少，只是這麼幾口便品出了武夷岩茶來。待會兒走的時候，帶一斤回去，喝完了，朕再讓人送去。」

「多謝皇上。」這般答應一聲，見胤禛不說話，允祥忍不住再次道：「皇上，二阿哥那事……」

「允祥。」胤禛忽的抬起頭來，清亮眼眸中已經沒有了笑意。「滿朝文武當中，你是唯一一個得朕親手倒茶的，也是唯一一個敢於跟朕說這些事的人，其餘的，就算是張廷玉、阿克敦他們見了，也絕對不敢提，都怕擔上一個離間的罪名。朕可不信此事就你一人瞧見，可回園的卻只有你一個。」見允祥不說話，他道：「怎麼了？朕說得不對嗎？」

允祥捧了茶盞欠一欠身道：「皇上所言甚是，但大臣不說也是有他們的顧慮，始終……疏不間親。」

「何謂疏，何謂親，皆只是他們想當然而已。」胤禛輕嘆一口氣，低頭看著茶霧氤氳的杯子。「朕坐在這個位置上已經三年有餘，可坐得越久便越覺得力不從心。滿朝文武，忠心者不在少數，可敢在朕面前說實話的卻還是太少了。」

胤禛這些年的苦累，允祥是再清楚不過的，安慰道：「皇上千萬不要這麼說，大清在皇上的治理下，蒸蒸日上，比之皇阿瑪在世時更加繁榮昌盛；而且皇上連著推行了幾個新政策，令百姓受益，百姓們都在讚皇上仁厚呢。至於實話……不是還有臣弟在嗎？臣弟絕不會在皇上跟前說一句虛言。」

「朕知道。」胤禛起身拍著允祥的肩膀，感慨道：「朕此生最幸運的事，便是有你這個好兄弟。若非有你一直支持著朕，只怕朕如今已經淪為老八的階下囚。」

允祥動容地道：「皇上千萬不要這麼說，皇上得天命眷顧，縱然允禩他們心存謀逆，也絕對動不了皇上一根頭髮。而且在臣弟看來，有皇上這個兄弟才是臣弟的萬幸，若非皇上，臣弟早已不在人世。」

胤禛只是眼圈微紅地拍著允祥肩膀，待得情緒平復一些後，他道：「還記得兩場比試之中，一直跟在弘時身邊的那兩人嗎？」

允祥精神一振道：「臣弟記得，這兩人都是八哥的兒子，一個叫弘昌，是世子，另一個則叫弘旻。」說到這裡，他忽的反應過來。「皇上您知道？」

「你真以為朕什麼都不曉得嗎？」胤禛搖頭回到椅中坐下，抿了口茶道：「朕不是瞎子，豈會看不出他們有意護著弘時。」說到這裡，他忽的想到一事，神色有些恍然地道：「弘昌是世子？那他的額娘是否……」

允祥知道他必是想到了納蘭湄兒。之前午膳時，胤禛曾去简樓敬酒，看到納蘭湄兒時，雖然什麼都沒說，但眼中的眷戀深情卻是揮之不去。二十幾年了，還是不曾放下。不過他也知道，對於當時的胤禛而言，納蘭湄兒便是全部的歡樂與美好，那種感覺早早便刻在心裡，想要忘記，談何容易。

「是，弘昌的額娘是八哥的嫡福晉。」允祥刻意咬重了「嫡福晉」三個字，想要藉此提醒胤禛，不論如何難忘，一切都已經過去了。

胤禛忍著心中的厭惡與無奈，漠然道：「是啊，她是老八的嫡福晉。」

「皇上，您……」

允祥待要再勸幾句，胤禛已經抬手道：「好了，不要再提這些不相干的事，言歸正傳吧，你可知他們談了些什麼？」

見他不願再提，允祥也不敢多言，只道：「臣弟當時也只是經過，不曾細聽，但臣弟看二阿哥的樣子，彷彿對八哥甚為感激。」

第一千零二十七章　失望

胤禛冷笑一聲道：「老八捨棄了兩個兒子爭奪第一的資格，去幫弘時奪第一，他能不感激嗎？倒是真捨得下血本，只可惜人算不如天算，到最後還是弘曆得了這個第一，弘時更是當眾出了一個大醜。」

這一點允祥當時也看出了幾分端倪，所以不覺得奇怪，轉而道：「二阿哥當時摔倒實在很奇怪，明明什麼阻礙也沒有，怎會無故摔倒？」

胤禛一口飲盡杯中茶水，走到炭盆前，伸手放在燒得通紅的銀炭上，暖意頓時包圍了略有些涼的手掌。「這事你該去問兆惠還有阿桂。」

允祥一愣，這兩個名字他並不曾聽過，搖頭道：「臣弟不明白皇上的意思。」

胤禛反應了過來，兆惠他們的事只有上下天光那些人知道，當下道：「兆惠跟阿桂就是之前比試時跟在弘時後面，後來摔倒的兩人。一個是佛標的兒子，另一個是阿克敦的兒子。」

允祥對他們兩個印象頗深。「皇上是說二阿哥的摔倒與他們兩人有關？」
「八九不離十吧。」胤禛拍拍烘暖了的手道：「弘曆應該也知道，不過看樣子是不打算與朕說。弘曆跟他們很談得來，特意跑來求朕許他們到上書房讀書。」
允祥好奇地道：「那皇上答應了嗎？」
胤禛點頭道：「兆惠雖然看著病殃殃的，但確實有些才華，可以對得出朕的上聯；至於阿桂，學問差些，不過朕瞧著品行不錯，所以對他們作弊的行徑也就睜一隻眼、閉一隻眼了。」
若是那拉氏與弘時聽得這些話，必然會大吃一驚，胤禛竟然什麼都清楚，卻故意不說破，有意讓阿桂過關。
在複述了一遍下聯後，胤禛道：「這兩個聯子，說是考他們兩人，但實際上對出來的卻全都是兆惠。」
見胤禛說得輕鬆，允祥笑道：「看樣子，皇上對他們兩人印象甚好。」
胤禛笑一笑道：「雖然上書房有不少宗室子弟，但朕看弘曆，除了弘晝以外，不曾再與什麼人來往，難得他有想要結交的人，朕這個做皇阿瑪的，豈有不成全之理。再者，品行二字雖說非一朝一夕所能看出，但終是有端倪可循，這兩人斷不會是什麼奸惡之人。相反的……弘時在此事上多番阻撓，沒有身為兄長該有的胸襟，實在令朕失望。」
「二阿哥錯手失了第一，難免心中有氣，使些性子也是難免的。」

允祥話音未落，胤禛便接上來道：「他如何能夠一直領先，你比朕更清楚。原本朕看他這些天不再與老八走動，倒是頗為欣慰，以為他終於知道分好壞了，沒想到皆是煙霧、幌子，實際上一點都沒變。」說到後面，胤禛的聲音漸漸尖銳起來：「朕的嫡親兒子跑去親近朕欲殺之而後快的敵人，還靠他來爭這場冰嬉比試的第一，真是可笑至極。」

允祥見勢不對，忙道：「皇上息怒，二阿哥終歸還是年輕，只要皇上對他多加勸導，想來——」

胤禛倏然打斷他的話。「他什麼德行，朕比你清楚。資質平庸，不堪大用也就算了，偏還好大喜功，事事皆要出風頭。他要親近老八就儘管去親近個夠，再不然乾脆去當老八的兒子，朕就當沒生過這個兒子！」

允祥見勢不對，忙跪下道：「皇上千萬別說這樣的氣話。二阿哥只是被有心人蒙蔽利用，本性還是好的，對皇上也素來孝順。」見胤禛不說話，他磕頭道：「若皇上因臣弟的話而傷了與二阿哥的父子之情，那臣弟就罪該萬死了。」

默然許久，胤禛扶起他道：「朕知道你的本意是為朕與弘時好，可是弘時……唉，真是氣死朕了，不說也罷。」

「皇上，二阿哥縱是再不好，也是您的嫡親兒子，他對您的孝心足以彌補一切不是。縱然現在對皇上的苦心有所不解，也不過是暫時的，假以時日，一定會明白皇上，還請皇上多給他一些耐心。」

「希望如此吧。」胤禛一揑鼻梁道：「不說這些了，你既是來了，便一道用過午膳再走，朕將熹妃也叫來。對了，墨玉呢，可還留在園中？朕前幾日才聽熹妃提起過，說是許久未見了，今日又盡顧著冰嬉比試，連句體己的話也沒說上。」

允祥答：「墨玉已經回去了，要不臣弟現在派人讓她再過來？」

胤禛搖頭道：「既是已經回去就算了，來來回回的也別折騰了，不過你可一定要留下來，你我兄弟也很久沒坐在一起了。」

允祥笑道：「皇上有命，臣弟豈敢不從。」

這般定下來後，兩人又說了許久的話，從朝堂到政見，再到賦稅甚至黎民百姓的生活，皆在他們談話之中，天色便在這樣的說話中漸漸暗了。

弘時在回到自己的住處後，終於將憋了一天的氣發了出來，將屋裡能砸的東西全砸了，宮人遠遠地避著，不敢靠近。該死！該死！他怎麼會輸給弘曆，還當眾摔倒，什麼面子都沒了！最可恨的是，皇阿瑪竟然還答應讓那兩個臭小子入上書房，那兩小子壞了他的好事，他卻拿他們一點辦法都沒有，這個阿哥實在當得憋氣。

這樣的響動，驚著了陪孩子在玩耍的陳氏，抱著孩子走過來，在看到一地的碎片後，忍不住驚問：「二爺，您這是怎麼了？」

弘時正在氣頭上，哪有好臉色給她，怒喝道：「不關妳的事，滾開！」

孩子被嚇得哇哇大哭，任陳氏怎麼哄都哄不好。

第一千零二十八章　告誡

弘時被孩子的啼哭聲弄得心煩不已，大聲道：「哭什麼哭，想吵死人不成！」

隨即又指著陳氏罵道：「還有妳，怎麼做額娘的，連個孩子都哄不好！」

「妾身該死！」陳氏惶恐地說著，隨後又不住地拍著襁褓裡的孩子，可永琳還是哭個不停。

弘時聽得煩躁不已，厲聲喝道：「滾下去，都給我滾下去！」

陳氏滿腹委屈地欠身，待要離開，後頭響起小太監的聲音——

「皇后娘娘駕到！」

循聲望去，只見一身鳳袍的那拉氏在小寧子的攙扶下緩步走來。弘時勉強壓住心裡的邪火迎上去道：「兒臣給皇額娘請安，皇額娘吉祥。」

在他身後的陳氏亦跟著見禮，無奈懷中的永琳聲嘶力竭地哭個不停，小手小腳也用力地蹬著。

弘時瞪了陳氏一眼，低聲喝道：「還不趕緊下去！」

不等陳氏答應，那拉氏已是側目道：「去把孩子給本宮抱過來。」

「嗻！」小寧子躬身，上前自陳氏手中接過孩子遞給那拉氏。

那拉氏一邊輕拍著永琳一邊哄：「永琳乖，是不是你阿瑪欺負你了？乖，不哭了啊，有皇祖母在，皇祖母替你做主！」

如此哄了一陣子後，孩子終於緩緩止住哭聲，不過還在輕輕地抽泣著，那拉氏將孩子交還給陳氏，淡然道：「抱下去吧。」

待陳氏下去後，那拉氏走到屋中，看著滿地的碎片，對跟在後頭的弘時道：「怎麼了，誰惹你生氣了？」

弘時低頭小聲道：「皇額娘是知道的。」

「本宮知道什麼？」那拉氏抬腳入內，小寧子趕緊將門檻邊的碎片撥去，以免硌到那拉氏。「本宮只看到這裡不成樣子，看到永琳被你罵得哇哇大哭。」

弘時不無委屈地道：「兒臣實在是心裡生氣，所以才控制不住情緒砸了些東西。皇額娘是看到的，明明第一是兒臣的，偏偏讓老四撿了個現成的便宜；還有兆惠、阿桂他們兩人，這兩人用心險惡，暗中作弊，如此品行之人怎能入上書房？偏老四花言巧語，將皇阿瑪哄騙得團團轉。」

「什麼哄騙得團團轉，這是你為人子該說的話嗎？」這般說著，那拉氏示意宮人都下去，只留小寧子在屋中。

弘時也知自己失言，垂目道：「兒臣知道不該，可是兒臣實在是氣不過。」

那拉氏睨了他一眼道：「既是知道不該，就莫要再說，萬一讓人聽了，在你皇阿瑪跟前告上一狀，看你怎麼辦。還有，若你在這裡砸東西發洩的事，傳到你皇阿瑪耳中，他會怎麼想你？你已經長大了，又是本宮的兒子，不能再想怎樣便怎樣，凡事都要思前想後，顧及後果。」

「兒臣知道。」弘時低頭應了一聲，道：「兒臣這就讓人把東西收拾掉。」

「擱著吧，本宮還有話問你。」那拉氏肅然道：「本宮千叮嚀、萬囑咐，讓你與廉親王不要走得太近，當時你也答應得好好的，為何現在又出爾反爾？」

弘時心中一驚，不自在地避開那拉氏的目光道：「兒臣不知道皇額娘在說什麼，自那夜之後，兒臣就——」

「還在騙本宮！」那拉氏厲聲打斷他的話。「弘時，你真當本宮眼睛瞎了，看不出廉親王那兩個兒子有意護你嗎？」見弘時不說話，她又道：「不只是本宮，相信你皇阿瑪也發現了。」

弘時緊張不已，脫口道：「皇阿瑪他也知道了？那該怎麼辦？」

「哼，現在知道害怕了？」那拉氏恨鐵不成鋼地看著弘時。「弘時啊弘時，你為何要將本宮的話當成耳旁風，你可知這樣會令你多吃虧。」

「兒臣沒有！」到了這個時候，弘時已經顧不上隱瞞了，急急道：「自從皇額娘教訓過兒臣後，兒臣確實沒有再與八叔接觸。至於弘昌他們……是上午比試開始之前，八叔來找兒臣，兒臣才知道的。」

他將允禩說的話複述一遍，臨了道：「兒臣所說句句屬實，絕無一句虛言！」

弘時的話有些出乎那拉氏的意料，她原以為是弘時沒聽自己的話，又與允禩攪在一起，眼下看來，卻是允禩纏著弘時不肯放。

那拉氏緩了神色道：「這世上沒有無緣無故的好，廉親王這樣待你，無非是想讓你記著他的好，將來再從你身上要回去，所以，往後還是不要來往得好。」

若換了以前，弘時也就答應了，可這次承了允禩那麼大的情，忍不住開口：「皇額娘，兒臣覺得八叔不像皇額娘說的那樣唯利是圖，他確是真心待兒臣好。」

這個蠢貨！那拉氏在心中暗罵一句，面上卻溫和如常地道：「就算是這樣，你也不好與他多加來往。別忘了，你皇阿瑪可是不喜歡廉親王的，記著皇額娘與你說過的話，忍過去就是海闊天空，千萬不要意氣用事。」

「兒臣明白。」弘時應了一聲，又有些生氣地道：「皇額娘，兒臣敢肯定，比試之時，有人動手腳令兒臣摔倒，錯失了第一。」

那拉氏眼眸微瞇，道：「本宮知道，應該是兆惠他們動的手腳，只是剛才的情況你也看到了，你皇阿瑪根本就是有意包庇。」

弘時不甘心地道：「那咱們就這麼算了？」

「不這麼算了又能如何，你有證據說他們動手腳嗎？無憑無據，告到你皇阿瑪跟前可是討不到任何好處的。」那拉氏一句話問得弘時啞口無言。

見他不說話，那拉氏轉著食指上形如牡丹的戒指，不疾不徐地道：「弘時，凡事不可太過急躁，在與弘曆的爭奪中，你已經落了下風，若再踏錯，你皇阿瑪對你只會越來越不喜。再者，入上書房只是一件小事，兆惠跟阿桂兩個小，不足為慮，弘曆才是你最要提防、當心的人。」

第一千零二十九章　懷璧其罪

弘時緊緊握著雙手，壓下不甘與憤怒，低頭道：「兒臣謹遵皇額娘教誨。」

那拉氏浮起一絲溫和淺笑。「乖，皇額娘沒有白疼你。」說罷，目光在狼藉不堪的地上一轉，道：「讓人把地上的東西收了吧，告訴宮人，不要去外頭胡說，誰敢亂說就割了誰的舌頭。」

待弘時一一答應後，那拉氏起身道：「好了，本宮先回去了，你累了一天也早些歇著吧，明兒個一早記得去給你皇阿瑪請安。」

弘時聞言忙道：「天色已晚，皇額娘不如在兒臣這裡用過晚膳再回去。」

「不必了，本宮來時已經讓他們備晚膳了，再說本宮留在這裡，你用得也不盡興。」見弘時要說話，那拉氏替他整一整石青色的領子，道：「皇額娘知道你有孝心，記著，在這個世上，只有皇額娘是絕對不會害你的。」

看到她眼中的慈愛，弘時動容地道：「兒臣一直都知道，也一直未忘過。」

一直未忘過嗎？那拉氏對此一笑置之。

她永遠不會忘記弘時在知道索綽羅佳陌的死因時是怎麼對她的；更不會忘記自己手臂上那些醜陋的傷疤是怎麼來的。

若非實在沒有更好的棋子，她恨不能立刻殺了弘時這個蠢貨。

可惜她不能，所以她必須扮演慈母的角色，哪怕她早已演得噁心不已！

在回方壺勝境的路上，那拉氏呵了一口氣道：「本宮記得，劉氏的孩子已經有七個月了吧？她的脈案怎麼樣？」

小寧子小聲道：「回主子的話，奴才偷看過謙貴人的脈案，極為不好；另外奴才留意到今日謙貴人的氣色，雖然施了脂粉，但還是不佳，說話更是中氣不足。依奴才猜測，謙貴人的孩子，應該熬不到八個月。」

「這一點本宮也瞧見了。」那拉氏緊一緊身上銀紅色的大氅以抵禦夜間的寒意，口中喃喃道：「八月的孩子，就算小產，怕也是能活了。」

「奴才這段時間又加重了水裡的紅花分量，她一定熬不到八個月。」小寧子信誓旦旦地說著。

「希望如此吧，此事一日不解決，本宮就一日不能心安。再加上今日弘時的事，唉，真是一波未平，一波又起。本宮悉心教導了他二十來年，就是教一條狗，也知道長進了，偏他還是任性妄為，不思後果。」一絲倦意自那拉氏精緻無瑕的妝容下透出來。

小寧子道：「主子莫怪二阿哥了，今日之事就是奴才瞧著也生氣，第一還有玉扳指本該是屬於二阿哥的，被四阿哥生生奪去不說，皇上還處處偏袒四阿哥。」

「皇上一向看重萬方安和那位，你又不是不知道；再加上四阿哥擅會討皇上歡心，自然是越發偏心了。偏生弘時還不知進退，真是想氣死本宮。」說到後頭，那拉氏忍不住怒從中來。若當年養在膝下的是親子，她何須如此費心勞神。

小寧子轉著眼珠子道：「主子，其實奴才倒覺得四阿哥得了這場第一，未必是好事。」

那拉氏詫異地看了他一眼。「此話怎講？」

「主子您想，那只玉扳指乃是皇上隨身多年之物，不同尋常，幾乎可說是皇上的信物；廉親王就是看透了這一點才不敢爭搶第一，偏偏卻被四阿哥得到了，您說這意味著什麼？」

那拉氏稍稍一想便明白了，緩緩道：「……四阿哥得了不該屬於他的東西？」

小寧子的目光在夜色中狡詐如狐。

「主子英明。四阿哥雖說得皇上寵愛，可是他既非長子也非嫡子，按資排輩，怎麼也輪不到他被立為太子，可偏偏他得到這個信物。奴才聽說過一句話，叫做：匹夫無罪，懷璧其罪。」

那拉氏微微點頭道：「不錯，只要擅加利用，這只玉扳指就會變成催命符。嗯，看不出你還有這腦筋。」

小寧子低低笑著道：「奴才承主子器重，此生別無所求，只求能替主子分憂解煩。」

那拉氏對他的回答頗為滿意，頷首道：「倒是個知曉事情的，沒枉費本宮這麼疼你。明兒個出園子去替本宮傳英格進園，本宮有事吩咐他去辦。」

小寧子有些遲疑地道：「主子，今日在上下天光，奴才還發現一件可疑事。奴才總覺得皇上身邊的喜公公，與熹妃那個叫莫兒的宮女眉來眼去，不太對勁。」

那拉氏臉上的隨意慢慢消失，帶了一絲凝重道：「你懷疑四喜與莫兒有私情？」

小寧子猶豫了一下道：「奴才不敢肯定，但當中應該有些問題。」

那拉氏思索片刻，吩咐：「既是有所懷疑，那就讓人盯著些，若真可以證明他們兩人有私情，本宮倒想看看熹妃在皇上面前如何自圓其說。」

凌若得了蘇培盛的傳話，領著弘曆來到鏤月開雲館，進了裡頭，允祥也在。

弘曆在向胤禛行了一禮後，朝允祥高興地喚了聲「十三叔」。

允祥輕笑道：「四阿哥今日可真是給皇上長臉，不像我那兩個，連第一關都未過，差之遠矣。」

凌若聞言，赧然道：「他今日已經夠得意了，怡親王你再這樣誇他，他尾巴非得翹到天上去不可。」

弘曆被她說得臉上一紅，忙辯解道：「額娘胡說，兒臣才沒有呢！」

允祥起身拍著弘曆的肩膀道：「不管怎樣，今日你是第一，你皇阿瑪、額娘還有十三叔，都以你為傲。」說罷，他嘆然笑道：「十三叔印象裡，你一直都還是個孩子，可今日見了，才發現已經長大，是個男子漢了，時間過得可真快。」

胤禛接過話道：「是啊，一個個都長大了，而朕與你也漸漸老去了。」

凌若走到他身邊，嫣然笑道：「皇上少說了一個，還有臣妾呢。」

第一千零三十章 選擇

聽他們這樣說，弘曆有些發急。「哪有，皇阿瑪和額娘還有十三叔都沒有老，還跟以前一樣。」

「人終有老去的一天，秦始皇求仙問道一輩子，結果還不是死了嗎？」胤禛笑著說了一句：「好了，都過去用膳吧，朕可是餓了。」

「皇阿瑪。」弘曆忽的走到胤禛面前，摘下手裡的玉扳指遞給他，道：「兒臣知道皇阿瑪一直很喜歡這個玉扳指，若是驟然失去，心中定然不捨，所以兒臣想要將它還給皇阿瑪。」

胤禛詫異之餘忍不住笑道：「不過是一個扳指罷了，沒什麼好不捨的，再說這扳指既然給了你，你就好生戴著，莫要再說什麼還給朕的話來，朕還不至於小氣得連一枚扳指都捨不得。」

弘曆連連搖頭，緊張地解釋：「兒臣不是這個意思，兒臣只是不想皇阿瑪失去心愛的東西。」

「世間事，皆是有得有失，朕得到了你在冰嬉比試中的出色勇武，所以失去了這只玉扳指，很公平不是嗎？」見弘曆還要再說，他接過玉扳指重新戴在弘曆拇指上，道：「收好它，不要再輕易摘下來，知道嗎？」

見胤禛態度如此堅決，弘曆只得答應。允祥在旁邊看了半晌，搖頭笑道：「臣弟可真是越來越羨慕皇上了，有弘曆如此懂事的兒子。」

胤禛笑而不語，然眼中卻盡是驕傲之意。身為人父，最高興的莫過於子嗣出色，這一點連皇帝也不能例外。

這一場晚膳雖然不像午膳那般的隆重，卻格外溫馨。弘曆與允祥還是一如既往的投緣，兩人彷彿有說不完的話，倒是將胤禛與凌若冷落在一旁。

在宮人將碗碟撤下去的時候，弘曆忽的轉過頭對胤禛道：「皇阿瑪，兒臣什麼時候可以像二哥一樣幫著皇阿瑪處理朝政？」

胤禛訝然道：「為什麼想到問這個？」

弘曆認真地道：「兒臣已經長大了，應該為皇阿瑪分憂，而非日日待在宮中，除了讀書習武之外什麼都不做。」

凌若輕斥：「弘曆，你如今尚小，許多事都不懂，這些等將來再說。」

弘曆搖頭道：「額娘，兒臣已經十五了，不再是小孩子了。十三叔剛才說皇阿瑪每日憂心朝政，日以繼夜地批改奏摺，兒臣實不忍心皇阿瑪如此操勞。」

「可是你——」凌若剛說了幾個字，便被胤禛抬手止住。

「弘曆，那你倒是說說，你可以幫到皇阿瑪什麼？」

「兒臣現在什麼都不懂，但兒臣可以學。」弘曆雖然讀書好，但他心裡卻知道，書不等於現實，只靠書上的知識是沒用的。

允祥適時道：「皇上，臣弟記得您與弘曆差不多大的時候，便已經開始跟在皇阿瑪身邊了。」

胤禛想了一會兒，頷首：「也罷，回宮之後，你便跟在朕身邊，看朕怎麼批閱奏摺吧。至於朝中的事，等你到年紀開府建牙後再說。」

弘曆欣喜地跪下道：「多謝皇阿瑪。」

相較於弘曆有些懵懂的謝恩，凌若心中卻是觸動極大。胤禛這話分明是讓弘曆跟著學怎麼批閱奏摺，而需要學這個的，只有未來的儲君。難道胤禛真有心傳位於弘曆？想到這裡，凌若心頭一陣狂跳，久久都平靜不下來。

允祥嘴角蘊著一絲別樣的笑容，垂首道：「皇上，夜色已晚，臣弟該告退了。」

胤禛點點頭道：「走吧，今夜月色不錯，朕與你一道走走。」說著他對凌若道：「熹妃，妳先與弘曆回萬方安和。」

待凌若答應後，胤禛當先走了出去，允祥緊隨其後。一路之上，寂靜無聲，直至快到園門口的時候，胤禛停下腳步道：「怎麼，還不與朕說實話嗎？」

允祥眸中掠過一絲笑意，道：「臣弟不明白皇上的意思。」

胤禛回過頭來，於漫天灑落的銀白色月光下厲聲問：「你這老十三，在朕面前還要耍心眼，莫忘了朕可是看著你長大的。不錯，朕確實十四歲就跟在皇阿瑪身邊了，但於朝政之事，卻沒有任何觸及。」

允祥並未因他話中的嚴厲而害怕，反而笑道：「皇上聖明，不過就算臣弟耍了心眼，可讓四阿哥隨皇上學習批閱奏摺，是皇上自己開口應允的，與臣弟沒有半分關係。」

看著允祥狡黠的眼眸，胤禛又好氣又好笑，板不住嚴肅的臉色，搖頭道：「你啊你，真是越來越放肆了，敢在朕面前油嘴滑舌。」

允祥笑了一陣子後，正色道：「皇上應該知道，四阿哥是一個極好的選擇，讓他早些學起來，並不是壞事。」

胤禛示意宮人退遠一些後，道：「眼下看來弘曆確實不錯，但他始終還是太小了一些，將來有太多的不確定，朕還需要再看看。何況早早立太子，對弘曆來說並不是好事，你莫要忘了皇阿瑪晚年時的那些紛爭。」

「臣弟怎會忘記，但是不立太子並不等於不會有紛爭，今日之事便是一個很好的證明。」

「你是說弘時？」這般說著，胤禛搖搖頭道：「從他現在的表現來看，並不是朕心目中的儲君人選。」

允祥懇切地道：「可這一切二阿哥並不知道，若是儲君之位懸而未決，二阿哥很可能因此走上極端，倒不若早早定下，也好絕了二阿哥的念頭，讓他安安心心做自己的事。」

胤禛道：「也許吧，不過朕還要再看看；再者弘曆是庶出，又一直在宮裡，沒什麼功績，貿然立為太子，只怕朝中大臣不會答應，一旦鬧起來會很麻煩，所以還是再過一段時間吧。大清江山擔子太重，朕一定要看清了才可以交付。」

允祥也曉得胤禛坐在這個位置上有許多顧忌，沒有再多說，改而道：「皇上，夜間寒氣深重，您還是早些回去吧。」說到後面，他自己倒是咳了起來。

胤禛拍一拍他的背道：「行了，你自己當心著些身子，朕看你這些年，身子一直不曾好過。」

「臣弟沒什麼事，皇上不必擔心。」如此說著，允祥告辭離去。

看著他離去的背影，胤禛嘴角露出一絲微笑。

第一千零三十一章　見紅

在元宵節後，又陸陸續續下了幾場小雪，不時飄落的雪花使得路邊的積雪一直不曾徹底化去。

長春仙館中，海棠與往日一樣端了安胎藥進來，對臉色蒼白的劉氏道：「主子，安胎藥煎好了，可以喝了。」

劉氏搖頭，有氣無力地道：「先放著，我現在不想喝。」輕撫著自己的腹部，不知在想什麼。

眼見藥碗上的熱氣越來越少，金姑端起來試了試溫度，道：「主子，現在溫涼正好，您趕緊喝了吧，否則再放下去就該涼了。」

劉氏瞥了她手裡的藥碗一眼，別過頭道：「涼就涼了，左右這安胎藥吃與不吃都一個樣，什麼效果也沒有。」說到此處，她面容有些扭曲，將絹子往旁邊的桌上一擱，冷聲道：「太醫院那些人，都是一群沒用的廢物。」

金姑知道劉氏因為最近胎象持續不穩，心情甚是不好，在一旁勸道：「主子消消氣，何太醫說了，您現在不能動氣。」

她不說尚好，一說劉氏更加生氣。「他說安胎藥可以穩固龍胎，我便每日服這苦如黃連的藥；他說不要動氣，我便絲毫不敢動氣，哪怕真有不高興的，也總讓自己別往心裡去。可結果呢？胎象還是不穩，且一日比一日厲害，如今每日晨起，這下腹就墜脹不已，腰肢更是痠軟不堪。金姑，妳說我能不生氣嗎？若沒了這兩個孩子，往後我在這後宮之中，便再無出頭之日。」

何太醫已經斷定劉氏腹中懷的是雙胎，只是在她的要求下不曾宣揚，以免引來更多的麻煩與暗害。

金姑輕嘆一口氣道：「奴婢知道主子心裡的委屈跟難過，只是這龍胎實在是詭異得緊，之前有溫氏害您，胎象不穩這還說得通；可現在所有入主子口的東西，奴婢們睜大了眼睛盯著，斷然不會有問題，可龍胎還是一日比一日不安，實在是令人費解。」

劉氏冷哼一聲道：「凡事皆事出有因，是姓何的無用，才一直查不出原因來。總之，如果我的孩子有三長兩短，定要這個庸醫陪葬！」

待她氣消一些後，金姑斟酌著勸道：「主子，其實咱們都懷疑慧貴人，要不您還是別見她了，大不了與她撕破臉就是了，還能怕她不成。」

「我自然不怕她，可是我怕她身後那個人。」劉氏神色凝重地坐在那裡，好一會兒方道：「總之不到萬不得已，我不想走到那一步。」

金姑想了半晌道：「既然不能撕破臉，要不主子乾脆將龍胎不穩一事告知皇上，然後閉門歇幾天，好生養養身子，這樣既不得罪了誰，又可以避開慧貴人。」

劉氏一點頭道：「也只能這樣了，待明兒個皇上來看我時，便與他說。」

「其實奴婢一直不明白，主子龍胎不穩一事，為何要瞞著皇上？」說到此處，金姑露出疑惑之色，顯然是不理解劉氏的心思。

「說了又能如何，與舒穆祿氏和皇后撕破臉嗎？還是說讓皇上替我做主？」劉氏嗤笑一聲，搖頭道：「金姑，妳想得太簡單了，只怕我這裡剛說，舒穆祿氏下一刻就會將紅麝串扔掉，到時候查無實據，咱們反倒要落一個誣陷人的罪名。哪怕讓妳現場抓個正著，想必她也已經想過開脫的辦法。這宮裡頭的水可比咱們想的還要深許多，想要平安涉過這渾水，實在太難。」

金姑默然無語，許久方道：「不會有事的，主子一定可以平安生下龍子，然後讓一個個曾經害過您的人付出應有的代價。」

「是，不過這些尚需要慢慢謀劃。」這般說著，劉氏皺眉伸手道：「金姑，扶我去歇會兒，坐了這會兒工夫，小腹又有些墜脹了。」

金姑一邊扶了劉氏一邊道：「奴婢待會兒熱好安胎藥給主子端去。」不等劉氏拒絕，她已道：「不管怎樣，安胎藥終歸有些效果，為了龍胎，主子一定要喝。」

劉氏微微點頭，她剛才不過是置氣之語，事實上比誰都緊張腹中的孩子，所以哪怕只起一點點效果，她也會繼續喝。
扶了劉氏起來後，金姑無意間往椅子看了一眼，發現豆青色的椅墊上有一攤暗紅色的痕跡，臉色頓時大變，趕緊朝劉氏身後看去。果然，在劉氏的裙裾上，同樣有著暗紅色的痕跡，且似乎還在不斷擴大。
劉氏奇怪地問：「金姑，妳在看什麼？」
金姑臉色難看地顫聲道：「主子，您……您見紅了！」
「見紅？」劉氏大驚失色，連忙扯過裙裾看去，果然見到一大片暗紅，手指顫抖地去摸，下一刻，指上盡是刺目的鮮紅。
「快！快讓人去請太醫！」劉氏聲音因為害怕而變調。
金姑慌亂地點頭，扶劉氏坐下後，奔到門口大聲喚著海棠。海棠驚得眼中盡是駭色，不敢怠慢，拚命往太醫院飛奔。
劉氏一把抓住金姑的手腕。「金姑，孩子不會有事的是不是？」
金姑連忙安慰：「是，小阿哥一定不會有事的，主子放心，走慢一些啊，奴婢扶著您！」
「不會有事的！一定不會有事的！」劉氏喃喃地重複，手一直撫著腹部不曾鬆開。只有這樣，她才能確定，那兩個孩子還好端端在自己腹中，沒有離開過。
何太醫來得很快，當金姑掀開劉氏身上的錦被，讓他看沾在衣上的鮮血時，何太醫整張臉白了，顧不得再尋絲帕，手指扣到劉氏腕上，她脈象虛浮得讓人害怕。

第一千零三十二章　龍胎

何太醫驚道：「一日之間，脈象怎會變得這麼差？謙貴人，您之前是不是動過氣？」

劉氏惶恐不安，緊緊盯著何太醫道：「是，剛才曾動過一些……難道是因為這樣才會流血的？」

何太醫嘆道：「唉！微臣與貴人說過許多次，萬萬不可動氣！一旦動氣，後果不堪設想，您怎麼就沒聽進去呢？」

「我……我一直有在聽，可是剛才不過是小小生了些氣罷了，實在不知會這麼嚴重。」劉氏此時已經全然沒主意，見何太醫不說話，她越發心慌。「何太醫，你倒是說話啊，到底怎麼樣了，龍胎……龍胎能保得住嗎？」

金姑亦忍不住道：「何太醫，主子的龍胎一直是你在照顧，你可一定要想辦法助主子保住龍胎啊！」

「是，只要你可以幫我保住龍胎，我答應你以後都不動氣就是了，何太醫，幫我，一定要幫我！」劉氏眼中滿是哀求之色，她怕，真的怕辛苦懷了七個多月的孩子會離自己而去。她失去的不僅僅是孩子，還有觸手可及的榮華富貴。

何太醫為難地道：「微臣自當盡力而為，但是貴人出了那麼多的血，想要保住龍胎，只怕很難，而且只憑微臣一人之力是不夠的。」說罷，他對跟著進來的海棠道：「去將齊太醫他們都請來，另外再讓人帶上艾草過來。」

在海棠準備離去時，金姑忽道：「請完齊太醫後再去一趟鏤月開雲館，將這件事告訴皇上。」

劉氏扯緊了青色的袖子。「何太醫，只要你能替我保下這對孩子，不管你要什麼，我都可以答應你，我劉潤玉這一輩子都會記得你的恩情！」

「微臣知道。」何太醫重重嘆了一口氣。「但是貴人也一定要做好心理準備，若是保不住，便只能催產了。」

「可是我現在連八個月都不到！」見何太醫低頭不說話，劉氏深吸一口氣，強迫自己冷靜下來。「你告訴我，若是催產，有幾成把握？」

何太醫迎著她克制不住恐懼的眼睛，艱難地道：「原本這月分差不多有六成把握，可貴人懷的是雙胎，雙胎出生時就會比一般孩子小，又早產兩個月——」

劉氏打斷他一直不肯正面回答的話，澀聲道：「我只想知道，到底有幾成把握？」

看到她堅持的樣子，何太醫輕嘆一口氣，說出傷人的答案：「三成。」

「三成……」劉氏雖然已經有了心理準備，但聽到這個答案時，還是有些失魂落魄，想不到竟然如此之低。

何太醫知道劉氏一時半會兒很難接受，但亦是沒辦法的事。「貴人現在可有感覺腹痛？」

劉氏仔細感覺了一下，道：「倒是不曾，只是胎動好像比剛才頻繁了一些。」說到此處，她又緊張地道：「是否孩子在腹中覺得不適？」

「不適肯定是會有的，畢竟貴人流了這麼多血，現在最重要的便是止住血，若可以止住，那麼保胎還有希望。只要保過八個月，再行催產，那麼把握便會多上兩分。」何太醫一邊說著一邊從醫箱中取出銀針，讓劉氏平躺在床上，然後自多處要緊的大穴中刺下去。

齊太醫等人很快便到了，知悉劉氏的情況後均是吃驚不已。事關龍胎，他們輪流上前把脈，得出的結論與何太醫一般無二，保住孩子的可能性不大，而催產，希望更是不大。

何太醫施的銀針並沒有取得什麼效果，血依舊在不斷地流著，而劉氏更是漸漸感覺到腹痛，不能再拖下去了。

「燒艾吧，若是連這一招也不管用的話，便只有催產了。」這是齊太醫斟酌許久後所下的結論。

所幸自劉氏懷胎七月後，穩婆便已物色好了，且移宮時為防萬一，將穩婆也帶了過來，否則臨了再去找穩婆，真當是要急死人。

就在太醫準備燒艾的時候，胤禛匆匆到了，隨他一到來的還有凌若。他們越過跪下行禮的宮人，快步來到內室。

劉氏正疼痛難忍之際，看到胤禛過來，頓時流淚不止，伸出蒼白的雙手，泣聲道：「皇上……」

胤禛上前握住她的手，安慰道：「朕在這裡，潤玉不必害怕，一切都會沒事的，朕在這裡陪妳。」

聽他這麼說，劉氏的淚流得越發凶了。「皇上，臣妾真的好怕，好怕會失去這個孩子，臣妾此生最大的願望，便是替皇上開枝散葉，誕下子嗣。若是孩子沒了，臣妾也不想活了。」

胤禛被她說得心酸，連忙擁緊了她道：「別說這樣的傻話，有朕在，妳與孩子都會沒事的。」

「是啊，謙貴人不要太擔心了，那麼多太醫都在，一定可以保住龍胎。」凌若皺眉看著站在一旁的齊太醫道：「到底是怎麼一回事，謙貴人的龍胎不是一向很安穩嗎？」

齊太醫為難地道：「啟稟娘娘，微臣也是剛到不久，具體得問一直替謙貴人保胎的何太醫。」

見他將問題拋過來，何太醫連忙誠惶誠恐地上前道：「啟稟皇上，熹妃娘娘，其實謙貴人的龍胎這段時間並不安穩。」

胤禛劍眉一皺，訝然道：「為何此事朕一直不知道？」

劉氏扯了扯胤禛身上明黃色的袍子，小聲道：「皇上，您別怪何太醫了，是臣妾不讓他說的。」

胤禛頗有些不高興地道：「潤玉，出了這麼大的事為何要瞞著朕？」

劉氏低頭囁囁地道：「皇上每日要忙朝政之事，已經很辛苦了，臣妾不想讓皇上再擔心；再說有太醫在，臣妾總以為只要靜養便會慢慢好起來，豈知會出這麼大的事。」

聽得她這麼說，胤禛又是心疼又是憐惜，連連搖頭，不知該說什麼好。

齊太醫上前道：「皇上，微臣等人現在要替謙貴人燒艾保胎，還請皇上暫時迴避。」

第一千零三十三章　藉機治罪

凌若趁機道：「皇上，您在這裡也幫不了謙貴人，還是去外面等一會兒吧。」

胤禛點點頭，撫慰了劉氏幾句後，與凌若來到外頭等候。在他們出去後，內屋門窗皆被緊關了起來，以免影響燒艾的效果。

等待的時間，每一分、每一秒都極為難熬，胤禛心憂如焚，不斷地踱著步，凌若見狀，上前勸道：「皇上，您別太擔心了，坐下歇會兒吧，之前您已經批了一上午的摺子，連午膳也沒用過。」

「朕沒事。」胤禛不耐地回了一句，繼續在屋中走著，不時看一眼緊閉的內門，眉頭一直皺著不曾鬆開。

凌若聞言，又道：「要不臣妾讓御膳房送些點心過來？」

胤禛腳步一頓，臉色難看地喝斥：「朕都說沒事！熹妃，妳不要再說話了，讓朕安靜一會兒好不好？」

突如其來的喝斥令凌若甚是委屈，卻只是依言應了一聲，然後退到一邊。

胤禛意識到自己剛才的語氣有些過重，走過去扶著凌若的肩膀，歉疚地道：「對不起，若兒，不要怪朕，朕只是太過擔心潤玉與孩子才會這樣。」

「臣妾知道，臣妾也同樣擔心。」

凌若的善解人意令胤禛欣慰，在椅中坐了下來。

看著胤禛緊張擔心的樣子，凌若在心中無聲地嘆息，她不想傷害任何人，可現實總是逼著她去傷害一個又一個的人。

溫如傾可以說是罪有應得，那劉氏與她腹中的孩子呢？哪怕劉氏再有心機，至少她現在不曾害過人，她的孩子更是不曾，可自己卻借惜春之手，在劉氏沐浴的水中下紅花，令她龍胎不穩，如今更是出現早產的跡象，孩子多半難以存活。

這樣深的罪孽，足以讓她在死後下十八層地獄，可現在，她卻不得不這樣做，為了自己，更為了身邊的人。她不想……不想再失去身邊任何一個人。

急促的腳步聲將凌若驚醒，只見那拉氏正快步走進來，身後跟著小寧子。

凌若眸中掠過一絲厲色，低聲對楊海道：「速回萬方安和找三福，讓他按計畫行事。」

那拉氏卸了披風，滿面憂心地走到胤禛身邊。「皇上，臣妾聽說謙貴人出事了，如何，嚴重嗎？」

胤禛用力抹了把臉，道：「潤玉突然出了很多血，有早產的跡象，如今太醫正在裡面為她燒艾，也不知能否保得住。」

那拉氏驚呼一聲，似沒想到事情會這麼嚴重。「皇上您莫要太過擔心了，謙貴人吉人天相，一定不會有事的。」

胤禛點頭不語，時間在靜默中一分一秒地過去，不知過了多久，內門終於開了，傳出劉氏細細的呻吟聲。

胤禛一個箭步衝上去，對正走出來的齊太醫道：「怎麼樣了？」

齊太醫搖頭道：「皇上，謙貴人出血量太大，已經沒辦法止住了，現在只能為她催生。」

「現在催生？」那拉氏驀然一驚道：「可是龍胎還不足八月啊，生下來未必能活。」

齊太醫拱手道：「娘娘說的是，可是若不催生，龍胎便會在母體中窒息，斷沒有生機。」說罷，他看著神色愴然的胤禛道：「皇上，催生是唯一的辦法了。」

聽著不斷響起的呻吟聲，胤禛神色連連變幻，許久之後，他揮揮手，有些無力地道：「朕知道了，去替謙貴人催生吧。」

有了胤禛的允許，齊太醫垂首下去命人煎催產藥，同時將穩婆帶過來。

那拉氏滿腹疑慮地道：「臣妾記得謙貴人的胎一直頗為安穩，怎會突然如此？」

胤禛傷感地道：「事實上潤玉的胎從月前便開始不穩了，但她怕朕擔心，一直瞞著未說。朕也是糊塗，明明看到她近日氣色不好，竟是一點也沒發現。若是這孩子出了什麼事，朕真不知該怎麼辦才好。」

那拉氏聞言，輕嘆了口氣道：「皇上莫要再自責了，這種事誰都不願發生。」頓一頓，她又道：「那太醫可曾說過，龍胎因何不穩？」

這句話提醒了胤禛，他命人將何太醫召出來，問：「朕問你，謙貴人胎象因何會這般不穩，甚至弄到快小產？」

何太醫一張臉滿是苦澀之意，躬身道：「回皇上的話，原本自溫氏一事過後，謙貴人的胎象便漸漸安穩，可月前又急轉直下，微臣怕有人動手腳，所以查遍了謙貴人所用、所食之物，皆未發現問題，這原因……微臣實在說不出。」

那拉氏神色嚴厲地道：「何太醫，你當知龍胎一事關乎國之根本，可你在查不出原因的情況下，還一直隱瞞不報，你可知罪？」

何太醫慌忙下跪。「微臣知罪，請皇上與皇后娘娘恕罪，之所以不報，也是謙貴人的要求。」

「糊塗的東西！」那拉氏喝斥一句，對胤禛道：「皇上，臣妾以為何太醫怠忽職守，隱瞞不報，以至如今謙貴人小產，該當重重治罪！」自知道舒穆祿氏沒利用紅麝串去害劉氏的孩子後，那拉氏便察覺劉氏的脈案有問題，而動手腳的人，不用問，自然是何太醫無疑。敢幫著劉氏騙她，簡直就是膽大妄為，自尋死路！

「皇上饒命，微臣並非故意，而且微臣已經盡全力去保謙貴人的龍胎了！」一聽說要被治罪，何太醫連忙跪地求饒。

第一千零三十四章　惜春

胤禛對何太醫頗為不喜，冷哼一聲後道：「盡力保謙貴人的龍胎是嗎？好，若龍胎安然，朕便恕你的罪；否則朕便要你為龍胎陪葬！」

何太醫跪在地上瑟瑟發抖，心裡不住地祈盼龍胎安然無事，否則自己的小命非得丟在這裡不可，真是伴君如伴虎啊！

此時，惜春進來，手裡拿著一件鑲有銀狐毛的蹙金繁繡牡丹紋披風，神色略有些不安地朝胤禛行了一禮後，走到那拉氏身前，小聲道：「主子，您來得匆忙，忘了披風，奴婢特意給您送來。」

那拉氏不著痕跡地打量她一眼道：「妳糊塗了嗎？本宮來時明明披了披風。」

惜春也看到了小寧子手裡那件挑著壽字的鵝黃色披風，低頭道：「是奴婢糊塗了，請主子恕罪。」在屈膝的時候，一只絹袋掉了下來，絹袋的口子有些鬆，從中掉出一些紅色的東西，細細小小的，不知是什麼。

那拉氏眸光微瞇。她終於知道了惜春的算盤，真是想不到，竟然如此惡毒，若非早有準備，今日真要栽在她手裡！

看到東西掉落，惜春手忙腳亂地去撿，結果卻越弄越亂，到最後整個袋子裡的東西都掉了出來。

尚跪在地上的何太醫看到那些東西神色大變，眸中充滿了濃重的駭色。而胤禛也感覺到不對了，這東西，怎麼這般像……紅花！

胤禛飛快地掃了若無其事的那拉氏一眼，盯著正在將東西弄回絹袋去的惜春。「這是什麼東西？」

惜春身子一顫，戰戰兢兢地道：「回……回皇上的話，是……是……」

凌若目光一閃，輕喝：「惜春，還不趕緊答皇上的話，吞吞吐吐做什麼？」

被她這麼一斥，惜春嚇得掉了手裡的絹袋，慌張地磕頭道：「奴婢該死！」隨後又爬到那拉氏身前，扯著她的衣角哀聲道：「主子，奴婢不是故意的，求您救救奴婢！」

那拉氏在心底冷笑一聲，面上故作不解地道：「惜春，妳這話是何意，妳犯了什麼錯要本宮救妳？」

惜春奇怪，卻顧不得細想，按著原來的計畫，惶惶道：「主子，您……您是想不管奴婢嗎？」

與此同時，凌若自地上撿起一些紅色的東西在手中細細打量，越看神色越是不對，忍不住道：「皇上，這彷彿是紅花。」

雖然諸人已經猜到幾分，但親耳聽到時仍是嚇了一跳，一個個面帶驚駭地盯著惜春以及那拉氏。

身為那拉氏的貼身宮人卻隨身攜帶紅花，而且神色又如此驚慌，當中必然是有不可告人的祕密。再聯想到劉氏這次的小產……

胤禛面色鐵青地盯著惜春，一字一句道：「說，這到底是不是紅花？妳又為何要隨身攜帶？」

惜春好像被嚇壞了，沒有血色的雙唇顫抖著，許久，終於有帶著哭腔的聲音發出：「皇上饒命，奴婢什麼都不知道，一切都是主子吩咐奴婢做的，主子不希望謙貴人腹中的龍胎出世，所以早在月餘前，吩咐奴婢將這紅花煮出來的水混在謙貴人沐浴用的水裡，紅花的藥性便會順著皮膚滲透進去，長久下來，謙貴人的龍胎便會保不住，就像……就像現在這樣。」她竹筒倒豆子一樣，將所有事都說了出來。

「荒謬！」那拉氏氣得渾身發抖，狠狠一掌摑在惜春臉上，怒斥道：「妳好大的膽子，居然敢冤枉本宮，本宮何時說過這樣的話！」

惜春捂著被摑疼的臉頰，涕淚縱橫地哀求：「主子，奴婢一直對您忠心耿耿，您可不能見死不救啊！」

「妳如此冤枉、陷害本宮，居然還敢說忠心耿耿這四個字！」那拉氏氣恨難耐，又是一掌摑在惜春臉上，痛心地道：「本宮到底有什麼地方對不起妳，妳要如此陷害本宮！」

凌若冷眼看了半晌，上前道：「娘娘息怒，惜春是跟在娘娘身邊多年的老人，相信不會對娘娘不忠。」

那拉氏目光一冷，落在凌若身上，緩緩道：「熹妃這意思，就是相信惜春說的話，認為本宮謀害謙貴人的龍胎了？」

凌若一欠身，不卑不亢地道：「臣妾不敢，臣妾只是覺得惜春一個奴婢絕對不敢做這大逆不道、殺身滅族的事。」

那拉氏怒哼一聲，走到一言不發的胤禛面前，話未說，眼圈已經先紅了，屈膝哽咽道：「皇上，您該知道臣妾是一個怎樣的人，當年年氏對臣妾那樣不敬，三阿哥養在臣妾宮裡的時候，臣妾都視若親子、百般呵護，試問臣妾又怎會做這樣殘忍的事情？」

胤禛盯著一臉含冤受屈的那拉氏，神色變幻連連，惜春的話令他起疑，卻並未就此下結論。當初竹筆一事，他冤枉了那拉氏，始終心有內疚，不想再一次冤枉這個跟隨自己多年的元配。良久，他沉聲道：「既然妳不曾害人，那這些紅花又是怎麼一回事？」

那拉氏一臉委屈地說出驚人之語：「回皇上的話，臣妾確實讓惜春將這些東西煮出來的水放到謙貴人沐浴的水中。」

凌若倏然一驚，雙目緊緊盯著那拉氏，沒有人比她更清楚這到底是怎麼一回事。劉氏之所以小產，便是拜紅花所賜，可那拉氏怎麼會如此蠢笨地承認是自己所為？該當極力否認，或將事情悉數推在惜春頭上才是……

胤禛勃然色變，自牙縫中吐出幾個字來：「皇后，真的是妳？」

「請皇上聽臣妾說完。」那拉氏幽幽地望著他，再次道：「臣妾這麼做並不是想害謙貴人的龍胎，恰恰相反，臣妾是要保她龍胎安穩無憂。」

胤禛聽得糊塗，道：「此話怎講？」

那拉氏輕輕嘆了口氣，從地上撿起一些紅色的東西，來到何太醫面前，在命他起身後，將其交到他掌心。「何太醫，這到底是不是紅花。」

第一千零三十五章　藏紅草

在眾人驚疑的目光中，何太醫仔細捻著那些與紅花一般無二的東西，之後更是放到嘴裡咀嚼，片刻後，將嚼爛的東西吐在隨身帕子裡，肅然道：「啟稟皇上、皇后，這——並非紅花。」

「不是紅花？」凌若不敢置信地驚呼，旋即意識到自己有些失態，忙抑住心中的驚意道：「何太醫，這明明就是紅花，皇上跟前，可不容你胡言亂語。」

胤禛緊緊盯著何太醫，明顯在等著他給出答案。至於惜春，已是面無血色，跪在那裡不知如何是好。

何太醫肯定地道：「回熹妃娘娘的話，這東西雖然看著與紅花一般無二，就連微臣剛才乍一看也以為是紅花，但它既沒有紅花獨特的香氣，也沒有苦味，所以微臣敢斷定不是紅花。」

那拉氏接過話道：「這個叫藏紅草，雖然一樣有個紅字，但與紅花效果截然相反，若用此物沐浴，則有溫血安胎之功效。臣妾以前偶然在一本醫書上看到過，當時也未往心裡去，直至無意中聽聞謙貴人龍胎不穩後，方想了起來，命小寧子出宮知會英格，著他尋來這藏紅草。」

淩若心思飛速轉著。惜春會來，還有掉出那只絹袋，都是受她之命，可為何臨到頭，絹袋中的東西變成了藏紅草？

再者，若真如那拉氏所言，草有溫血安胎之效，劉氏怎會突然小產？這根本說不通。

矛盾處令淩若百思不得其解，不過她還是牢牢抓住那拉氏話中的漏洞。「既是如此，娘娘為何不直接與謙貴人說，非要讓惜春偷偷摸摸放到謙貴人沐浴的水中，這似乎有些不合情理。」

那拉氏瞥了她一眼，幽暗的眼眸中有一絲若隱若現的恨意在跳動，然聲音卻是一如之前的溫和委屈：「看樣子熹妃對本宮還有懷疑。熹妃以為本宮不想告訴謙貴人嗎？實在是謙貴人之前受了溫氏之害，猶如驚弓之鳥，根本不敢相信人。聽說本宮派人送去的滋補之物，謙貴人一直都沒用過，可想而知，本宮若與她直說，她肯定會心存疑慮。可是本宮又不忍龍胎受害，無奈之下，只得想出這麼一個法子來。只可惜，本宮用盡辦法，還是沒能讓謙貴人的龍胎轉危為安。」說到此處，她不住搖頭，臉上盡是難過之色。

「不！不是這樣的！」惜春慌亂地搖頭，大叫：「這根本不是什麼藏紅草，就是紅花！謙貴人龍胎不穩，就是因為這些紅花之故。皇后……皇后她說……謙貴人的孩子不能生出來，不能！」說到後面，惜春已是語無倫次，之後更是道：「何太醫這麼說，一定是他與皇后串謀，一定是這樣！」

「夠了，惜春！」那拉氏痛心疾首地道：「究竟本宮哪裡對不起妳，妳要這樣不遺餘力地陷害本宮？現在更說出何太醫與本宮串謀的話來，妳到底是何居心！」

「奴婢沒有，奴婢說的都是實話！」惜春知道自己將那拉氏得罪死了，若那拉氏被定罪，她還會有一線生機，要不然……她害怕得不敢想下去。

「好！」那拉氏失望地轉頭，對胤禛道：「為了證明臣妾的清白，請皇上傳其他太醫驗證！」

胤禛點頭，命人去將齊太醫喚出來。此時，催產藥與穩婆都已經進去了。得了胤禛吩咐後，齊太醫與其他太醫均撿了一些紅色草藥在手中，與剛才的何太醫一樣，先看後聞再嘗，之後一致斷定這不是紅花。

「怎麼會這樣，怎麼會這樣……」惜春失魂落魄地重複著這句話，她怎麼也想不明白，自己每日下在謙貴人沐浴用水中的東西，怎麼就不是紅花了。

凌若心裡同樣是驚濤駭浪，起伏不定，那麼多太醫一道斷定，肯定是不會錯了，那拉氏就算收買人也不可能收買了整個太醫院。只是為何明明已經安排好的事，臨到頭竟出了這樣大的大變故？

藏紅草——這三個字，一下子讓那拉氏由罪變成了功，不論劉氏這個孩子保不保得住，都與那拉氏無關，她不會受到任何牽連，反倒是惜春……

凌若憐憫又著急地看了一眼惜春。事情變成這樣，惜春定然會背上一個誣陷主子、居心叵測的罪名，以那拉氏的心性，一定會置惜春於死地。

惜春之所以這麼做，都是受她所使，雖說這種事早料到會有危險存在，甚至早前三福也與惜春講過，但誰都沒料到竟會變成這樣，那拉氏毫髮無傷……若由著事態發展下去，只怕性命難保。

「怎麼會這樣，朕應該問妳才是！」

胤禛的冷哼如驚雷一般落在惜春耳中，令她整個人都跳了一下，繼而抬起驚慌的臉龐。她不知道能說什麼，只是不住地搖頭，有那麼一瞬間，她想將熹妃與三福供出來，換取自己的平安。

然而當她眼角餘光瞥見門邊的三福，並且從三福眼中看到了擔憂之後，這絲念頭漸漸地淡了下去。

罷了，即便將他們牽扯出來，自己也不會好過，同樣是要死，既如此，又何必臨死之前再害人呢？其實在翡翠死後，她就已經料到了會有這一天，如今不過是提前到來了而已。

若說有什麼不甘，就是沒能替翡翠報仇，沒能讓皇后付出代價，真是……很可惜呢，只是她已經無能為力了。

惜春愴然搖頭，眼淚不住地湧了出來，打溼了蒼白如紙的臉龐，那樣的無助，那樣的悲憐。然落在胤禛眼中，卻令他厭惡與不喜。

「惜春，妳是從潛邸開始就伺候妳家主子的，為何如今要這般陷害於她？」他問。

「為什麼？」惜春吶吶地重複著，突然大聲哭了起來，一邊哭一邊嘶啞地叫：「因為她就是一個惡毒殘忍的人，奴婢從未冤枉過她。相反的，皇上您卻一直被她蒙在鼓裡，她在您面前裝了整整二十多年的端莊賢淑！」

第一千零三十六章 權謀之道

「一派胡言！」惜春發瘋一般的言語令那拉氏微微變色，十指緊扣在掌中，肅然道：「本宮所作所為對得起天地良心，自問從未有一分一毫的缺失。甚至於你們這些做下人的，本宮也體念你們苦處，盡量厚待，為何本宮所做的一切到了妳嘴裡卻成了惡毒殘忍？惜春，妳有什麼不滿，要這般陷本宮於不義！」說到最後，她胸口微微起伏，神色亦是難過不已。

「厚待？」許是因為已經做好了必死的準備，惜春並沒有害怕，反而嗤笑道：「主子，您若是厚待於奴婢們，翡翠為什麼會死，三福又為什麼會寧可挨上五十杖也要去熹妃娘娘身邊？」她問，步步緊逼，意欲將那拉氏逼到死胡同，讓其不能再瞞天過海。

「翡翠是自覺對不起本宮一直的信任這才跳井自盡，與本宮有何關係？至於三福，是怕繼續留在坤寧宮會觸景生情，這才去了熹妃身邊。」那拉氏義正辭嚴地喝斥惜春，無人知曉她袖中的雙手已經捏得指節發白，隱隱傳出「咯咯」聲。

她害怕，害怕惜春將自己做過的事情抖出來，雖然胤禛未必會相信一個奴才的話，但對自己終歸是不利的。她本就失了六宮之權，若胤禛再不待見自己，只怕自己真要當一個有名無實的皇后了。

看到惜春站在那裡孤立無援地指責那拉氏，三福腦海中閃現出翡翠從井裡打撈出來後，溼漉漉沒有一絲生氣的樣子。

那一幕夜夜糾纏於他夢中，從不曾忘記過，他活著，就是為了有朝一日可以替翡翠報仇。

他要那拉氏死！死！這個念頭令三福血氣逆沖上腦，雙目瞬間血紅一片，從那雙眼望出去，一切都已不復存在，只能看到那拉氏，看到這個造成了他一世悲哀的女人！惜春一人的證詞不夠定那拉氏的罪，那再加上他的一定可以！

這般想著，他腳步踏了出去，想要與惜春一道指證那拉氏，然他剛走了一步，便被人用力拉著，耳邊更傳來水秀細微的聲音——

「福公公！不要衝動，就算你去了也對付不了皇后。」

「放開我！」三福此刻根本聽不進這些話，只一門心思想要藉此機會扳倒那拉氏，讓那個女人再也不能像以前一樣高高在上，不拿底下人的性命當回事。

「福公公啊！」見三福跟頭牛一樣的倔強，水秀心急如焚，死死握著他，壓低了聲道：「你真的不能去，你看主子！她也一直在衝你搖頭。」

主子……這兩個字似乎讓三福清醒了一點，視線中出現凌若的身影，她果如水秀說的那樣，暗自搖頭之餘更透出一絲急切之意。

見三福沒有那麼用力地掙脫，水秀趕緊勸道：「福公公，皇后詭計多端，主子設下這樣精密的安排都被她躲過去了，你現在過去，無疑是飛蛾投火，枉送性命，我相信翡翠在天之靈，絕不希望看到你枉死！」

「翡翠……」三福喃喃地重複這兩個字，眸中紅意漸漸退去，取而代之的則是濃濃的悲傷。

「現在的隱忍，是為了將來更好的報復。」水秀鄭而重之地在三福耳邊說道，希望他可以聽進去，不要因仇恨、衝動而送了性命。

片刻後，三福深吸一口氣，道：「我知道了，我不會衝動的。」

那拉氏說完那些話後，惜春激動地叫：「妳身為皇后卻無一句實言，不覺得羞愧嗎？母儀天下？呵！」她搖頭，臉上盡是諷刺的笑容。「也許妳以前端莊賢淑，但現在絕對不是，恰恰相反，妳是整個後宮中最惡毒、最殘忍的女人！」

惜春拋開性命的憂懼，每一字、每一詞皆如箭一樣直戳那拉氏的心臟，不斷挑戰著她忍耐的極限。

那拉氏知道，不能再由著惜春說下去了，否則胤禛早晚會起疑。「妳說本宮惡毒是嗎？那本宮為何要用藏紅草幫謙貴人保住這個胎？如妳所言，用紅花落她的胎豈非更好？」

這句話問得惜春啞口無言，她若是將實話說出來，那拉氏是否有事尚且不知，但凌若與三福是絕對逃不過去的，所以她絕對不能說。

那拉氏知道她在顧忌什麼，在心底冷笑一聲，面上則繼續義正辭嚴地道：「無話可說了是嗎？因為從始至終，一直都是妳故意冤枉本宮，本宮不知妳為何不顧多年的主僕情分百般誣陷本宮，但本宮真的很痛心。惜春啊惜春，妳為何會變成這樣，究竟本宮錯待了妳什麼，讓妳這樣懷恨在心。難道就因為翡翠死後，本宮沒有讓妳坐上翡翠的位置，成為坤寧宮的管事姑姑嗎？可事實上，妳擁有的權力與管事姑姑毫無區別，不過是一個虛名罷了。坤寧宮那麼多宮人皆為妳使喚，連小寧子和孫墨他們都不例外。」

小寧子乖覺得很，一聽這話立時就知道那拉氏心裡的意思，在一旁委屈地道：「是啊，惜春姑姑，向來都是您說往東，奴才絕不敢往西，就算您扣了奴才的月錢，奴才也權當是孝敬您的，沒有一句怨言。您要是心裡對奴才們有什麼不滿，儘管說出來，何必將氣撒到主子身上，虛構出那些虛假的事，陷主子於不義。」

見他在那裡顛倒黑白，惜春氣得說不出話來，好半天才擠出一句：「你胡說，事實根本不是如此！」

相較於惜春的生氣，凌若更多的是忌憚。就在剛才，那拉氏不動聲色地將髒水潑到惜春身上，讓人覺得她是因為沒有成為坤寧宮的管事姑姑，從而懷恨在心，伺機報復那拉氏。

第一千零三十七章　產子

想靠一個奴婢的說詞扳倒那拉氏果然是斷無可能，虧得剛才水秀拉住了三福，否則……

那拉氏一臉正色地對胤禛道：「皇上，臣妾雖自問清白，但惜春之所以會鬧出這些事來，也是因為臣妾沒有管教好她的緣故，臣妾難辭其咎，請皇上治罪。」說罷，她屈膝欲跪，然雙膝尚未及就被一雙手扶住了。耳邊傳來胤禛的聲音——

「是惜春自己做錯了事，與皇后無關。」

這句話正是那拉氏想聽到的，然她依然一臉惶色。「可是臣妾始終是惜春的主子，出了這樣大的事，臣妾怎好置身事外。」

「一樣米養百樣人，惜春自己想偏了，又豈能怪妳。再說坤寧宮那麼多宮人，妳如何能一個個看過來，起來吧。」

「謝皇上。」那拉氏心中一喜，就著胤禛的手站起來時，她抬頭，隱藏在長睫下的眼眸與胤禛落在她臉上的目光交錯而過。

只是極短的時間，甚至連一息也不到，卻令那拉氏心中的喜意一掃而空，甚至隱隱變得有些擔憂。

那拉氏在胤禛眼中捕捉到一絲微小的懷疑與……失望。她不明白，胤禛都已經不相信惜春的話，怎的還會露出那種眼神？難道他並非心口如一？

胤禛目光一轉，落在惜春臉上，怪異的情緒在他眼中閃過，許久後，他抬起頭喚了聲「皇后」。

那拉氏聞言，連忙將心中的思忖拋在一邊，屈膝答應道：「臣妾在。」

隨後，胤禛說出一句誰也意想不到的話來：「惜春是妳的宮人，她犯了錯，理應交由妳處置。」

這句話看似沒有什麼問題，但他身為皇帝，再加上惜春犯的又是誣陷皇后的大逆不道之罪，直接便可以處置了，沒必要多此一舉。

只是，他既然這樣說了，那拉氏自不會回絕，哪怕心中有許多疑問，面上依然一如往常那般答應。

屋裡不斷傳來劉氏痛苦的呻吟，一聲接一聲，將所有人的神經都緊緊牽著。熱水不斷送進去，血水又不斷送出來，如此不知輪換了幾次，直看得諸人神經都有些麻木。

突然，一聲嬰兒的啼哭傳出來，令所有人精神為之一振，至於其中到底是何滋味，就只有各人知曉了。

「生了！」最高興的莫過於胤禛，隨著時間的推移，他對於劉氏可以安然產下龍胎已經越來不抱希望，如今驟然聽到嬰兒的啼哭聲，簡直有如天籟，當即便要推門進去。

凌若趕緊攔住：「皇上，產房乃是血腥之地，您乃是萬乘之尊，不可進去，且稍等片刻，穩婆很快便會將小阿哥抱出來。」

不消多時，穩婆滿面喜色地抱著裹了大紅襁褓的孩子出來，低頭喜悅道：「恭喜皇上，謙貴人生了位小阿哥，母子平安！」

「當真是小阿哥！」胤禛大喜過望，他子嗣單薄，能有一個阿哥自然是千好萬好。

「回皇上的話，正是，只是小阿哥因為早產兩月，身量較一般嬰兒小上一些，不過並無什麼大礙，皇上盡可放心。」穩婆臉上的笑意一直不曾退去，之前她奉命接生時，心裡忐忑不安，唯恐謙貴人生不下這個孩子；或是生下了，謙貴人卻不行了，若是這樣，她這個穩婆輕責活罪，重責死罪，休想討得半點好處。所幸母子平安，什麼事都沒有。

那拉氏走過來笑道：「阿彌陀佛，真是佛祖保佑，皇上這下子可以安心了。」隨後又對穩婆道：「快把小阿哥抱過來給皇上與本宮看看。」

穩婆答應一聲，抱了嬰兒上前。胤禛仔細望去，感覺好小的一個孩子，頭上只有幾根稀稀拉拉的頭髮，不及成人拳頭大的小臉又紅又皺，眼睛緊緊地閉著。

雖然嬰孩並不好看，甚至有些醜，但胤禛還是喜愛不已，更有一種血脈相連的感覺。

只見凌若也正打量著孩子，他笑道：「熹妃，這孩子似乎比弘曆生下來時更小一些。」

凌若回以一個溫柔的笑顏，正要說話，忽的看到嬰孩睜開眼睛，純淨如墨玉的眼睛好奇地看著胤禛，粉嫩的舌頭更是伸出來舔了舔裹住他的襁褓。

「哎，小阿哥，這東西可不能舔。」那拉氏將嬰兒下頷處的襁褓掖了掖，笑道：「皇上，看樣子小阿哥是餓了呢！」

一聽說孩子可能餓了，胤禛忙對四喜道：「快，趕緊去將奶娘帶來。」

胤禛一撫嬰孩嬌嫩的臉頰，將嬰孩交給李穩婆，道：「朕進去看一看潤玉。」

那拉氏接過話道：「臣妾隨皇上一道去看謙貴人。」

胤禛睨了她一眼，並沒有說什麼，只是朝凌若伸出手。

看著那兩隻手交握在一起，那拉氏臉頰有些抽搐，銀牙亦是漸漸咬緊。

正要舉步，金姑快步走了出來，朝胤禛等人快速施了一禮後，焦急地對穩婆道：「李穩婆，妳剛才說待紫河車下來後，我家主子便不會痛了，可一直到現在，我家主子都還在說腹部痛，到底是怎麼一回事？」

一聽這話，李穩婆連連搖頭道：「這不可能，我接生多年，紫河車下來後，產婦都不會有任何痛楚了，頂多只是渾身虛脫無力而已。」

金姑跺一跺腳道：「這關頭難道我還能騙妳不成？趕緊再進去看看，否則出了什麼事，妳可擔待不起。」

這個時候，何太醫小心地抬起頭道：「皇上，微臣有話想說。」

「說。」雖然只有一個字，但胤禛的態度好轉許多，不似之前那般，連吐字都似帶著寒氣。

第一千零三十八章　雙生

何太醫在聽到李穩婆那句「母子平安」後，就知道自己的小命保住了，這才有膽說話，否則哪怕再借他一個膽子也不敢說半個字。

「回皇上的話，微臣替謙貴人請脈的時候，曾發現有雙生的脈象，但因為只出現那麼幾次，所以不敢肯定。謙貴人現在依然腹痛不止，是否因為她真的懷了雙胎，另一個孩子尚在腹中？」

「雙胎？」雖然今天已經聽了許多或喜或憂的事，但這兩個字依然令胤禛的心狠狠跳了一下。若真是雙胎，那他便一下子多了兩個孩子；若是龍鳳雙胎，更是上天降下的祥瑞！自大清入主紫禁城以來，歷經三任皇帝，還從未有一對龍鳳雙胎在紫禁城降生過。

那拉氏也聽到了雙胎二字，不過她的心情與胤禛截然相反，更是煩悶得想要嘔出來。若真讓劉氏生下雙胎，必然會母憑子貴，成為秀女之中的第一，到時候這個原本不起眼的劉潤玉便會成為她的勁敵。

真是可惡，明明已經暗中下紅花令她早產兩月，怎的孩子還可以活下來！

李穩婆不顧胤禛等人在場，輕呼一聲：「哎呀，若真是雙胎，那腹痛便對了。」

那拉氏心情不暢，又見她沒規沒矩地叫嚷，不悅地喝道：「皇上面前，吵嚷什麼，是想掉腦袋嗎？」

胤禛記掛劉氏，沒空計較，揮手道：「行了，趕緊去看謙貴人怎麼樣了，再仔細檢查清楚，究竟是否有雙生兒。」

「奴婢遵旨。」李穩婆起身待要進去，低頭看到尚抱在懷中的嬰孩，為難地道：「皇上，這孩子……」

「交給本宮吧。」說著，凌若伸出手去，手指剛要碰到嬰孩柔軟的襁褓，另一雙手先她一步抱走了嬰孩，卻是那拉氏。

她道：「還是本宮抱著吧，別累著了熹妃。」

嬰孩一直睜著眼，小小的眼睛瞧不見一絲紅塵痕跡，乾淨得就像是張白紙。

隨著那拉氏的身影映入那雙純潔的睛中，嬰孩突然嘴一撇，「哇」的一聲哭了起來。那拉氏一邊拍一邊哄著，想讓他止住哭聲，豈料反而令他越哭越大聲，倒是讓她有些不知怎麼是好。

聽孩子哭得聲嘶力竭，胤禛伸出手道：「來，給朕抱抱。」

說來也怪，那孩子到了胤禛手裡後，立時就不哭了，一雙還帶著淚意的小眼睛在那裡滴溜溜地轉著，說不出的精靈可愛。

看到這頗富戲劇性的一幕，凌若掩嘴笑道：「看樣子，小阿哥還是更喜歡皇上抱著，與皇后娘娘不太投緣呢。」

胤禛微微一笑，頭也不抬地道：「想來是皇后許久不抱孩子，手勢生疏，抱得孩子不舒服了。」

胤禛無意的一句話落在那拉氏耳中，卻像是一根針一樣，刺得耳膜生疼。是啊，自從弘暉死後，她就再也不曾擁有過自己的孩子，自然也無法再全心全意地去抱一個孩子。弘時不過是一個可利用的工具，根本不能與弘暉相提並論。

凌若眸光流轉，似笑非笑地盯著那拉氏道：「其實皇后娘娘最近常抱永琳，應該不至於生疏才是。」

永琳是弘時的孩子，那拉氏曉得凌若在暗諷自己年紀大，已成了祖母。她壓著心裡的嫌惡與惱怒，一捋耳邊的碎髮道：「永琳自有他額娘抱著。說起來，本宮也是難得抱一回，這手勢就像皇上說的，實在是算不得熟練。」

凌若笑笑不再說話，而胤禛只是逗弄著懷中的孩子，不時撫過他皺巴巴的臉龐，眸中盡是慈愛之色。

過了一會兒，劉氏的呻吟比之前又大了一些，斷斷續續地傳出來。如此，一直到黃昏時分，才有一聲隱約的啼哭響起，當李穩婆再次抱著一個襁褓出現時，眾人方才確信，真的又有一個孩子降生了。

胤禛盯著那個紫紅色的襁褓，激動得有些不敢置信。

李穩婆帶著比剛才更濃烈幾分的笑意，屈膝道：「恭喜皇上，謙貴人懷的確實是雙胎，如今又產下一位阿哥，母子平安。」

又是阿哥！雖然不是龍鳳呈祥，卻是一次生下兩位阿哥，同樣是宮中絕無僅有的事。狂喜如驚濤駭浪般一波接一波地襲向胤禛，令他心情久久不能平靜。

那拉氏是第一個反應過來的，臉上帶著由衷的笑容道：「恭喜皇上連得兩位阿哥，福澤之深無人可及。」

在她之後，凌若盈盈一笑，屈膝道：「臣妾也恭喜皇上，想來這一次是上天看到皇上自登基之後一直澤嘉百姓，所以也降下這等深厚的福澤於皇上。」

胤禛深以為然地點頭道：「是，這真是上天降給朕的福澤！」說著，他上前去看李穩婆懷中的孩子。

那個孩子比他剛剛出生不久的哥哥還要小一些，眼睛緊緊閉著，絲毫沒有要睜開的意思，臉色亦有些發青。

胤禛有些疑慮地道：「小阿哥臉色怎麼這樣，是否哪裡不對？」

李穩婆眼底掠過一絲驚慌，面上卻是笑道：「請皇上放心，這樣的情況奴婢曾見過許多，待養一陣子就好了。您瞧，小阿哥天庭飽滿，一看便是貴人之相。」

聽她這麼一說，胤禛頓時放下心來，空出一隻手輕撫了孩子的臉頰，滿心歡喜。「把這個孩子也給朕抱抱。」

李穩婆答應一聲後，小心地將孩子放在胤禛的臂彎中。望著懷中一睡一醒的兩個孩子，胤禛真當是怎麼看都看不夠。「熹妃，妳說這兩個孩子像朕嗎？」

那拉氏搶先道：「兩位小阿哥與皇上簡直就像是一個模子裡刻出來的。」

胤禛瞥了一眼帶著些許討好之意的那拉氏，什麼也沒說，只是將目光轉向凌若，顯然在等她的回答。

第一千零三十九章　討好

凌若未理會不自在的那拉氏，迎著胤禛的目光，輕笑道：「自然是像的，尤其是額頭與眼睛。謙貴人為皇上誕下二位如此聰慧可愛的小阿哥，實在是居功不小。」

聽她說起劉氏，胤禛才想起來還不曾去看過對方，正好這個時候奶娘也到了，便將孩子交給奶娘與穩婆抱著。

叮囑她們抱好兩位小阿哥後，胤禛帶著凌若與那拉氏到裡屋，劉氏正一臉疲憊地躺在床上，看到胤禛他們進來，掙扎著想要起來行禮。

胤禛快走幾步上前按住她，柔聲道：「妳剛生完孩子，躺著就是，無須行禮。」

「多謝皇上。」劉氏柔順地答應一聲，命海棠扶她坐起來，倚在軟墊上。

「潤玉，妳可知這一次妳為朕帶來多大的驚喜？雙生子啊，朕的兒子一下子多了兩個！」胤禛眉飛色舞，言語間滿是喜悅，就像是盈滿的水，正不斷溢出來。

那拉氏順勢接了話道：「謙貴人是沒看到，剛才皇上看到二位阿哥的時候，不知有多高興。除了四阿哥出生那回，本宮可從沒看過皇上這麼高興，妳這次實在是立下大功。說起來，本宮剛才真是嚇得臉都白了，唯恐有意外，幸好妳與二位阿哥得上蒼庇佑，皆安然無事。」

胤禛頭也不回地道：「都是過去的事了，還提它做什麼，如今一切安好就是了。」

「皇上說的是。」那拉氏訕訕地應了一句，目光在凌若臉上一掠而過。

自從惜春一事後，不論那拉氏說什麼、做什麼，胤禛好像都是不喜的，看樣子，惜春那些話還是起了一些效果。呵，當所有信任耗盡之後，那拉氏的末日也就到了。

與此同時，一個念頭在劉氏腦中一閃而過，自己的雙胎難道還比不上熹妃的一個阿哥嗎？

雖她心中頗為不滿，但面上卻是受寵若驚地道：「四阿哥乃是天縱英才，文武全才，皇上自然喜歡，臣妾的兩個孩子如何能與四阿哥相提並論？待他們長大後，能及得上四阿哥十分之一，臣妾便心滿意足了。」

凌若微笑道：「本宮觀二位小阿哥，皆是聰慧之相，相信將來會比弘曆更加出色；再說，他們與弘曆皆為皇上之子，哪裡會差。」

劉氏雖知這些只是場面話，但落在耳中還是頗為受用，當下感激地點頭道：「承娘娘吉言。」

胤禛頷首道：「長大之事還早，如今最重要的就是潤玉妳要養好身子，畢竟早生了兩個多月，又服食催產藥，對身子傷害較尋常臨盆產婦要更大一些。依朕說，妳乾脆便躺兩個月，讓太醫給妳好好調整一下。」

「多謝皇上關懷。」劉氏在床上欠了欠身，期待地問：「皇上，臣妾能否見見兩個孩子，剛才都未能見著。」

「自然可以。」那拉氏吩咐小寧子去外頭傳了李穩婆與奶娘成嬤嬤進來，隨後更是笑道：「兩位小阿哥皆是冰雪可愛，本宮才看了一眼便喜歡上了。」

聽著那拉氏有些刻意討好的言語，凌若在心底冷笑。想來那拉氏也感覺到了胤禛態度的不對，只不過胤禛若心裡真有了懷疑，豈是一、兩句便可以消除的？

如此想著，凌若平靜地笑道：「是啊，只可惜小阿哥與皇后娘娘不太投緣，否則娘娘都捨不得撒手了。」

那拉氏心中暗惱，卻不好當場發作，幸好這時候穩婆與成嬤嬤進來了。兩個孩子還是與之前一樣，一個睜眼，一個閉眼。

「快過去給謙貴人瞧瞧。」胤禛愉悅地命她們兩人將孩子抱到劉氏跟前。

「這便是臣妾的孩子嗎？」劉氏眼中盡是為人母的喜悅，眸光在那兩張小小的臉上徘徊，怎麼也移不開；不過更多的時候，她的眸光是落在閉眼的嬰孩上。

「來，讓我抱抱。」她剛說完，胤禛便阻止她。

「妳現在使不得力，還是別抱了，萬一將孩子摔了可怎生是好，再說將來有的是機會。」

他不說這話尚好，一說完，劉氏的神色立時黯了下來，別過頭，揮手哽咽地對成嬤嬤她們道：「把孩子抱下去，我不想看了。」

她突然的轉變令幾人頗為不解，胤禛連著問她好幾遍，她都不說，最後更說自己累了，想睡一會兒。

「潤玉，到底怎麼了，難道妳不喜歡這兩個孩子嗎？」胤禛疑惑地問著。

劉氏急急地抬起頭道：「自然不是，只是……」只是什麼，她怎麼也不願說下去，只一味推說自己累了。

凌若隱約猜到劉氏心中的想法，眼皮微微跳了一下，面上的笑容比剛才更盛了幾分。「皇上，謙貴人剛生完孩子，身子虛弱，該要好生歇息；再說，小阿哥的奶娘也得趕緊再尋一位，否則只成嬤嬤一人，可供不了二位小阿哥的奶。」

「奶娘趕緊讓人去尋，只要家世清白，身子健康無疾患便可，千萬別讓兩個孩子餓著了。至於朕……」胤禛原想說回去，然在看到劉氏微紅的眼睛時，又有些憐惜，遂道：「朕在這裡再陪一會兒潤玉。」

「是，那臣妾先行告退。」

那拉氏也識相地道：「臣妾亦先回去了，皇上您好生陪陪謙貴人。」

在那拉氏即將走出去的時候，胤禛涼聲道：「皇后記得將惜春帶回去處置。」

第一千零四十章 得償所願

那拉氏腳步一滯，隨即轉過身，恭謹地道：「是，臣妾一定會秉公處置。」

「如此最好。」胤禛不鹹不淡地說了一句，在其走得不見身影後，喚過四喜，附耳吩咐了幾句，四喜一邊聽一邊點頭，隨後快步走出去。

劉氏很想知道胤禛吩咐了什麼，但她明白這不是自己該問的事，所以死死忍住好奇，隻字不提。

待得屋中只剩下他與劉氏兩人，方握著劉氏的手問：「潤玉，為何無端紅了眼？今兒個妳可是最該高興的。」

劉氏聞言當即落下淚來，胤禛剛抹去，便又落下來，就如斷了線的珍珠，一顆接一顆，怎麼也停不住。

胤禛扳過她的臉，強迫她看著自己，加重語氣道：「潤玉，到底是怎麼回事，告訴朕。」

劉氏神色淒然地道：「皇上，您真覺得臣妾應該高興嗎？」

她這個反問，令胤禛愣了好一會兒，繼而道：「妳為朕誕下兩位皇子，為何不應該高興？妳可知自咱們大清入主紫禁城以來，還從未有妃子一胎雙生之事，對於整個皇家來說，都是一樁大喜事。」

劉氏一邊哭泣一邊道：「是，對皇上、對整個皇家來說都是一樁喜事，可唯獨對臣妾來說不是。因為過了今日，臣妾的兩個孩子便要離開臣妾，被送到阿哥所，臣妾連見一面都難，試問臣妾如何高興得起來？臣妾知道這是宮裡的規矩，任誰都不可以壞了，可是只要一想起來，心裡便難受得緊。他們都是從臣妾身上掉下來的肉啊，剛才臨盆的時候，臣妾甚至已經想好，若不能母子平安的話，便捨了臣妾這條命去保他們。」說到後面，她已經是泣不成聲。

按著宮裡的規矩，嬪位以下沒有資格撫養孩子，一旦生下孩子便要送去阿哥所，由那邊的嬤嬤、宮人們照顧。

「莫哭了。」胤禛輕拍著她的背，見她始終哭個不停，不由得搖頭道：「誰說過要把孩子送去阿哥所的？」

劉氏的哭聲戛然而止，抬起滿是淚痕的臉，怔怔地看著胤禛。「皇上您是說，不送臣妾的孩子去阿哥所？」

胤禛一笑，再次撫去她臉上的淚痕，輕言道：「除非是妳自己想要送去。」

劉氏趕緊搖頭，隨後有些狂喜又有些害怕地道：「皇上是說真的嗎？臣妾真的可以親自撫養他們？可是宮規……」

在將她所有淚痕拭盡後，胤禛滿意地收回手道：「瞧瞧，這樣乾乾淨淨的多好，可是不許再哭了。」他一握劉氏的手腕，感慨道：「正如剛才熹妃所說，妳一下子替朕生了兩位皇子，居功不小，剛才又差點連命都沒有了。妳受的苦楚，朕心裡一清二楚，所以朕決定待孩子滿月之後，晉妳為嬪。」

劉氏一下子愣住了，什麼話也不知說，還是胤禛笑道：「怎麼了，高興得連話也不會說了嗎？」

劉氏回過神來，連連搖頭道：「臣妾入宮不久，資歷淺薄，又無德無能，如何敢居嬪位？再說武姊姊陪伴皇上多年，又比臣妾年長，如今也只是一個貴人，臣妾如何敢躍居武姊姊之上，還請皇上收回成命，臣妾萬萬不敢領受。」

胤禛淡然道：「並非年長便可以晉位，武氏雖有些資歷，但其他地方卻是遠遠不及，更不曾為朕誕下一兒半女，這個嬪位……她擔不起。」

「可是——」

劉氏剛說了兩個字便被胤禛打斷。「此事便這麼定了，潤玉妳若再拒絕，朕便讓人將兩個孩子送到阿哥所去。」

「臣妾謝皇上恩典。」

劉氏知道胤禛心意已定，自己再反對也無用，何況……她說了那麼多，為的就是這個嬪位，之所以推辭，不過是做樣子給胤禛看罷了。

胤禛舒緩了眉峰，與她又說了一會兒話後，道：「這麼許久，妳也累了，歇著吧，朕改日再來看妳。」

「臣妾恭送皇上。」

隨著她的話，胤禛走出內室，並不曾看到劉氏漸漸流露的狂喜與得意。

金姑與海棠進來的時候，正好看到劉氏低頭盯著自己微微發抖的雙手。兩人對望一眼，金姑擔憂地道：「主子，您的手在發抖，可是覺得哪裡不舒服？要不要奴婢傳太醫進來。」

「不必了。」劉氏緩緩抬起頭，躊躇滿志地道：「本宮從未有一刻如現在這樣好過。」

聽得劉氏自稱「本宮」，海棠嚇了一大跳，慌張地道：「主子，您不可以這樣自稱的，萬一讓人聽到，便大事不妙了。」

金姑比海棠更沉穩、細心一些，留意到劉氏的神色，小心地猜測：「主子，難道皇上已經……」

「不錯，皇上剛剛已經親口說要晉我為嬪，只待滿月之後，便行冊封禮。」劉氏緊緊捏著雙手，盯著金姑道：「從今往後，我便是這宮裡正正經經的主子了，再沒有人可以小瞧我！」

金姑高興得不得了，趕緊拉了海棠跪下叩頭道：「恭喜主子今日雙喜臨門！」

「是啊，雙喜臨門！咯嘍！」劉氏笑著，雖然身子很累，但心情卻是從未有過的高興。

在命金姑她們起身後，劉氏撫著身上光滑的錦衾，歡愉地道：「今日實在是給了我太多驚喜，僅僅就在不久之前，我還擔心自己會死在這裡。」

金姑忙道：「主子不要胡說，您是有大福的人，往後這樣的話可是千萬不要說了。」

第一千零四十一章　隱瞞

海棠亦在一旁討好地道：「是啊，主子您剛生了兩位阿哥，皇上便迫不及待地封您為嬪，將來還不得封妃、封貴妃啊。到時候，連皇后和熹妃都得看您臉色呢！」

這話令劉氏高興不已。是啊，皇上這樣重視子嗣，待這兩個孩子大一些，又或者以後有出息一些，皇上一定還會再晉她位分的，若真可以讓皇后與熹妃看她臉色，那可真是一大快事。

待得高興過後，金姑臉上不知怎的添了一絲憂色，輕聲道：「主子，奴婢多嘴問一句，小阿哥的事您準備瞞到何時？」

一聽到這句話，劉氏心中的歡喜立時如潮水退去，取而代之的是凝重。思索片刻後，她道：「去將李穩婆叫進來，本宮有話與她說。」她似乎意識到什麼，又道：「在皇上下旨曉諭六宮之前，暫時不要將皇上要晉本宮……呃，要晉我嬪位的事傳出來，以免被有心人拿來作文章。」

在改變自稱時，劉氏覺得萬分不習慣，雖然「本宮」這個稱呼只用了一會兒，但她已經徹底喜歡上這種感覺。

「主子說的是，奴婢記下了。」金姑心裡也是這個想法，是以對劉氏的話極為贊同，出去後不久便將李穩婆帶進來。

李穩婆手裡抱著嬰孩，不待行禮，劉氏已招手道：「過來讓我瞧瞧孩子。」

當那個膚色發青、雙目緊閉的孩子出現在劉氏視線中時，她的目光變得複雜無比，手指顫抖地撫過孩子皺巴巴的臉頰。「妳確定他還活著嗎？」

李穩婆小心地回道：「貴人放心，小阿哥暫時不會有事，否則也不能瞞過皇上與皇后娘娘。」

「既是如此，他為何一直不睜開眼睛？」劉氏手指在孩子的臉頰徘徊，幾次想要去探他的鼻息，臨到頭又縮了回來。

李穩婆瞅了一眼懷中的孩子。「奴婢剛才已經說過了，小阿哥在母體裡先天不足，遠不及早出生的小阿哥那般健康，再加上早產兩月，身子極為虛弱，這般情況下，睜眼勢必會晚一些。但是恕奴婢說句實話，貴人得盡早做心理準備，小阿哥這種情況是很難養活的，也許幾天，也許幾個月就會……」

劉氏痛苦地閉上眼睛，說出李穩婆不敢說下去的話：「夭折是嗎？」

李穩婆陪著小心道：「是。小阿哥膚色帶青，出生時遲遲未哭，之後雖說哭了，但哭聲微弱無力。這樣的孩子奴婢曾經接生過不少，但是活下來的十不足一。」

李穩婆最後那句話，令劉氏在絕望中又生出一絲希望，緊張地道：「這麼說來，還是有活下來的？」

李穩婆嘆著氣道：「回貴人的話，確有活下來的，但據奴婢所知，這些孩子長大後遠不如同齡人，甚至於十幾歲了還不會自己吃飯穿衣，更不會說話。」

海棠輕呼一聲，脫口道：「那豈非與傻子一樣？」

「別亂說話！」金姑狠狠瞪了她一眼，轉頭對劉氏道：「主子別太把這些話當回事，凡事皆有例外。依奴婢看，小阿哥乃是聚福之相，又身分尊貴，有神靈庇佑，一定會沒事的。」

劉氏收回手，閉一閉目，痛苦地道：「金姑，妳不必安慰我，李穩婆接生了那麼多孩子，都沒見著一個例外的，憑甚我的孩子便會是例外？至於神靈庇佑，那更是虛無飄渺的事，皇上膝下死的阿哥還不夠多嗎？」

一胎雙生，不論是她還是李穩婆都知道這將是後宮之中絕無僅有的喜事。若是個女孩，那就是龍鳳呈祥；若是個男孩，那膝下就一下子有了兩位阿哥，為延續皇家香火立下大功，封妃、封嬪指日可待。

可是，任誰都想不到，當孩子生下來時，全身都泛著青色，而且雙目緊閉，沒有任何哭聲，直至李穩婆打了他好幾下屁股，方才響起一聲微弱的哭聲，與之前那個孩子全然不同。

劉氏雖然累得近乎虛脫，但她依然敏銳地意識到孩子有問題。在李穩婆支支吾吾的言語中得知，孩子乃是先天不足之相，即便現在活下來，過一段時間也會夭折，斷然養不大。也就是說，雖然生了兩個孩子，但能活下來的，只有一個。

大喜之事因此蒙上一層陰霾，千辛萬苦生下來的孩子，竟然活不長久，實在是令人痛徹心扉。痛過之後，她開始擔心自己，若如實相告，她為皇家誕下雙生子的功勞必然會受到影響，甚至於晉封也會變得困難，這是她絕不願見的。

為了懷孕，她按著進宮前額娘交給自己的方子，日日服下苦藥，又在床笫上對胤禛百般討好，極力奉迎，好不容易得償所願，可這不過是苦難的開端。

她先是被溫氏在參湯裡下紅參陷害，苦苦忍受著足以令人發瘋的躁熱，之後胎象更是頻頻出現不穩，不到八個月就早產，在鬼門關前轉了一圈後，才生下兩個寄託著她所有希望的孩子，結果卻是這樣，令人一下子從雲端掉到了泥沼。

劉氏在思索許久後，還是決定先隱瞞，至少要等自己封嬪之後再說。

第一千零四十二章　死人

劉氏何嘗不知金姑心裡的想法，事實上她才是最痛苦的，不捨自己拚了性命生下的孩子，更不捨原本應該雙倍給予自己的榮耀。

許久，劉氏盯著李穩婆道：「依妳猜測，我的孩子能活多久？」

李穩婆猶豫地道：「回貴人的話，小阿哥雖說先天不足，極易夭折，但小阿哥身分尊貴，若得珍貴的藥材補身，譬如人參、靈芝等等，也許可以多活一些日子，具體多久，奴婢實在不好說。」

她話音剛落，金姑便喝斥：「妳這穩婆，沒一句實誠話，小阿哥這般小，如何吃得了人參、靈芝！」

李穩婆趕緊替自己叫屈。「奴婢怎敢誆貴人，雖說小阿哥吃不了這些東西，但可以讓奶娘吃，如此奶娘的乳汁中便有了藥性。另外若是人參、靈芝可以配成藥，效果應該會更好一些。」

劉氏微一點頭，示意金姑抱過孩子，然後意味深長地看著李穩婆道：「我吩咐妳的事還記得嗎？」

李穩婆也是個精乖之人，一聽這個，立時會過意來，趕緊道：「貴人放心，奴婢嘴嚴得很，一定會將此事爛在肚中，絕不吐露一個字。」

劉氏眸底掠過一絲隱晦的凶光，頷首道：「牢牢記住這句話，若讓我聽到半句風言風語，定不饒妳。可莫要以為去到宮外，我便奈何不得妳。」

李穩婆誠惶誠恐地跪下道：「奴婢萬萬不敢！」

「不敢就好。」這般說著，劉氏對海棠道：「去取二十兩金子給她，另外再將我平日用來安枕的如意也賞了她。」

金姑嘴脣蠕動了一下，但終是什麼都沒說，看著海棠取來金子。

李穩婆接過沉甸甸的金子與如意時，臉上有難掩的喜色。她這輩子從沒見過那麼多金子，都說皇家連鋪地的磚頭都是金子做的，果然不差。

在李穩婆謝了恩，準備出去時，劉氏喚住她道：「今日妳也算是幫了我一個大忙，我再賞妳一杯千日醉，妳喝完再走吧。」

李穩婆聞言有些惶恐又有些得意。「貴人如此客氣，讓奴婢如何受得起。再說，奴婢不會飲酒，千日醉一下肚，可要當著貴人的面出醜了。」

「這是妳該得的。」劉氏臉上瀰漫著嫣然的笑意。「至於千日醉，不過是一個名字罷了，當不得真。妳儘管放心喝著，我保妳不會有任何醉意。」如此說完，她轉頭道：「海棠，還不去將千日醉倒來。」

「是。」海棠的回答有些遲疑，很快的便取了一杯散發著濃郁香氣的酒。

李穩婆接過杯子後聞了聞，小聲道：「貴人，這酒當真不醉嗎？奴婢怎麼聞著比外頭任何酒都要香。」

劉氏和顏悅色地道：「妳也說了是外頭，宮中御酒豈是外頭那些粗劣的酒可以相提並論的，不只不會醉人，入口還會覺得醇厚香甜，沒有一絲嗆人之意。」

李穩婆端起酒杯輕抿一口，果然沒有絲毫嗆意，還略甜，極為好喝。不知不覺，便將一杯酒都喝光了，臨了還有些意猶未盡的感覺。在將空杯交給海棠時，她討好地道：「貴人說得可真對，奴婢從未喝過這樣好喝的酒。」

劉氏微一點頭。「好了，天色不早了，妳趕緊回去吧，收好那些金子，別讓人瞧見了。」

待李穩婆千恩萬謝地出去後，海棠終於問出憋了半天的問題：「主子，您為何要讓她喝那千日醉？這酒初時香甜可口，可一旦勁頭上來，就算是酒量上好的人，也非得大醉上一天不可，更不要說李穩婆這樣不會喝酒的人。」

劉氏笑笑地沒有說話，倒是金姑輕斥：「主子做事自有主子的道理，妳一個下人碎嘴問什麼。」

「無妨。」劉氏擺手，對海棠道：「妳真的相信她會守住那個祕密嗎？」

海棠好一會兒方如實道：「她既然答應了主子，又收了這麼多好處，自當遵守諾言。」

劉氏瞥了她一眼，轉而問金姑：「那妳呢？相信這樣的市井小人嗎？」

金姑斟酌了一番道：「恕奴婢直言，這種人最喜閒言碎語。她有幸替主子接生二位阿哥，又得了這麼多賞賜，必將此視作自己的風光榮耀，到處與人說起。小阿哥的事，她或許不敢刻意提及，但保不準會說漏了嘴，而百姓又向來對皇家之事感興趣，到時候一傳十、十傳百，只怕會傳得滿城風雨。最可怕的是，這些話一旦傳入皇城，皇上就會知道主子刻意隱瞞小阿哥情況，對主子極為不利。」

劉氏讚許地看了金姑一眼，再次問：「那我問妳，什麼樣的人才可以永遠守住祕密，永不洩漏？」

金姑面露異色，隱隱猜到什麼，帶著幾許顫音道：「是……死人。」

「不錯，是死人。」劉氏拍拍手，漠然道：「正因如此，那個姓李的穩婆絕對不能活在世上。她飲下千日醉，估計會在出園子之後酒性上頭。這時外頭天寒地凍，她又是獨身一人，一旦醉倒，在冰天雪地中躺上兩、三天，妳說她是死是活？」

劉氏的話令她們驚駭不已。萬萬沒想到主子早早動了殺心，且還在不動聲色間布下這麼一個無形的圈套讓李穩婆去死，只怕對方到死都不知道是誰害了自己。

劉氏接過金姑懷中的孩子，溫柔地摟著，口中漫然道：「怎麼一個個都不說話了，覺得我狠毒嗎？」

海棠跳了起來，繼而趕緊低頭道：「奴婢不敢！」

第一千零四十三章　利誘

劉氏頭也不抬地道：「這麼說來，還是覺得我狠毒了，只是不敢說出來而已。」

海棠連忙跪下去，惶恐地道：「奴婢絕無此意，請主子明鑑。」

劉氏嗤笑一聲，什麼也沒說，任由海棠不安地跪著，直至金姑小聲替其求情，方才盯了海棠道：「妳可以認為我狠毒，同樣妳也要清楚，在這宮裡頭，不狠毒是無法生存下去的。妳不害他人，他人卻會費盡心思來害妳。若非如此，我的孩子如何會先天不足！」說到後面，言語間滿是恨意。

金姑道：「主子，既然您已經決意除掉李穩婆，為何還要給她那麼多金子與如意？萬一被人看到了，豈非惹來麻煩？」

劉氏輕拍著一直在睡覺的嬰孩，輕笑道：「我何時賞過她金子與如意了，是她趁著宮人不注意，從長春仙館偷走的，結果走到一半摔跤暈過去，然後被活活凍死。」事關人命，劉氏卻說得輕描淡寫，沒有一絲內疚與不安。「為免有人救了李穩婆，讓她逃過一死，妳晚兩天再去告訴內務府的人。」

金姑會意地點頭。「奴婢知道了，主子英明！」

抱了孩子這麼會兒工夫，劉氏雙手有些發痠，將嬰孩交還給金姑後，道：「等會兒妳去見見何太醫，讓他配大補之藥給奶娘服用，不許與奶娘說實話，就說是用來調理小阿哥身子的藥。總之在我行封嬪禮之前，絕對不許這個孩子出事。」

何太醫替劉氏篡改脈案後，就已被拉上了船，所以劉氏完全不擔心何太醫會出賣自己，除非他不想活了。

劉氏又想起一事，問：「我提前兩月早產，皇上怎麼說，可有起疑？」剛才時間不多，再加上她又惦念著晉封，就忘了問胤禛。

金姑已經從別人口中得知，當即細細說給劉氏聽。劉氏連連蹙眉，顯然對於近乎戲劇性的轉折頗為疑惑。「照此說來，我小產的事與皇后無關了？」

「確是如此，皇后甚至還在主子沐浴的水中加了藏紅草，用來替主子保胎。」

海棠話音剛落，劉氏便譏諷地笑了起來。

「妳說皇后害我，我一點都不會疑心，可妳說她要幫我，那簡直就是滑天下之大稽！」

金姑小聲道：「惜春怎麼說也是皇后身邊的人，她沒理由與自己主子過不去，更不要說還冒著性命之憂，這一點奴婢始終想不通。」

劉氏手指輕輕敲著床榻，思慮半晌道：「話說回來，檢查了那麼多東西，卻從未想過檢查沐浴用水，若裡面真被放了紅花，那我早產的事就說得通了。」
海棠不解地道：「可太醫明明說了，那個不是紅花啊。」
劉氏睨了她一眼道：「惜春身上的不是紅花，不代表真的沒有紅花，凡事不可看表面，更不能人云亦云，得自己好好動腦子。」劉氏幾乎可以肯定自己早產是因為有人在沐浴用的水裡下了紅花，不過是何人所下還有待斟酌。
皇后無疑是最可疑的，但如果真是她，又是怎麼將墮胎的紅花變成了安胎的藏紅草？若能想通這一點，那麼所有謎團都迎刃而解。
那拉氏在回到方壺勝境後，揮退宮人，只留小寧子與惜春兩人在屋中。屋裡燒著地龍，雖是嚴冬卻溫暖如春，感覺不到一絲寒意。小寧子扶著那拉氏在正中坐下後，走下來用力一掌摑在惜春臉上，尖聲喝道：「妳居然敢背叛主子，實在罪該萬死！」
惜春被他打得頭偏向了一邊，卻咬著牙一聲不吭，小寧子更加不悅，抬手要再次摑去，耳邊響起那拉氏的聲音——
「誰許你打她的？」
小寧子趕緊轉過身討好地道：「奴才只是想替主子教訓這狼心狗肺的奴才。」
「多事！」那拉氏輕斥一句，低頭看著掌中的暖手爐，護甲在手爐上劃過，在刺耳的聲音中，手爐表面多了幾道深深的劃痕。與此同時，那拉氏的聲音再次響起：「惜春，妳很有本事也很有能耐，連本宮都忍不住佩服妳。」

「妳不必惺惺作態，想殺便殺吧，左右我也沒想過還能活。」惜春抬起頭，那雙眼裡盈滿了害怕，但她並沒有求饒，不是不想活，而是曉得以那拉氏的性子，不論怎麼求饒，她都不會放過自己的。

那拉氏盯著她半晌，忽的拍起手來，脣邊更是逸出一絲笑容。「好，有膽色，連死都不怕。惜春，妳可真是讓本宮刮目相看！」她起身走到惜春身前，在四目相望中，抬手將惜春散落在頰邊的碎髮捋到耳後，輕言道：「只要妳肯告訴本宮是誰指使妳陷害本宮，本宮就饒過妳一條性命，甚至還可以放妳出宮，讓妳去過逍遙自在的日子。」

惜春懷疑地盯著她道：「妳會這麼好心？」

見惜春動心，那拉氏臉上浮起一縷笑意，手上的動作越發溫柔，護甲在惜春不再年輕的臉上撫過。「本宮雖然有時候狠厲一些，但妳終歸跟在本宮身邊多年，本宮也不想趕盡殺絕。瞧瞧，這臉都被打紅了，待會兒趕緊去敷藥，否則晚上非得腫起來不可。小寧子也真是的，都在一個宮裡做事，怎可下這麼重的手。」

小寧子在一旁滿心委屈，不明白主子為何要待惜春這麼客氣，就算是想問到幕後主使者，也該嚴刑逼供才是。

「如何，想好了嗎？」那拉氏的聲音溫柔如池中春水。

第一千零四十四章　出人意料

「想好了！」

那拉氏心中一喜，然下一刻，惜春霍地張嘴，一口唾在那拉氏臉上——

「妳休想從我口中得到一個字！」

不論是皇宮還是民間，唾面都是奇恥大辱，惜春身為奴婢，竟然敢對當朝皇后這樣做，簡直就是自尋死路！

那拉氏沒想到這個答案，臉色瞬間鐵青，盯著惜春的目光簡直就像是要吃人。

「妳……妳大膽！」小寧子被嚇得面色蒼白，連聲音也變了，抬手想要替那拉氏拭去面上的唾液，卻被一掌揮開，手足無措地站在那裡，沒了慣常的機靈。

「妳真有膽！」森寒的聲音自那拉氏口中響起，抬手拭去面上令人噁心無比的唾液。不論是說話還是拭臉，她的目光都不曾離開過惜春，饒是惜春已經將生死置之度外，面對她猶如毒蛇猛獸的目光還是想要退縮。

「本宮自出生到現在，整整四十五年，還從未有人這樣羞辱過本宮，妳是第一個！」她每說一個字，屋中的溫度便似降了一分，待到後面，已是冰寒無比。

小寧子忍不住想打寒顫，又怕惹惱了那拉氏，生生止住。

「是，我是羞辱了妳，那妳呢，妳可有一刻將我們當成人看待？」惜春激憤地道：「翡翠跟三福伺候了妳那麼久，結果呢？僅僅因為他們喜歡彼此，妳就害死了翡翠，打殘了三福！妳這樣狠毒薄情，以為我還會相信妳的話嗎？只怕我剛說完，妳便要我的命！」

向來自持的那拉氏，胸口不住地起伏著，顯然是恨到了極處。小寧子小心翼翼地上前一步勸道：「主子您千萬別氣壞身子，這種賤奴直接拖下去杖斃就是了。」

那拉氏瞪了他一眼，神色不善地道：「本宮有讓你說話嗎？」

小寧子噤若寒蟬地低下頭，而那拉氏在喝斥過後，再次盯著惜春，冷聲道：「這麼說來，妳是準備護著身後那個人了？」

「是，我說過，妳休想從我口中得到一個字。我知道妳手段多，可是我絕不會屈服於妳。」說罷，惜春又道：「我只恨剛才沒能揭發妳！」

那拉氏忽的笑了起來，彷彿忘記了剛才的唾面之恥，好一會她停下笑聲，抬手再次撫上惜春的臉，這一次不像之前那麼溫柔，護甲在惜春臉上留下數條紅印子。

「是不是很奇怪為什麼紅花會變成藏紅草？」

惜春沒有答話，但這一點確實是她無法解開的疑惑。臉上的痛意越來越明顯，到最後傳來一陣劇痛，緊接著一股溫意從那裡流下來，她低頭看去，竟是鮮血。

小寧子看到那拉氏的護甲生生戳進惜春的皮膚裡，也忍不住有些膽顫心驚。然那拉氏卻是無比痛快，收回手，盯著護甲尖上的殷紅，吃吃笑道：「實話與妳說吧，從妳跟本宮提議在劉氏沐浴的水中下紅花開始，本宮就懷疑上妳了。妳是什麼性子，本宮比妳更清楚，膽小怕事，得過且過，這樣的一個人，怎麼會突然變得這麼殷勤，還想出這麼巧妙的法子？所以本宮一直讓小寧子盯著妳，雖然沒瞧出什麼端倪，但為防萬一，本宮還是將妳所用的紅花全部偷偷換掉，變成了有反效果的藏紅草。所以這一個月來妳下在劉氏水中的，根本就不是紅花。」

聽到那拉氏的話，惜春慶幸自上次之後，三福一直不曾來找自己，否則一定會被那拉氏發現的。「既是這樣，為何謙貴人還是早產了？」

「雖然本宮疑妳，但本宮也不得不承認，妳的法子很隱蔽也很有效，本宮怎麼捨得棄之不用呢？所以小寧子還是會去將用紅花煮出來的水倒在劉氏的水中。」

惜春沒有想到真相會是這樣，愣了好一會兒後，忽然詭異地笑了起來。「妳費盡心機，想要令謙貴人小產，結果她雖然早產，卻依然平安地生下兩位小阿哥，實在是可笑得緊！」

「賤人！」她的一再挑釁，終於令那拉氏失去冷靜，狠狠一掌摑在她臉上，恰好打在傷口處，讓手上沾滿了血。那拉氏猶不解恨，又摑了幾掌才收回手。

惜春默默地忍受著，她曉得那拉氏不會放過自己，更曉得現在的痛不過是小事，後面還會有更多的折磨。

「說！到底是誰指使妳，是不是熹妃？」慣常的雍容自那拉氏臉上褪去，取而代之的是痛恨、憤怒，還有……害怕。

任那拉氏怎麼問，惜春始終一聲不吭，那拉氏被氣得渾身發抖，指著滿臉血汙的她說不出一個字來。

「主子息怒！」小寧子湊上來勸著。「恕奴才直言，惜春冥頑不靈，若不動大刑，她是絕對不會招的。」

那拉氏深吸一口氣，顫抖著用繡著芍藥花樣的絹帕拭去手上的血汙，隨後一扔帕子，回到椅中坐下。在平復了一番心情後，她說出令小寧子萬分驚詫的話：「給惜春擦把臉，然後將她趕出圓明園。」

不提小寧子，連惜春也不敢相信自己的耳朵。她背叛那拉氏在先，羞辱其在後，這兩樣罪加起來，就是將她五馬分屍都不奇怪，可現在那拉氏居然讓小寧子將自己趕出圓明園？小寧子第一個感覺就是那拉氏氣昏了頭，趕緊提醒：「主子，惜春犯了數條大罪，您可不能這樣輕饒了她！」

這一刻，那拉氏令人膽寒的目光掃過來，語氣冷若冰霜：「究竟本宮是主子，還是你是主子？」

過於反常的態度令小寧子摸不著頭腦，不過那拉氏心情如何，他還是聽得出來的，趕緊低了頭道：「奴才該死！」

第一千零四十五章　遣出園子

那拉氏冷哼一聲：「那還不趕緊照本宮的吩咐去做，帶她出園。」

「嗻！」小寧子不敢多言，扯了尚在發愣的惜春出去。

在讓惜春洗淨臉後，他帶其來到園門前，守在那裡的侍衛認得小寧子是皇后跟前的紅人，討好地道：「寧公公，您怎麼有空來這裡？」

小寧子沒好氣地道：「咱家奉皇后之命，遣這個犯了錯的宮女出園，你們趕緊開門。」

其中一個侍衛覺得惜春有些眼熟，訝然道：「咦，這不是惜春姑姑嗎？」

長春仙館的事還沒有傳開，侍衛自然不曉得個中緣由，而小寧子正憋著一肚子怨氣，不願細說，將那拉氏抬出來道：「你們若有問題，直接去問皇后娘娘，咱家不過是奉命行事！」

那侍衛也是個懂事的，一聽這話便知道小寧子心情不好，趕緊扯過話頭道：

「寧公公說笑了，我不過是順嘴一問，這就給您開門去。」

說著，他與其他幾個侍衛合力將厚重的園門推開，直至望見園外空曠未經雕琢的景色，惜春才敢相信自己真的從那拉氏手中撿回一條命。可為何她覺得這麼不真實，難道說那拉氏轉了性子？

這個念頭剛出現便被她否認了，都說江山易改，本性難移，那拉氏怎麼可能突然改了陰狠毒辣的性子，變得大慈大悲，其中定有陰謀。

不過一直到惜春跨出大門，身後都沒有任何動靜，之後侍衛更是直接關閉園門，將她隔絕在皇家園林之外。

惜春轉過身，愣愣地看著緊閉的園門，隨後用力掐了一下自己，手臂的劇痛讓她確信自己還活著。

很快的，她便被瘋湧而來的喜悅包圍。雖說之前已經做好了必死的準備，但能活著無疑更好，而且她自由了，再不用受他人擺布，更不用成日提心吊膽，唯恐隨時會丟了性命。

這樣的喜悅令惜春忘記了擔心與害怕，此時此刻，她只想遠離圓明園，遠離爾虞我詐的深宮，遠離陰狠毒辣的主子。以後，她只是惜春，僅此而已。

小寧子回去覆命之後，四喜來到園門前，對那幾個侍衛道：「剛才離園的人是誰啊？」

侍衛恭敬地道：「回喜公公的話，是皇后娘娘身邊的惜春，不曉得是犯了什麼錯，被皇后娘娘遣出了園子。」

四喜目光一閃，道：「就只是趕出園子嗎？沒別的吩咐？」

「是，剛才寧公公是這麼說的，小的也問過他，不過寧公公不願多說，小的也不好多問。」侍衛有些奇怪地道：「喜公公您怎麼來了，可是要出去？」

「沒有，咱家不過是正好經過，遠遠看到有人出園子，有些好奇，所以來問問。」隨口答了一句後，四喜便藉故離去。

他一回到鏤月開雲館，蘇培盛便走過來小聲道：「剛才皇上吩咐了，你一回來便立刻去見他。四喜，皇上讓你去做什麼了？」

四喜在他耳邊悄悄說了一句，蘇培盛面色為之一變，低低驚呼：「讓你跟著皇后娘娘，難道皇上他懷疑……」

「誰曉得呢。好了，我先進去了，晚些再與你說。」這般說著，四喜推門進去，胤禛高坐於椅中，手裡拿著一朱筆，卻不曾批改摺子，倒像是有些走神。

「皇上。」

胤禛回過神來，正了神色道：「怎麼樣了？皇后是怎麼處置惜春的？」

四喜如實道：「回皇上的話，皇后娘娘剛剛遣惜春離開園子了。」

胤禛極為意外，好一會兒方道：「只是如此嗎？沒有其他的處置了？」

四喜小心地回道：「是，奴才問過看門的侍衛，確是惜春無疑。」

難道真是自己疑錯了皇后？胤禛眉頭緊緊皺了起來。之前惜春在長春仙館說那些話的時候，他並非全然不信，只是皇后畢竟與自己結髮多年，又曾經錯疑過她一次，不願再貿然相信奴婢之言而壞了彼此的感情；但既然有了疑慮，勢必要弄清楚，所以他才將惜春交給皇后處置。

若皇后折磨甚至殺了惜春，那麼便證明惜春的話並非全然虛假，可偏偏皇后卻大度地放了惜春，一點都沒有追究的意思。

這樣大度，倒是符合皇后一貫的性子……看樣子，確是惜春心懷不滿，故意誣陷皇后。

四喜等了一陣子，始終沒見胤禛說話，小心地道：「皇上可還有別的吩咐？」

胤禛本欲讓他下去，想一想改而道：「朕要去看熹妃，你隨著一道去吧。」

「嗻！」四喜答應一聲，趕緊取來明黃繡雲龍披風覆在胤禛身上，跟著他一道往萬方安和而去。

他們並不曉得，有幾個人正遠遠地看著，一直到他們走遠方才收回目光。

「走吧。」那拉氏淡淡地說了一聲，扶著小寧子的手往相反方向走去。

天上忽的飄起小雪，小寧子見狀，趕緊從後面的宮人手中取過傘，不等他打開，那拉氏便道：「不用撐了，就這樣走著吧。」

「主子乃是萬金之軀，若是受涼如何使得，再說從這裡到方壺勝境還有很長一段路呢。」小寧子一邊說一邊瞅那拉氏的臉色，見她沒有太過反對之意，便撐開了精巧的傘，將之撐在那拉氏頂上。

「方壺勝境……呵！」那拉氏忽的笑了起來，一邊笑一邊搖頭。「小寧子，你說方壺勝境好嗎？」

「皇上一向愛重主子，方壺勝境又是皇上專門指給主子住的，當然是好得不能再好。奴才以前在村裡聽到過，說方壺、瀛洲、蓬萊三山乃是神仙住的地方。」小寧子有些摸不準那拉氏這麼問的意思。

他剛才遣了惜春出去後準備回去覆命，卻在不遠處看到那拉氏，之後那拉氏更是一言不發地帶著他來到鏤月開雲館附近。

第一千零四十六章　不放過

「神仙……」那拉氏笑著搖頭。「你只看到這些，卻不曾注意方壺勝境與鏤月開雲館的距離，若皇上真愛重本宮，又怎會讓本宮住得那麼遠呢。皇上的心早就被鈕祜祿氏還有劉氏她們占滿了。本宮又年老色衰，皇上自是離得越來越遠。」

小寧子討好地道：「主子貌美無雙，望之猶如二十許人，哪有半分色衰。」

「你不必哄本宮，事實怎樣，本宮清楚得很。你且看著，這一次劉氏一胎雙生，誕下兩個阿哥，皇上一定會晉她的位分。」那拉氏的語氣頓時沉了下去。

小寧子扶著她，小聲道：「不管她怎麼晉，在主子面前都得行禮問安，若有半分不敬，主子大可治她的罪。」

那拉氏伸手至傘外，小小的雪花落在掌心上，帶起冰涼的感覺。「是不是很奇怪本宮為何要放了惜春？」

聽得她將話題轉到此處，小寧子精神一振，仔細著道：「不敢隱瞞主子，奴才確有幾分奇怪，惜春所犯的罪，縱是死十次、百次都是輕的。」

那拉氏收回手，慢慢握緊。「是啊，本宮也恨不得將她千刀萬剮，可是本宮不可以這麼做。」

小寧子聽得一頭霧水。「奴才不明白主子的意思。」

那拉氏冷笑一聲，道：「你以為皇上為何要將惜春交給本宮處置？」

「自然是因為皇上愛重主子。」想也不想地說完後，他看到那拉氏臉上諷刺之意越發濃重，小聲道：「難道奴才說得不對？」

「自然不對。恰恰相反，他是要藉此試探本宮，看惜春的話到底有幾分真實。若本宮處死了惜春，只怕大難很快會降臨到本宮頭上。」

小寧子悚然一驚，脫口道：「主子是說皇上懷疑主子？」

那拉氏的眸光猶如千年不化的寒冰，令人打從心底害怕。「不錯，所以哪怕本宮再恨、再不願，也只能將惜春遣出宮去，以此來平息皇上心裡的懷疑。」

小寧子出了一身冷汗。虧得主子沒殺惜春，否則龍顏震怒，後果不堪設想。主子會怎樣暫且不說，自己肯定是討不得任何好處，說不定連小命都沒了。

這個時候，那拉氏忽的又說了一句：「不過惜春這個人，本宮一定要殺！」

小寧子也覺得留著惜春是一個禍患。「可是她已經出園了，咱們無法再動手。」

「誰說過本宮要親自動手了？」那拉氏輕飄飄地說了一句。「你忘了本宮的弟弟了嗎？」

小寧子恍然道：「對啊，讓英格大人動手，奴才怎麼沒想到呢？還是主子英明！事不宜遲，奴才這就出園子去告訴英格大人。」

那拉氏擺手道：「不急，明日再去，否則容易惹人疑心。以本宮現在這個處境，是斷然不能再惹任何麻煩上身的。」

「是。」這般應了一句，小寧子又有些不放心地道：「奴才只怕惜春趁機躲起來，無法找到。」

那拉氏肯定地道：「英格手下那些暗衛不是吃素的，再說惜春尚有家人在京城，她一定會回去。」

小寧子這才放下心來，趁機討好道：「主子神機妙算，實在是令奴才佩服，惜春這次肯定難逃一死！」

「本宮只恨不能親手殺了她！」雖然知道惜春一定會死，但那拉氏還是餘恨難消，道：「明日見到英格，告訴他，本宮要惜春受盡所有折磨後再死！」

「奴才知道！」小寧子低頭答應，眉眼間隱隱有興奮之意。

胤禛在來到萬方安和時，正好看到凌若站在臨水的長廊上賞雪。望見他來，她頗為驚訝。「皇上不是在長春仙館陪謙貴人嗎？怎的過來了？」

「朕在那裡，潤玉不好休息，再說……」胤禛笑著將披風解下，覆在凌若身上。「朕更想見妳。」

凌若撫著帶有胤禛體溫的披風，輕笑道：「臣妾還以為皇上見了二位小阿哥，就想不起臣妾了呢！」

「妳永遠是朕心裡獨一無二的那一個。」

胤禛的回答簡短而肯定，似一道暖流淌過凌若心底。

撫著漢白玉欄杆，胤禛感嘆道：「不過話說回來，潤玉可以一胎雙生，實在是令朕大為意外，宮裡已經許久沒有這樣開心的事了。」

凌若婉聲道：「是啊，臣妾剛才就與水秀在說，等二位阿哥滿月的時候，定要好好地熱鬧一番。話說回來，皇上可有替二位阿哥取好名字了？」

「尚不曾，待過兩日，朕便讓禮部擬名上來。另外，朕打算晉潤玉為謙嬪，晉封禮也一併放在滿月那日吧。」

凌若知道劉氏一胎生下兩位阿哥，胤禛勢必會晉她的位分，卻沒想到會晉得這麼快。她這般想著，面上的笑容卻是滴水不漏。「那可真是恭喜謙嬪妹妹了。皇上放心，臣妾一定會將事情辦得熱熱鬧鬧，不失了謙嬪妹妹的顏面。」

「朕知道妳辦事一向仔細。」胤禛笑著拉起凌若的手，與她一道進到屋中說話，一直留到黃昏時分方才離去。

在胤禛離去後，凌若臉上的笑容慢慢淡了下去，喃喃道：「謙嬪……劉氏終於是等到這一天了。」

水月在一旁不忿地道：「她命可真好，早產兩個月，竟然一點事情都沒有，而且還是一胎雙生，往後她可是要得意了。」

「什麼她不她的，得叫謙貴人，否則讓人聽見，可有得妳苦頭吃了。」水秀糾正她的話後，對凌若道：「主子，謙貴人那邊，咱們現在該怎麼辦？」

「是啊，您曾說過她是一個心計深沉之人，如今生下兩位阿哥，又即將晉為嬪，要對付起來更難了。」水月滿腹憂心。「還有惜春那邊也不知道會怎樣。」

第一千零四十七章　勢力

凌若尚未說話，楊海已是推門進來，打了個千兒道：「啟稟主子，奴才探得消息，皇后已將惜春遣離園子。」

水秀與水月吃驚地對望一眼，均不敢相信一向心狠手辣的皇后這一次竟然放過惜春，僅是趕出園子便了事。

相較之下，凌若顯得平靜許多，撫衣問：「這是什麼時候的事？」

「有一陣子了，因為剛才皇上在，奴才不敢進來回話。」楊海如實回答，又頗為奇怪地道：「按理說，皇后已經知道惜春背叛她，為何還要放她出園？依著皇后的性子，應該殺了惜春出氣才是。」

「這便是皇后的高明之處，殺了惜春固然可解心頭之恨，但最終卻會得不償失。」

楊海等人面面相覷，不解她話裡的意思。

凌若徐徐道：「惜春之前的那些話，雖然不足以將皇后扳倒，卻令皇上生疑，不然在長春仙館，皇上不會如此冷淡。惜春犯的罪，往大了說，就算死也是輕的。皇上之所以讓皇后處置，就是想看她的性子，究竟是真溫良還是假溫良。」

楊海明白凌若的意思。「主子是說，皇后猜到皇上在試她，所以不殺惜春？」

「不錯。」凌若起身慢慢踱到窗邊，窗門推開，一股冷風捲著雪花吹了進來，吹得盆中的炭火一明一暗。

外頭的天色漸漸黑了，園中各處皆點上宮燈，映在水中星星點點。

「皇后真是沉得住氣，若換了本宮，未必可以冷靜到那一步。想必在皇上來此之前，就已經知道了惜春出園的消息，所以皇上心情頗為不錯。」

水月恨聲道：「每次都讓皇后僥倖過關，老天真是無眼。」

「天若有情天亦老，蒼天本就是無眼的。」凌若輕嘆一聲，在關窗時不慎被窗櫺上的一根木刺刺到手指，下一刻，殷紅的血珠出現在白皙的指尖上。

「呀！主子流血了，快去拿藥膏來。」水秀趕緊讓水月下去拿藥。

「不過是刺了一下手指罷了，不用大驚小怪。」

凌若忽的想起另一件事，神色頓時變得凝重無比。「楊海，你趕緊去將三福叫進來，本宮有事問他。」

見凌若神色不對，楊海不敢多問，連忙依言下去，不多時帶了三福進來。

在施過禮後，三福問：「不知主子尋奴才所為何事？」

凌若將惜春一事細細說了，隨後道：「皇后是一個睚眥必報的人，雖這一次迫於取信皇上而放了惜春，但她絕不會善罷干休，一定會想方設法地要了惜春的命，以解心頭之恨。」

三福頗為贊同，隨後道：「主子是說皇后會在宮外下手？」

凌若微瞇了寒光四射的眼眸，頷首道：「不錯，就像當初皇后派人追殺本宮一樣，趕盡殺絕。」

水月不解地道：「真是奇怪，皇后久居深宮，怎麼可以控制宮外之事？」

三福平靜地道：「沒什麼好奇怪的，皇后雖然不便處理宮外的事，但自然有人替她處理，譬如英格大人。」

凌若想了想道：「三福，你跟在皇后身邊那麼多年，對英格了解有多少？」

「回主子的話，英格大人是一個極有能力之人，自費揚古大人因病不能再理事後，國公府的事就皆由英格大人處理。之前雖然有年家壓抑，但國公府依然游刃有餘，他的能力便可見一斑了，如今更是一枝獨秀。」

「不過英格大人不同於年羹堯，皇后也不同於年氏，雖然勢力龐大，卻曉得不可越過皇上的底線，更不可張揚無忌，一直頗為低調，否則就算費揚古大人曾經立下不世戰功，皇上也不會封他一個鎮國公的爵位。事實上，如今的鎮國公府在朝中的勢力遠勝於昔日的年氏。」

三福一口氣說了許多，也讓凌若對英格及其背後的勢力有了一個簡單認識。

「據奴才所知，英格大人府上養著一群死士，曾經追殺主子的，應該就是這些死士了。他們自打被收養開始，便被灌輸著效忠那拉氏一家的思想，而且擅長暗殺，當日主子可以在他們手下逃過性命，實在是一大幸事。」

凌若輕吁一口氣，露出忌憚之色。

「論家族勢力，本宮確實遠遠不及皇后。」

榮祿與榮祥雖然表現出色，深得胤禛信任，但畢竟勢單力薄，又有那拉氏一族在暗中壓制，並不曾掌實權；榮祥因戰功升任為參將後，至今再無寸進。

「主子不必妄自菲薄，皇后一族經營數代，方才有今日的繁盛。主子才出頭那麼幾年，中途又出過許多的事；另外，若將另一人算進來，主子未必就輸給皇后許多。」說到此處，三福露出狡黠的笑容。

另一人？凌若一時不解其意，好一會兒才反應過來。

「你是說李衛？」

「是，李大人如今乃是浙江總督，官居一品；最重要的是，他深得皇上信任，皇上一直視他為左膀右臂，有他幫襯主子，形勢會好上許多。唯一的不方便就是李大人身為封疆大吏，不在京城。」說到最後一句時，三福有些可惜。

「這也是沒辦法的事，一切都得看皇上意思。總不好讓李衛為了本宮，而向皇上要求調回京城，若是因此惹皇上不喜，本宮豈非害了他。」凌若一邊說一邊搖頭道：「此事不要再提了。」

「是。」三福應了一聲後又道：「主子可是想救惜春？」

凌若低頭拭去指尖的血，嘆道：「不錯，惜春之所以會招來殺身之禍，皆因本宮而起，若非為了幫本宮，她現在還好好的。雖然本宮知道手上已經沾滿無數鮮血，但總是不想要再沾得更多。」說到此處，她嗤笑道：「三福，本宮是不是很矯情？」

第一千零四十八章　母子

三福拖著不便的腿腳，跪下鄭重地道：「主子不是矯情，而是心懷慈悲。主子所沾的每一滴血都是迫於無奈，從未主動害過人。」

「你不必安慰本宮。」凌若將沾了血的帕子扔在小几上，嘆道：「也許以前是這樣，但自從本宮利用惜春害劉氏與她的孩子之後，本宮就變得與皇后無異，冷血殘酷，視人命如草芥。這樣的自己，真是想想都可怕。」

此言一出，楊海等人皆跪了下來，不待他們說話，凌若已經擺手道：「行了，不必說好聽安慰本宮，既是本宮自己選的路，不論對錯，都會繼續走下去。何況劉氏……確實是一個不容小視的勁敵。」說罷，目光落在三福身上。「如何，你可想到救惜春的辦法？」

三福思索道：「想要在皇后手下救人，就只有凡事比她先走一步，一旦讓她找到惜春，就什麼都晚了。」

「本宮也是這麼認為，你可知惜春出宮後會去哪裡？」

三福皺眉道：「奴才記得惜春以前說過她還有家人在京城，應該會去找家人。他們好像是住在一個叫石頭胡同的地方……」

「知道是石頭胡同便行了，一家家問下去，定能問到惜春家人的住處。事不宜遲，楊海你——」

「不，你不能去。」

楊海摸不著頭腦，試探著道：「主子可是想讓奴才出園子去找惜春的家人？」

幾人意外，不讓楊海去那讓誰去？

還是三福先一步猜到凌若的想法。「主子可是覺得楊海去了會惹人注意？」

「不錯，皇后要避嫌，本宮何嘗不需要避嫌，讓楊海出園子，只怕會引來不必要的麻煩。」

水月接上來道：「主子多慮了，依著皇上今日對主子的信任，就算有人亂嚼舌根子，也不過是枉做小人。」

凌若慢慢勾起一抹略帶苦澀的笑意。

「帝心深似海，皇上今日可以信本宮，明日同樣也可以不信本宮。身為嬪妃，要記住一點，就是千萬不要太過相信自己，否則早晚送了性命。」

楊海趁機接過話題道：「按著主子的話，這事該交給誰來辦才好？」

這話倒是難倒了凌若，手指輕輕敲著扶手。是啊，心腹都不能派，該派誰才好呢？園子裡有那麼多雙眼睛盯著，一個不好便被人拿了把柄借題發揮。最怕的是派出去的人有二心或是嘴不嚴，不只人沒救著，自己反而惹來一身騷。

屋中靜得只有凌若手指敲在扶手上的聲音，燭焰在燈罩中無聲地燃燒著，不知過了多久，三福抬頭道：「主子，奴才想起一事。」

「你說吧，本宮聽著。」說罷，見到三福等人還跪在地上，一抬手道：「一個個都跪著做什麼，都起來回話。」

跪得久了，三福另一條腿也麻得難以動彈，還是楊海幫著扶了一下，方才站起身來。「主子可還記得二阿哥中毒一事？」

凌若微微一怔。「你是說年氏指使南秋在二阿哥茶中下毒，然後陷害本宮的事？本宮自然記得。」

「當日為了替娘娘洗刷冤屈，四阿哥曾去御藥房找線索，被年氏發現。當時有個姓劉的侍衛曾被年氏藉故罰去慎刑司，之後四阿哥還去看過他。雖然奴才不知道這侍衛與四阿哥到底是怎樣的關係，但想來應是一個可信任之人；最重要的是，他與主子、四阿哥都沒有過多牽扯。奴才尚在皇后身邊當差的時候，都不曾注意過此人。奴才以為，若將事情交給他，應該可以避開許多人的耳目。」

凌若眼前一亮。

劉虎此人當時能夠襄助弘曆，可見是一個有情有義之人，而且侍衛除了當值之外並不在園中居住，所以由他去找惜春沒人會察覺，實在是最合適的人選。唯一的問題，就是劉虎是否有隨駕至圓明園。

凌若思慮片刻後，揚臉對楊海道：「你去將弘曆喚來，就說本宮有事問他。」

不多時，弘曆隨楊海進來，規矩地行了一禮後道：「額娘喚兒臣前來，可是有事吩咐？」

凌若點點頭，示意他近前，隨後才道：「額娘記得你與侍衛劉虎頗為要好，那你可知他此次是否有隨駕來圓明園？」

弘曆奇怪地看著凌若，不明白她何以突然問起劉虎。

「回額娘的話，劉虎有來園子，前幾日兒臣還見過他在園中巡邏。」

凌若精神一振，扶了弘曆的肩膀道：「弘曆，額娘需要劉侍衛襄助，你幫額娘帶封信給他好不好？」

弘曆神色微變，脫口道：「不知額娘要劉侍衛做什麼，他雖與兒臣私交甚篤，但有些事，他未必肯做。」

雖然弘曆說得很含蓄，但凌若還是聽出了端倪，在弘曆額頭輕彈了一下，佯裝不悅地道：「怎麼，怕額娘讓劉侍衛去做什麼作奸犯科的事嗎？」

被凌若戳穿心裡的想法，弘曆神色大窘，低著頭不說話，直至凌若有些幽冷的聲音傳入耳中——

「為何你覺得額娘會做這些事，難道你覺得額娘是壞人嗎？」

「不是！」弘曆連忙搖頭，隨即捏著衣角，喃喃道：「兒臣也不知道剛才為什麼會這麼說，還請額娘勿要見怪。」

看著比自己還要高的兒子，凌若心裡盡是說不出的滋味，輕輕撫著他五官分明的臉。

「你是本宮的兒子，不論你說什麼、做什麼，本宮都不會怪你。」

第一千零四十九章 透澈

凌若過於平靜的聲音，令弘曆有些不安，忐忑地道：「額娘，您是不是生氣了？」

「沒有。」

弘曆不安，拉著凌若的袖子，內疚地道：「額娘對不起，兒臣不該疑您的。您儘管寫信就是，兒臣一定替您帶給劉侍衛。」

「不問額娘想做什麼了？」凌若沒有動，目光一直落在弘曆臉上，想看清他每一絲細微的表情。

弘曆想了很久才回答：「不問了。額娘是兒臣唯一的額娘，不論額娘做什麼，兒臣該做的都應該是支持，而非問東問西。何況兒臣一直相信，額娘是這個世上最善良的人。」

凌若被他最後的話逗得笑了起來，拍著他手背道：「你啊，口是心非，明明心裡還是擔心的。」

「兒臣真的沒有。」見凌若不信，弘曆急切地道：「額娘若不相信的話，兒臣可以發誓。」說著便要跪下來。

凌若拉住他道：「你是本宮生的，你在想什麼，本宮豈會不知。」她頓一頓，繼續道：「你啊，長大了，開始有自己的想法與見解，不再是以前的懵懂小兒，又自幼生長在複雜的宮廷之中，會懷疑是正常的事。」

弘曆默默聽著，待她說完後，方才一字一句道：「額娘給了兒臣性命，兒臣該做的是孝順額娘，而非疑心，請額娘放心，今後無論遇到何事，兒臣都不會再相問。」

凌若笑一笑，道：「哪怕額娘做錯了，你也不問嗎？」

弘曆迎著凌若的眼睛，無比認真地道：「兒臣相信額娘不會做錯。」

凌若甚為感動，口中卻道：「你哪來這麼大的信心，有沒有做錯，可是連本宮自己都不敢斷言呢。」

「因為您是兒臣的額娘，只憑這一點便足夠了。」

凌若啞然失笑，這算是什麼理由，不過聽在心裡確實很溫暖。不管有多少勾心鬥角、爾虞我詐，至少她身邊還有弘曆這個孝順的兒子。

凌若命水秀取來文房四寶，除了信之外，她還寫了一張紙條夾在信中。做完這一切後，她對弘曆道：「你記著，讓劉侍衛一定要盡快找到惜春還有她的家人，然後按本宮寫在信上的方法安置，否則他們性命危矣。」

弘曆意外聽到惜春的名字，有些奇怪，卻沒有多問，拿了信匆匆去找劉虎。

一過便是數天，在漫長的等待中，弘曆終於帶來了消息。劉虎在收到信的第二天，便按著信中的地點去尋找，果然找到了惜春與其家人，連夜帶他們離開住處，並且一把火將屋子燒成廢墟。

至於惜春等人，在劉虎的安排下，帶著凌若那張紙條悄悄離開京城，前往浙江。只要李衛見了紙條，就會幫他們改名換姓，像周明華那樣，以另一種身分活下去。為防有人跟蹤，劉虎還暗中尾隨了幾天，確定沒有什麼人跟後方才折返。

這些話是劉虎偷偷尋機告訴楊海的，聽得楊海說完，凌若懸在心頭的一塊大石終於放下了。「他們沒事，本宮總算安心了。」

楊海瞅了她一眼，小聲道：「主子，劉侍衛中途還聽到一些事，與四阿哥有關，他讓奴才代為轉告主子。」

「與弘曆有關？」凌若訝然抬眸。弘曆居於深宮，與外頭沒有任何接觸，有什麼事能扯到他身上去？

楊海神色凝重地道：「劉侍衛說，他在一間小酒樓裡，曾聽到有人在傳，說四阿哥在冰嬉比試中之所以能取得第一，是因為暗中動了手腳，而他這麼做的目的，是因為覬覦太子之位，想要取二阿哥而代之。」

「荒謬！」凌若怒容滿面地拍著桌子，厲聲道：「是誰傳出這樣荒誕不經的話？活得不耐煩了嗎？取二阿哥而代之，哼，皇上什麼時候立了二阿哥為太子，本宮怎麼不知道。」

楊海躬身道：「主子息怒，流言為何人所起並不重要，重要的是眼下滿京城都在議論這件事，若不盡早壓下去，只怕會很麻煩。」

在他的勸說下，凌若冷靜了一些，但心中還是頗為惱火，冷聲道：「都已經傳得滿城風雨了，想要再壓下來談何容易。若連本宮也扯進去，只會變得更糟糕。」

楊海不無擔心地道：「可若是由著下去，一旦傳到皇上耳中，奴才擔心會對四阿哥不利。」

凌若在屋中來回走了幾圈後，停下腳步道：「當日二阿哥差了臨門一腳，輸了比試，最不甘心的莫過於皇后，眼下出了這麼一個荒誕不經的流言，只怕與她脫不了關係。」

凌若心裡跟明鏡似的，隨著胤禛年歲漸大，她與皇后的爭鬥，逐漸由奪恩寵變成了儲君之爭。弘時與弘曆，哪個被立為太子，將決定她們最終的輸贏。

若弘時登基，凌若必死無疑，反過來也是一樣。

「主子，那咱們現在該怎麼辦？」楊海巴巴地看著凌若，等她拿主意。

凌若已完全冷靜下來，瞇了鳳眼道：「什麼都不用做，由著流言去傳。」

楊海愕然。難道主子自覺壓不下流言，所以乾脆聽之任之？

凌若漫然道：「靜下心來仔細一想，這些流言真能傷害得了弘曆？」見楊海還是沒反應過來，她提醒：「忘了皇上曾應允過弘曆什麼了嗎？」

楊海也是關心則亂，而今被凌若這麼一提，頓時想了起來，脫口道：「主子是說皇上讓四阿哥回宮之後學著批閱奏摺的事嗎？」

「總算還不太笨。」凌若睨了他一眼，攏袖在椅中坐下，聲如珠玉落盤：「皇上肯教弘曆批閱奏摺，就表示皇上有意培養弘曆，甚至有立他為太子的打算；相反，二阿哥早已成年，皇上除了讓他在六部領了個差事之外，再沒有其他，還對二阿哥常有不滿。兩者之間的差距，豈是幾句流言便可以抵消的？」

經她點撥，楊海明白過來，笑道：「還是主子看得透澈，令奴才佩服不已。」

第一千零五十章 彷彿

「行了，別在本宮這裡耍嘴皮子了。」說罷，凌若伸手道：「扶本宮去方壺勝境吧。」

楊海微微一驚，道：「主子要去見皇后娘娘？」

她笑意嫣然，猶如盛放在冬日裡的花卉，帶著清傲與唯美。「自來了這園子後，本宮一直忙於事情，不曾去給皇后請過安，趁著今日有空過去請個安，省得授人話柄，說本宮不敬皇后。」

楊海答應一聲，取來以銀線繡成鸞鳥圖案的披風覆在凌若身上，扶她走出去。

那拉氏煩躁地在屋中來回走著，小寧子等人垂手站在一旁，大氣也不敢喘。

走了數趟後，那拉氏腳步一頓，盯著小寧子道：「當真查不到半點線索？」

小寧子趕緊上前一步，道：「是，英格大人派去的人到的時候，房子已經燒毀了。問住在附近的人，都說不知道是怎麼一回事。」說罷，他瞅著那拉氏的臉色道：「主子，看樣子是有人早我們一步帶走了惜春。」

那拉氏轉而道：「那你可猜到究竟是誰在背後主使這一切？」

小寧子仔細想了一下道：「回主子話，能做到這一步的，應該不是貴人。她們入宮不久，根基未穩，與主子作對，無疑是以卵碰石，應該是幾位娘娘。在她們當中，成嬪不足為慮，裕嬪甚少理會宮中之事，只一心撫育五阿哥，謹嬪雖精明卻無盛寵，唯有熹妃……」

「唯有熹妃既有心計又有盛寵是嗎？」那拉氏露出一個令人心寒的笑容，逐字道：「最重要的一點是，她一直想要取本宮而代之。」

孫墨討好地道：「主子乃是中宮之主，又陪伴皇上多年，縱然熹妃再使狐媚手段，也休想取代主子一分一毫。」

那拉氏冷哼道：「她已經奪了六宮之權，連本宮見了她也要客客氣氣。」

孫墨不敢再說話，倒是小寧子道：「主子，那咱們就這麼放過惜春嗎？要不要讓英格大人派人去找？」

「人海茫茫，要去哪裡找？再說以熹妃的心計，一定會做萬全準備，不讓本宮尋到。」那拉氏心有不甘，卻無可奈何。若非皇上對她起了疑心，迫使她不得不暫時放了惜春，又怎會讓鈕祜祿氏有可乘之機，讓惜春那個賤人逃得性命去。

靜默了一會兒，外頭響起宮人的聲音：「啟稟主子，熹妃娘娘求見。」

那拉氏一驚，繼而冷笑道：「真是說曹操，曹操就到，熹妃這是向本宮示威挑釁來了。」

小寧子一臉憤慨地道：「熹妃當真是過分，得了便宜還要賣乖，主子還是莫要見她了。」

「若是不見，豈非表示本宮怕了她。再者，本宮也想聽聽她到底想說什麼。」她一整衣衫在椅中坐下，神色亦恢復了慣有的平靜端莊。「去請熹妃進來。」

凌若到了裡頭，看到坐在上首、儀容端莊的那拉氏時，臉上露出溫婉恭敬的笑容，屈膝道：「臣妾給皇后娘娘請安，娘娘萬福。」

「熹妃免禮。」那拉氏微笑著抬手，待凌若坐下後道：「熹妃今日怎麼有空來本宮這裡？」

凌若看著宮人端上茶，輕笑道：「自來了園子後，臣妾一直被瑣事纏身，抽不得空來給娘娘請安，今日難得空閒一點，便想著過來向娘娘賠罪，還望娘娘莫要見怪。」

那拉氏似笑非笑地道：「熹妃這是說哪裡的話，妳與本宮情如姊妹，本宮怎會怪妳。恰恰相反，本宮還要謝妳才是。」

「謝臣妾？」

在凌若的驚訝中，那拉氏頷首道：「宮中之事一向繁瑣複雜，幸好有熹妃替本宮分憂，否則本宮非得頭疼腦脹不可。」

「能為娘娘分憂乃是臣妾之幸，娘娘放心，臣妾一定會盡己所能管好六宮之事，不使娘娘頭疼。」

那拉氏深深看了凌若一眼，似笑非笑地道：「熹妃真是懂事，若人人皆如熹妃這般，那本宮就可以少操許多心了。」

這樣的笑語嫣然，彷彿彼此之間真的和睦親密，沒有半分嫌隙。然，也只是彷彿而已，當這層表相被徹底撕掉時，就是兩人生死相見的時候。

凌若抿了一口清香四溢的茶水，笑吟吟道：「臣妾聽聞娘娘將在謙嬪臨盆時，出言誣陷娘娘的惜春放出了園子，真是如此嗎？」

「謙嬪？」那拉氏有些意外地重複一句，之後神色一凝，問：「熹妃是指謙貴人嗎？」

胤禛晉劉氏為嬪一事，尚未曉諭後宮，凌若也尚未開始準備晉封禮，所以知道的人並不多，連那拉氏也未得聞。

這一點，凌若是知道的，卻故作驚訝地道：「咦，皇上沒有告訴娘娘嗎？早在前幾日，皇上便告訴臣妾，說要晉謙貴人為嬪，於孩子滿月那日行冊封禮。」

那拉氏的面色有些不太好看。冊嬪不同於貴人、常在，乃是宮裡有名有分的娘娘，算是一件大事，可她竟是一點不知情，胤禛也全然沒有告訴她的意思，若非鈕祜祿氏提及，她至今仍被蒙在鼓裡。

那拉氏是城府極深之人，很快便壓下了心裡的憤怒與不甘，露出挑不出一絲瑕疵的笑容。

「想來皇上忙於政事，忘了與本宮說，告訴熹妃也是一樣的。謙貴人是秀女當中第一個封嬪的，又生了兩位阿哥，這場冊封禮，熹妃可一定要多費些心思，辦得妥妥當當、風風光光才好。」

「臣妾知道。」凌若低眉答了一句，又道：「對了，惜春她……真的出園子了嗎？」

第一千零五十一章 針鋒

那拉氏輕聲道：「不錯，惜春雖然犯了大錯，但念在她服侍本宮多年的情分上，本宮還是饒她一條性命。」

凌若輕笑道：「娘娘真是寬容大度，若換了臣妾，怕是難以做到這一步，畢竟，惜春犯的可不是小錯。」

那拉氏一臉悲憫地道：「得饒人處且饒人，就當是為自己積點福吧。」

「娘娘慈悲，想來惜春餘生都會念著娘娘的恩德。」

凌若刻意咬重的「餘生」二字，落在那拉氏耳中猶如針刺一般。

讓惜春逃得性命，是她最惱火的事，從沒有人背叛她還可以全身而退。而這一切，都是因為鈕祜祿氏在背後搞鬼，如今還來自己面前耀武揚威，實在是可恨，偏生還不好發作。

「念不念是她的事，本宮只求無愧於心便好。」

凌若笑意一深，道：「身在宮中而能無愧於心者，也就娘娘一人了。」

那拉氏聽出她意有所指，笑容一斂，凝聲道：「熹妃這是什麼意思？」

「臣妾除了欽佩娘娘之外，哪還能有什麼意思，娘娘千萬莫要誤會。」凌若一低頭，又道：「不過臣妾聽聞惜春在出園子之後與她家人連夜離京，還燒了住處，娘娘可知是為何？」

「她既出了園子，與本宮就沒有任何關係。她的事，本宮如何會曉得。倒是熹妃，何以會對園外之事知道得那麼清楚，難不成妳一直派人盯著惜春？」那拉氏眼眸微瞇，一絲精光閃過。

凌若抿了口茶道：「臣妾身邊的人這些日子都沒有離開過園子，倒是娘娘身邊的小寧子，前幾日可是出去了趟。」

小寧子神色一變，急著解釋：「奴才之所以出園子乃是因為家中出了些事，家人著緊讓奴才回去一趟。」

凌若瞥了他一眼，似笑非笑地道：「本宮又沒說什麼，你那麼緊張做什麼，難不成你做了見不得人的事？」

被她這麼一說，小寧子越發心慌，緊張地看著那拉氏。

那拉氏彈一彈指甲，道：「熹妃還是與以前一樣愛開玩笑，不過有些事若是隨意拿來玩笑，可是很容易會引火焚身的。」

凌若微一欠身道：「臣妾也是這般認為，所以臣妾已經很久不開玩笑了。不過娘娘對於惜春為什麼要舉家搬離，一點都不好奇嗎？」

那拉氏盯著她道：「看樣子熹妃知道得很清楚，那就請熹妃為本宮解惑吧。」

凌若身子前傾了些許，一字一句道：「因為有人雖然放了惜春，卻一直想要她的命，惜春為了活命，不得已逃離。」

那拉氏沒料到她會這樣直白地說出來，面色一沉，冷哼道：「熹妃這是何意，難道說本宮想加害惜春嗎？若真是如此，本宮當初就不會放她出園子了。」

面對那拉氏的怒氣，凌若視若無睹，含了一縷笑意道：「娘娘為何會放惜春出園子，想來比臣妾更清楚，不需要臣妾再贅述。」

那拉氏眼角一搐，面色比剛才更陰沉了幾分。

「原因很簡單，就是本宮念在惜春伺候多年，網開一面，饒她回去與家人團聚。至於後來的事，本宮不知道，也沒必要知道。小寧子，替本宮送熹妃出去。」

凌若逕自道：「如今京城上下都在傳，說弘曆在冰嬉比試中的第一並非實至名歸，而是暗中動了手腳；還說弘曆是因為覬覦太子之位，想要取二阿哥代之，才爭搶第一。」

「竟然有這種事？」那拉氏露出驚訝之色。「那熹妃可知是誰在暗中妄議皇家之事、中傷四阿哥？」

「這個臣妾倒是不曉得，不過流言終歸只是流言，永遠成不了事實，反倒有可能變成一場笑話。」

那拉氏盯著她，漫聲道：「熹妃豈不知流言猛於虎，當所有人都認為流言是真的時候，那麼就無謂真與假了。」

「皇上乃是有德明君，定然不會被流言蒙蔽，何況……」凌若一笑，說出令那拉氏心情大壞的話來：「冰嬉比試結束後，皇上便說回宮後讓弘曆跟著他學習如何批閱奏摺。」

那拉氏心中的驚意已無法用言語來形容。學習批閱奏摺意味著什麼，她清楚得很，胤禛竟有意將弘曆當成未來的儲君看待！

她一直都曉得胤禛看重弘曆，卻不曉得已到了這一步，若照這形勢發展下去，封太子只是遲早的事。

不，她在弘時身上費了那麼多心血，絕不能允許太子之位旁落，太子只能是弘時！

不論心裡如何惱火，她面上還是維持著該有的笑意，甚至比剛才更歡喜數分。「四阿哥得皇上如此看重，不只是四阿哥之幸，也是熹妃之幸，怪不得熹妃完全不在意流言之禍。」

「流言起於愚者，止於智者，娘娘您說是嗎？」說到此處，凌若忽的嘆了口氣道：「臣妾還記得世子剛去世那會兒，府裡出現流言，說是臣妾害了世子，當時還是娘娘為臣妾澄清，讓臣妾得以清白此身。」

提到弘暉，那拉氏的心抽痛了一下，有些恍惚地道：「二十多年前的舊事，連本宮都有些忘記了，難為熹妃還記得。」

凌若感慨地道：「雖然記得，但回想起來，已如隔世一般。二十餘年歲月，臣妾與娘娘都變了太多，再回不到從前。」

熹妃傳 第三部第一冊

作　　者／解語
執 行 長／陳君平
榮譽發行人／黃鎮隆
協　　理／洪琇菁
總 編 輯／呂尚燁
執行編輯／陳昭燕
美術監製／沙雲佩
美術編輯／陳又荻
國際版權／黃令歡、梁名儀
企劃宣傳／陳品萱
文字校對／朱瑩倫
內文排版／謝青秀

國家圖書館出版品預行編目資料

熹妃傳．第三部／解語作．-- 1 版．-- 臺北市：城邦文化事業股份有限公司尖端出版：英屬蓋曼群島商家庭傳媒股份有限公司城邦分公司尖端出版發行，2023.06-
冊；　公分
ISBN 978-626-356-569-2（第 1 冊：平裝）

857.7　　112004168

出版／城邦文化事業股份有限公司　尖端出版
台北市 104 中山區民生東路二段 141 號 10 樓
電話：（02）2500-7600　傳真：（02）2500-2683
讀者服務信箱：7novels@mail2.spp.com.tw
發行／英屬蓋曼群島商家庭傳媒股份有限公司城邦分公司　尖端出版
台北市 104 中山區民生東路二段 141 號 10 樓
電話：（02）2500-7600　傳真：（02）2500-1979
劃撥專線：（03）312-4212
戶名：英屬蓋曼群島商家庭傳媒（股）公司城邦分公司
劃撥帳號：50003021
※ 劃撥金額未滿 500 元，請加付掛號郵資 50 元
法律顧問／王子文律師　元禾法律事務所　台北市羅斯福路三段 37 號 15 樓

台灣地區總經銷／中彰投以北（含宜花東）　楨彥有限公司
電話：（02）8919-3369　　傳真：（02）8914-5524
雲嘉以南　威信圖書有限公司
（嘉義公司）電話：（05）233-3852　　傳真：（05）233-3863
（高雄公司）電話：（07）373-0079　　傳真：（07）373-0087
馬新地區總經銷／城邦（馬新）出版集團 Cite（M）Sdn Bhd
電話：603-9057-8822　　傳真：603-9057-6622
E-mail：cite@cite.com.my
香港地區總經銷／城邦（香港）出版集團 Cite（H.K.）Publishing Group Limited
電話：852-2508-6231　　傳真：852-2578-9337
E-mail：hkcite@biznetvigator.com

版　次／ 2023 年 6 月 1 版 1 刷